UNA MORTE SOLITARIA

LE INDAGINI DELLA DETECTIVE KAY HUNTER

RACHEL AMPHLETT

Una morte solitaria © 2025 de Rachel Amphlett

Tutti i diritti sono riservati.

Nessuna parte di questo libro può essere riprodotta, memorizzata in un sistema di recupero o trasmessa con qualsiasi mezzo, elettronico, meccanico, fotocopia o altro, senza l'autorizzazione preventiva in forma scritta dell'autore.

Questa è un'opera di fantasia. I luoghi di questo libro mischiano reale e immaginario, mentre i personaggi sono totalmente fittizi. Qualsiasi somiglianza con persone reali, vive o morte, è da considerarsi puramente casuale.

CAPITOLO 1

Kevin Short tirò giù sulle orecchie il cappellino da baseball blu navy e socchiuse gli occhi nella luminosa luce del primo mattino. Una freschezza persisteva nell'aria, con una leggera rugiada che si raccoglieva sui tetti delle auto di seconda mano allineate sulla piattaforma di cemento.

Il traffico rumoreggiava, gli automobilisti ignoravano il limite di velocità fissato sul marciapiede a pochi metri dall'ingresso del piazzale. Non avrebbero rallentato se non prima di girare l'angolo, appena prima dell'autovelox e circa ottocento metri prima dell'attraversamento pedonale.

Le porte dell'ufficio vendite erano spalancate, il suono di un aspirapolvere che strisciava avanti e indietro sul sottile tappeto e un lieve profumo di lucido per mobili al pino si diffondevano fino al punto in cui Kevin stava in piedi accanto a un rubinetto esterno, con un tubo puntato verso il secchio di plastica giallo ai suoi piedi.

Esaminando i veicoli disposti sul piazzale di cemento, valutò quali avrebbero richiesto più tempo e quali avrebbero avuto bisogno solo di una rapida pulizia.

Il suo sguardo si posò su un veicolo parcheggiato all'estremità del lato sinistro della fila.

Era più vecchio degli altri e non c'era quando aveva terminato il lavoro il giorno precedente.

L'auto era stata parcheggiata con la parte anteriore verso il muro di mattoni imbiancati a calce che delimitava il piazzale invece di essere parcheggiata in retromarcia, ma la vernice color bordeaux sembrava a posto da qui, non troppo malconcia.

Pensò che, se avesse trattato con la pasta abrasiva il graffio che vedeva sulla porta posteriore del passeggero, sarebbe stata pronta oggi, e poi avrebbe potuto iniziare in anticipo con la documentazione una volta che tutti gli altri veicoli fossero stati preparati e pronti per le contrattazioni della giornata.

Kevin abbassò lo sguardo mentre l'acqua gli sguazzava sopra le scarpe.

Imprecò, mentre allungava la mano verso il rubinetto per poi chiuderlo prima di avvolgere il tubo flessibile dietro una delle porte. Dopo aver sollevato il secchio con una mano e la scatola del materiale per la pulizia con l'altra, si trascinò verso l'utilitaria argentata di quattro anni all'estremità destra del semicerchio espositivo più vicino alla strada.

L'utilitaria era sottoposta alla maggior parte dell'usura qui fuori, come qualsiasi auto in quella posizione. Parcheggiata accanto al marciapiede, era soggetta a tutti gli schizzi e allo sporco che venivano espulsi dai veicoli di passaggio e subiva l'impatto di eventuali urti e graffi da parte di pedoni distratti o vendicativi.

Le mattine dei fine settimana erano le peggiori.

Kevin non sapeva mai cosa avrebbe trovato a causa del numero di clienti ubriachi del pub lungo la strada che passavano davanti all'officina sulla via di casa di notte.

Oggi, lunedì, andava meglio.

Più tranquillo per cominciare.

Un vecchio autobus si fermò con fragore alla fermata di fronte all'officina, eruttando fumi diesel; una coppia di pensionati si incamminava lungo la strada verso i semafori mentre l'autobus ripartiva. Kevin girò la testa di lato e sbatté le palpebre, tossendo per schiarirsi la gola mentre iniziava a lavorare.

Mentre spruzzava una quantità generosa di sapone sul cofano, riversò acqua sul veicolo, e fece una smorfia mentre strofinava via la cacca d'uccello che si era attaccata al tetto.

Era per questo che Mike, il proprietario di Auto Usate di Mike O'Connor, insisteva sul fatto che le auto fossero pulite ogni mattina prima dell'orario di apertura ufficiale. La maggior parte degli occupanti dei veicoli di passaggio osservava Kevin mentre lavorava, e magari adocchiava quella che sarebbe stata la prossima auto.

Non si sapeva mai da dove sarebbe arrivata la prossima vendita, questo è ciò che diceva Mike.

Kevin si raddrizzò e si stiracchiò la schiena prima di portare il secchio al veicolo successivo, per poi pulirlo mentre i suoi pensieri si volgevano alla coppia che aveva portato l'auto per un giro di prova il pomeriggio del giorno precedente.

Avevano fatto i soliti commenti una volta tornati, tentando la fortuna, cercando di negoziare un affare migliore.

Mike non ne volle sapere, e li mandò via con il consiglio di provare l'autosalone dall'altra parte di Maidstone se volevano un veicolo economico, che probabilmente si sarebbe guastato con allarmante regolarità.

Qui trattava solo auto usate di qualità, niente di meno.

Kevin strizzò la spugna, tirò fuori un panno dalla tasca posteriore e asciugò l'umidità sui finestrini e sul parabrezza.

L'acqua era fresca a contatto con la sua pelle calda, e si lisciò all'indietro la frangia lunga e morbida con il dorso della mano prima di aggiustarsi il cappellino da baseball.

L'app meteo sul suo telefono prometteva una giornata torrida, e sperava di poter finire prima che il sole superasse gli edifici di fronte al piazzale.

Lavorò il più velocemente possibile, spostandosi verso la parte anteriore del veicolo successivo e strofinando gli insetti morti dalla griglia del radiatore.

Un altro giro di prova ieri, forse un'altra vendita più avanti questa settimana.

Quando strizzò il panno e fece roteare il collo, il sudore gli pizzicava la fronte. Si fermò per togliersi la felpa, se la legò in vita e lanciò un'occhiata oltre la spalla al traffico che scorreva mentre un clacson suonava.

Le otto e mezza adesso, e i nervi cominciavano a tendersi.

Un telefono squillò all'interno di un fuoristrada blu scuro, il sistema vivavoce fece rimbombare la voce del chiamante mentre rispondeva, il volume aumentò mentre il veicolo avanzava lentamente e scoppiava una discussione.

Kevin scosse la testa, chiedendosi se le persone

sapessero quanto delle loro conversazioni trapelasse dai loro bozzoli metallici.

Fischiettando a bassa voce, continuò il suo lavoro lungo le auto tornando verso l'ufficio, fermandosi per svuotare e riempire il secchio con acqua pulita prima di tornare al lavoro.

Si fermò per controllare l'orologio mentre la voce di Mike risuonava attraverso le porte aperte, il suo ampio accento del Wiltshire superava il rumore del traffico mentre parlava al cellulare.

Kevin alzò la mano alla fronte, proteggendosi gli occhi dal bagliore del sole mentre sbirciava dentro l'ufficio e vide Mike che camminava avanti e indietro, gesticolando con la mano libera, con un tono frustrato nella voce.

L'aspirapolvere era stato abbandonato in mezzo al tappeto.

Si girò, vide Kevin e abbassò il telefono. «Hai finito?»

«Quasi.»

«Il tempo stringe. Non dovresti essere all'università entro le undici?»

«La lezione è stata annullata. Dovrò essere lì alle due. Vuoi che faccia io i documenti per quello nuovo quando ho finito?»

La fronte di Mike si corrugò e aprì la bocca per rispondere, ma poi qualcuno squittì dall'altro capo del telefono e fece cenno a Kevin di andarsene.

Kevin colse l'allusione.

Venti minuti all'apertura e altre cinque auto da pulire.

Vagando lungo il piazzale verso l'auto nuova alla fine della fila, socchiuse gli occhi quando la luce del sole colpì il lunotto posteriore, accecandolo per un momento.

Posò il secchio sul cemento accanto alla ruota posteriore, strizzò la spugna e osservò il danno sulla portiera.

A un esame più attento sembrava più profondo, e anche recente. Non c'era ruggine incastrata nel taglio e, mentre si accovacciava per guardare meglio, notò che anche il passaruota presentava dei segni di abrasione.

«Merda.»

Kevin passò la mano sulla vernice, calcolando un paio d'ore di lavoro extra per sistemare il danno, poi si raddrizzò. Allungando la mano verso la maniglia della portiera, emise uno sbuffo soddisfatto quando questa cedette al suo tocco.

Per un fugace momento, si chiese se Mike si fosse reso conto che l'auto era rimasta sbloccata durante la notte.

Poi i suoi occhi caddero sulla figura accasciata sul sedile posteriore, con il volto dell'uomo girato dall'altra parte e le gambe piegate in una posizione scomoda.

Una scura pozza di liquido si era impregnata nel rivestimento in poliestere sotto l'uomo, e il labbro superiore di Kevin si contorse in una smorfia mentre annusava l'aria.

Se ha pisciato sul sedile...

«Fantastico davvero», mormorò, e alzò la voce. «Amico, svegliati. I pub hanno chiuso dieci ore fa. È ora di alzarsi.»

Aggrottò la fronte, poi annusò l'aria.

Nessun odore di alcol.

Nessun segno che l'uomo avesse vomitato.

Questo, almeno, era già qualcosa.

Ma come diavolo era riuscito a parcheggiare la sua auto nel piazzale durante la notte?

E perché?

Kevin allungò la mano per scuoterlo e svegliarlo, poi si fermò.

C'era un'umidità fredda nei jeans denim dell'uomo, segni di abrasione sulle scarpe di pelle, e guardando più attentamente si rese conto che anche i capelli dell'uomo erano bagnati.

Ma non piove da giorni...

Il cuore di Kevin ebbe un sussulto, una nausea gli strinse le viscere.

«Amico, stai bene?»

Nessuna risposta.

Lasciando la portiera aperta, Kevin camminò intorno al retro dell'auto verso l'altro lato. Con la mano sospesa sulla maniglia della portiera, guardò oltre il tetto verso l'ufficio vendite, ma Mike era ancora occupato, con il telefono all'orecchio e le spalle rivolte al piazzale.

Fece un respiro profondo e aprì la portiera, poi barcollò all'indietro, agitando le braccia mentre inciampava sul basso cordolo tra il piazzale e il marciapiede.

L'uomo lo fissava dal sedile posteriore con occhi spenti e terrorizzati, la bocca aperta in una smorfia di un urlo smorzato che mostrava labbra e lingua blu, le dita che artigliavano un nemico invisibile.

Kevin urlò.

CAPITOLO 2

Alle nove e mezza, la strada era stata bloccata in entrambe le direzioni ed era stata predisposta una deviazione che conduceva gli automobilisti scontenti lontano dalla Tonbridge Road verso un percorso tortuoso tra Barming e Maidstone.

Un caldo sole illuminava il marciapiede davanti alla concessionaria di auto usate, la frescura delle prime ore del mattino era ormai lontana.

Il bordo della strada era tappezzato di auto e furgoni della Polizia del Kent con i colori d'ordinanza e un crescente gruppo di agenti in uniforme era distribuito lungo una linea di nastro bianco e blu che già si incurvava nel centro sotto i raggi del sole che battevano sul piazzale di cemento.

Quattro tende bianche posizionate strategicamente sul lato opposto della proprietà offrivano riparo agli investigatori della scientifica, proteggendoli sia dalle intemperie che da eventuali droni non autorizzati di passaggio.

L'ispettrice Kay Hunter sganciò la cintura di sicurezza mentre l'auto blu della polizia si fermava dietro un furgone commerciale senza allestimenti e aggrottò la fronte alla vista di un individuo allampanato che fumava una sigaretta mentre si appoggiava con noncuranza alle porte posteriori.

«Il corpo è ancora sul posto, quindi», disse. «Quello è Simon Winter dell'obitorio».

«Da quanto ho sentito, non andrà da nessuna parte per un po'». Il sergente detective Ian Barnes spense il motore e aprì la portiera.

Kay scese e si tolse la giacca del completo, appoggiandola sul sedile posteriore prima che il collega chiudesse l'auto a chiave e si mettesse al suo fianco. «Cosa hai sentito, allora?»

«È completamente congelato», gridò Simon mentre si avvicinavano, mentre spegneva la sigaretta prima di mettere il mozzicone in una lattina vuota di bibita.

Barnes strinse gli occhi. «Con questo tempo?»

«Questo è quello che ha detto Lucas». Simon indicò con il mento verso il piazzale ingombro. «È ancora là dietro se volete dare un'occhiata».

Kay sfilò un elastico dal polso, raccolse i capelli biondi lunghi fino alle spalle in una coda alla base del collo e si diresse verso il primo cordone che si estendeva attraverso il marciapiede tra un segnale di limite di velocità e un paletto della recinzione.

Oltre il nastro, l'attività di auto usate sembrava essere in buone condizioni, c'era un gruppo di veicoli di modelli più recenti in vendita e nessuno sembrava più vecchio di circa sette anni. L'insegna sopra le doppie porte aperte era luminosa e pulita, e la piattaforma di cemento sembrava essere stata lavata a pressione con regolarità.

Qualcuno ci teneva tanto al proprio lavoro e dava importanza alla prima impressione.

Strinse le labbra mentre si avvicinava al nastro.

Non sembrava uno di quei posti che avrebbe attirato guai; perché, allora, era stato trovato un corpo qui?

«Buongiorno, capo». Il sergente di polizia Tim Wallace le rivolse un sorriso allegro e le porse una cartelletta.

Alto un metro e novantacinque, sovrastava Kay, con il giubbotto antiproiettile e la cintura dell'attrezzatura che aumentavano la sua corporatura massiccia.

«Buongiorno». Scarabocchiò il suo nome sul foglio di registrazione, poi lo passò a Barnes e si infilò sotto il nastro. «Quali sono le ultime novità?»

«Lucas Anderson è là dentro il cordone principale», disse, indicando la più grande delle tende bianche. «Ha confermato che l'uomo è morto ma voleva restare per eseguire altri test mentre Harriet e la sua squadra lavorano. Ho una squadra di otto agenti che raccolgono dichiarazioni dalle attività commerciali e dai proprietari delle case lungo questo tratto di strada, e abbiamo chiamato il comune richiedendo assistenza per ottenere le immagini delle telecamere di sorveglianza».

«Ottimo lavoro, siete stati operativi. Avete idea di chi sia?»

«No, capo. La squadra di Harriet non ha trovato un portafoglio o un telefono cellulare addosso. Non c'è nemmeno documentazione nel vano portaoggetti».

«Un uomo misterioso, quindi». Lo sguardo di Kay

seguì il piccolo gruppo che si aggirava tra le auto. «Chi sta gestendo la scena attualmente?»

«Gavin Piper». Wallace indicò l'ufficio. «È là dentro, sta parlando con il proprietario e il giovane che ha trovato il corpo. A quanto pare lavora solo tre o quattro giorni alla settimana tra gli impegni del college».

«Grazie».

«Diamo un'occhiata prima di parlare con il proprietario?» disse Barnes, facendo cenno verso la tenda accanto al marciapiede. «Tanto vale vedere cosa ci aspetta».

«Fai strada». Kay si mise al fianco del collega, e mentre si avvicinavano alzò la mano per salutare un tecnico della scientifica, una donna snella avvolta in indumenti protettivi. «Buongiorno, Harriet».

«Buongiorno, Kay». La responsabile della scientifica sollevò la mascherina da bocca e naso. «Lucas sta giusto finendo il suo esame se volete mettervi le tute e raggiungerlo».

«Se per te va bene».

«Abbiamo finito con gli esami preliminari, quindi se non toccate nulla, non c'è problema».

«Nessun problema». Kay prese la tuta protettiva che un altro dei tecnici della scientifica le porgeva. «Cosa sai del veicolo finora?»

«Ancora niente. I tuoi agenti stanno ancora interrogando il ragazzo che l'ha trovato e il proprietario del piazzale».

Kay aprì l'involucro di plastica della tuta. «Torneremo ad aggiornarci prima che partiamo per la stazione, allora».

Dieci minuti dopo, con i copriscarpe, la tuta protettiva

completa e i guanti, Kay seguì Barnes attraverso l'apertura della tenda e subito si ritrasse per la temperatura causata da così tante persone che lavoravano in quello spazio ristretto.

«Cristo, si soffoca qui dentro», mormorò Barnes dietro la sua mascherina.

Una figura accovacciata accanto alla portiera posteriore dell'auto lanciò uno sguardo oltre la spalla e sollevò un sopracciglio verso di lui. «Guarda il lato positivo: si scongelerà più velocemente così».

«Buongiorno, Lucas», disse Kay. Si avvicinò, sbirciando oltre la spalla del patologo, poi deglutì. «Gesù. Questo è diverso».

«Vero?» Toccò il braccio dell'uomo morto con un dito guantato. «Non avrai i risultati dell'autopsia prima delle prossime quarantotto ore almeno. Ci vorrà gran parte della giornata di oggi e domani perché torni a una sorta di normalità».

Gli occhi di Kay vagarono sulla tinta bluastra della pelle della vittima, e rabbrividì davanti al terrore nello sguardo congelato.

Era stato messo sul sedile posteriore sul suo fianco destro, le ginocchia premevano contro lo schienale del sedile anteriore del passeggero e i piedi ora penzolavano dal lato opposto dell'auto.

Alzò la mano per schermare gli occhi mentre Patrick, uno dei tecnici della scientifica, si sporgeva e sollevava la sua macchina fotografica, il flash illuminava l'interno mentre lavorava intorno al veicolo.

«D'accordo», disse, spostandosi di lato in modo che Barnes potesse guardare dentro, «quali sono le tue prime impressioni?»

Lucas gettò gli ultimi strumenti nella borsa di tela ai suoi piedi e si raddrizzò. «Non ci sono segni di ferite o traumi oltre agli ovvi segni di congelamento alle dita e al naso. Non c'è sangue nei capelli, ma non posso escludere una ferita alla testa finché non lo riportiamo all'obitorio e riesco a dare un'occhiata più attenta. Lo stesso vale per il resto del corpo, in realtà. Non possiamo rischiare di spostarlo mentre è ancora così congelato».

Barnes diede un'ultima occhiata al morto prima di voltare le spalle all'auto. «Come è finito in questo stato?»

Lucas alzò una mano guantata. «Non posso dire altro fino a quando non avrò eseguito l'autopsia, detective. Non voglio azzardare ipotesi, ci sono troppe variabili da considerare. Ora, se non è un problema, devo organizzare il trasporto da qui».

Kay lo seguì fuori e socchiuse gli occhi nella luce intensa del sole. «Insolito da parte tua fermarti a occuparti di questo, Lucas. Non è per questo che c'è Simon?»

«Questo caso sarà un po' complicato».

«Oh?»

Il patologo fece una smorfia. «Mettiamola così, Hunter. Non voglio che nulla di importante vada perso, se si può evitare».

CAPITOLO 3

Kay ripose la tuta protettiva, i guanti e i copriscarpe che aveva tolto in un contenitore per rifiuti biologici fuori dalla tenda e si prese un momento per esaminare le auto disposte sul piazzale.

Guardò oltre la spalla verso il retro del veicolo dove era stata trovata la vittima, il paraurti posteriore era visibile attraverso uno spiraglio nella tenda mentre Patrick era fuori a parlare con Harriet, sfogliando le immagini sul retro della sua fotocamera.

L'auto a quattro porte era più vecchia delle altre in esposizione, più trasandata, consumata.

E di un colore diverso.

Tutte le altre auto avevano varie tonalità di bianco, grigio o argento.

La vernice bordeaux sembrava fuori posto accanto a un lucido fuoristrada bianco di appena un paio d'anni, e mentre allungava il collo oltre il tetto della berlina a due porte più vicina, si chiese perché il venditore d'auto, O'Connor, l'avesse acquistata o presa in permuta.

«Abbiamo preso l'auto di Emma qui», disse Barnes mentre la raggiungeva. «Un paio d'anni fa dopo che ha superato l'esame di guida.»

«Davvero?»

«Giusto in tempo a quanto pare. I prezzi sono aumentati molto da quando siamo stati qui. Non spenderei mai così tanto per una prima auto.»

«Forse O'Connor punta a una clientela diversa per guadagnare di più?»

«Può darsi. Glielo chiediamo?»

«Andiamo, allora.»

Kay lo seguì nell'ufficio vendite e, mentre i suoi occhi si abituavano all'illuminazione soffusa, notò una figura allampanata familiare con i capelli ispidi seduta a una scrivania nel mezzo della stanza, di fronte a un uomo robusto sulla sessantina.

Gavin Piper era un detective competente su cui aveva imparato a contare sempre di più nell'ultimo anno, visti i cambiamenti di personale nella sua squadra, e un'ondata di orgoglio la avvolse mentre lo ascoltava guidare Mike O'Connor attraverso le domande preliminari.

Alzò una mano verso Barnes e si fermò accanto a un altissimo espositore di brochure per assicurazioni, dettagli auto e aziende di assistenza locali, prendendosi un momento per dare un'occhiata al piccolo ufficio.

Nell'aria aleggiava un profumo di limone e, mentre il suo sguardo attraversava la stanza, vide un aspirapolvere abbandonato accanto a una seconda scrivania sulla destra. Le pareti avevano bisogno di una nuova mano di vernice ma, nel complesso, l'attività sembrava ben curata.

L'uomo seduto di fronte a Gavin ebbe un sussulto

quando squillò il telefono, i suoi occhi si spostarono sulle luci lampeggianti mostrate sulla parte superiore di un'unità di plastica nera accanto al suo gomito prima di premere un pulsante per silenziarlo.

Le luci continuarono a lampeggiare.

O'Connor alzò lo sguardo mentre lei e Barnes si avvicinavano e Gavin si voltò al suono dei suoi passi.

«Buongiorno, Gavin.»

«Capo.»

Il detective si alzò dalla sedia, con il taccuino in mano.

Indicò l'uomo più anziano seduto dietro la scrivania che indossava un completo grigio chiaro che rispecchiava il suo pallore. «Questo è Mike O'Connor, il proprietario del posto. Laura sta parlando con Kevin Short, il ragazzo che ha trovato il corpo. Sono in cucina, sul retro.»

«Se la sta cavando?»

Gavin sospirò. «Non credo che andrà all'università questa settimana, capo. Potrei andare a vedere come va con Patrick là fuori se vuoi parlare con il signor O'Connor.»

«Grazie, Gavin.»

Kay presentò sé stessa e Barnes. «Signor O'Connor, l'auto in cui è stato trovato il corpo della vittima, è una delle sue?»

«Dio, no. Troppo vecchia tanto per cominciare.» Nonostante le circostanze, il petto del venditore si gonfiò mentre si raddrizzava sulla sedia e si schiariva la gola. «Qui tratto solo veicoli usati di qualità.»

«In tal caso, come spiega di non averla notata quando è arrivato questa mattina?» Kay guardò attraverso le porte aperte. «Risalta parecchio rispetto alle altre auto che ha là fuori.»

O'Connor si passò una mano sulla testa, le rughe di preoccupazione gli increspavano la fronte. «Avevo molto per la testa, detective, semplicemente. Inoltre, l'ingresso al piazzale è sul lato opposto rispetto al punto in cui quell'auto è stata parcheggiata e abito a Wateringbury, quindi arrivo anche dalla direzione opposta. Non l'ho vista nella fretta di parcheggiare dietro l'edificio ed entrare in ufficio questa mattina.»

«Come vanno gli affari?» disse Barnes.

«Cosa intende?» Lo sguardo di O'Connor si spostò da Kay a Barnes, poi tornò indietro. «Vanno bene. Bene.»

«È solo che ha menzionato di avere molto per la testa in questo momento», disse Barnes, con voce pacata.

O'Connor si afflosciò sulla sedia e alzò le mani. «La mia ex moglie sta cercando di ottenere più soldi da me, tutto qui. Sostiene di non aver ricevuto una parte equa dei profitti quando l'ho liquidata l'anno scorso.»

«Anche lei è proprietaria dell'attività?» disse Kay.

«No, *era* proprietaria. Soci, o meglio lo siamo stati.» O'Connor sbuffò. «Ho detto al mio commercialista che era un errore farla diventare azionista quando ho comprato il posto.»

«Quando Kevin le ha detto del cadavere che ha trovato, è andato a guardare?»

«All'inizio non gli ho creduto», disse, prendendo con mano tremante un blocchetto di post-it che sfogliò mentre parlava. «Stavo litigando con mia moglie in quel momento. *Ex* moglie. Kevin è piombato qui bianco come un lenzuolo. Sono arrivato fino al fuoristrada e ho potuto vedere il tizio sul sedile posteriore. Mi è bastato. Ho chiamato subito voi.»

Kay annuì a Barnes e attese mentre il sergente detective estraeva il cellulare dalla tasca.

«Avremmo bisogno che lei dia un'occhiata a questa foto», disse. «Mi dispiace, non è piacevole, ma vorrei che lei mi dicesse se lo riconosce.»

Osservò O'Connor lasciar cadere il blocco note, con gli occhi che si spalancavano.

«Ma...»

«Per favore, signor O'Connor. È importante per la nostra indagine.»

«Oh... va bene.» I suoi occhi si riempirono di orrore quando Barnes girò lo schermo verso di lui. «No... no, non lo conosco.»

«Grazie.» Kay si voltò al suono di una porta che si apriva per vedere il detective Laura Hanway che conduceva un adolescente nell'ufficio vendite, poi si alzò dalla sedia. «Signor O'Connor, grazie per il suo tempo. La contatteremo. Nel frattempo, può parlare con il detective Piper in qualsiasi momento nel corso di questa mattinata, ma le chiederei di rimanere qui nell'ufficio vendite piuttosto che sul piazzale.»

«Capisco.» O'Connor sollevò il mento verso le porte aperte. «Ha idea di quanto tempo staranno là fuori?»

«Tutto il tempo necessario, signor O'Connor.»

CAPITOLO 4

Laura Hanway presentò Kay e Barnes a Kevin Short, poi posò la mano sul braccio del ragazzo e lo condusse verso la seconda scrivania.

«Ti prenderò un bicchiere d'acqua mentre parli con l'ispettrice Hunter», disse. «Non ci metterò molto.»

Lanciò un piccolo sorriso a Kay mentre scompariva dietro la porta interna, e Kay si rese conto che la sua ultima protetta stava imparando velocemente sotto la guida dei membri più esperti della squadra.

La sua decisione di interrogare un testimone chiave da sola, mentre la sua collega parlava con il capo del ragazzo in modo da procedere rapidamente nelle fasi iniziali dell'indagine, dimostrava una nuova sicurezza che irradiava dalla loro ultima recluta.

Anche la cura e l'attenzione che aveva mostrato verso il giovane testimone erano rassicuranti.

«Kevin, vorremmo solo rivedere alcune cose, se per te va bene», iniziò Kay.

Il ragazzo poteva essere alto quanto lei, ma la peluria

sul mento mostrava i segni di qualcuno che cercava disperatamente di lasciarsi alle spalle gli anni dell'infanzia, mentre i suoi occhi spalancati conservavano un'innocenza fanciullesca.

Un'innocenza che aveva ricevuto un brusco risveglio solo poche ore prima.

Lui scrollò una spalla, poi sembrò ricordarsi con chi stava parlando e si raddrizzò, indicando due sedie imbottite davanti alla scrivania.

«Volete accomodarvi?»

«Stiamo bene così, grazie. Quanti anni hai, Kevin?»

«Diciassette.»

«Lavori qui da molto?»

«Da ottobre dell'anno scorso.» Sospirò, si passò una mano tra i folti capelli castani che gli ricadevano sugli occhi, poi si appoggiò alla scrivania, con le nocche bianche mentre ne stringeva il bordo. «Volevo prima ambientarmi al college, abituarmi alla routine lì e poi trovare qualcosa per guadagnare un po' di soldi nei giorni in cui non avevo lezioni.»

«Cosa studi?» disse Barnes, alzando lo sguardo dal suo taccuino.

«Sto facendo un apprendistato come elettricista.»

«Non ti andava di lavorare per un elettricista locale, quindi?»

Un'altra scrollata di spalle. «Ho pensato di tenere aperte tutte le opzioni.»

Kay notò il leggero fremito che apparve all'angolo della bocca di Kevin, e abbassò la voce. «Vai d'accordo con Mike?»

«Sì», disse, annuendo con entusiasmo. «È un buon

capo. Non mi limito a lavare auto, sapete. Mi fa fare tutti i documenti per i nuovi veicoli, e sono più bravo di lui con il computer; quindi, gestisco anche la maggior parte delle vendite che fa.»

«E l'attività qui? Tutto a posto?» disse Barnes.

«Finché mi pagano, non ci faccio molto caso, a dire il vero. Soprattutto se sta parlando con l'ex moglie.»

«Oh? Ci sono problemi lì, dunque?»

Kevin abbassò il mento. «Non posso fare a meno di sentire certe cose, ecco tutto. Credo che stia cercando di riscattare la sua parte o qualcosa del genere. Non lo so davvero.»

«Hai notato qualcosa di strano ultimamente? Qualcuno che ronzava intorno e non avrebbe dovuto?» chiese Barnes.

Kevin scosse la testa. «No, ed è quello che ho detto anche a Laura.»

Arrossì.

Kay sorrise all'uso del nome di battesimo della sua detective. Evidentemente la sua collega dai capelli rossi aveva fatto colpo. «E l'uomo deceduto? Lo riconosci?»

Il ragazzo rabbrividì. «Non l'ho mai visto prima in vita mia. Sapete cosa gli è successo? Voglio dire, come diavolo è finito così, e qui?»

«È troppo presto per commentare al momento», disse Kay. «Hai qualcuno a casa con cui puoi parlare di questo, o magari un insegnante?»

«Mio padre è un pompiere. Vado molto d'accordo con lui, e ha visto alcune cose orribili in passato, quindi non lo spaventerò.» Si alzò in piedi, con la voce più ferma. «Non preoccupatevi. Starò bene.»

«D'accordo», disse Kay, porgendogli il suo biglietto da visita. «Questo è il mio numero, quindi se ti viene in mente qualcosa che potresti aver trascurato parlando con noi, o con Laura, chiamami. Non importa a che ora, risponderò sempre.»

«Grazie.»

Si voltò per seguire Barnes, ma poi si fermò. «E le telecamere di sorveglianza là fuori? Le avete controllate?»

Kevin arrossì. «Si sono rotte la settimana scorsa e Mike mi ha chiesto di far venire la ditta per ripararle, ma me ne sono dimenticato. Era nella mia lista di cose da fare oggi prima di andare al college.»

Kay trattenne il sospiro di frustrazione che minacciava di sfuggirle dalle labbra, e si sforzò invece di sorridere. «Non preoccuparti. Grazie.»

Quando uscì, notò Harriet e Patrick vicino al cordone più lontano, con le teste chine intente in una conversazione, con i bicchieri da asporto di caffè stretti nelle mani.

Si erano tolti maschere e guanti, e avevano abbassato i cappucci rivelando capelli lucidi di sudore per aver lavorato nello spazio ristretto della tenda.

«Come procede là dentro?» disse Barnes.

«Fa caldo», rispose Patrick.

«Il che significa che dovremmo essere in grado di rimuovere la vittima dall'auto entro un'ora», aggiunse Harriet, poi arricciò il naso. «Non appena riusciremo a staccarlo dal rivestimento senza causare ulteriori danni.»

«Avete trovato qualcosa durante l'ispezione iniziale dell'auto?» disse Kay.

Patrick si avvicinò in modo che potesse vedere il

display sul retro della fotocamera digitale SLR che teneva in mano, e sfogliò le immagini. «Kevin ha menzionato un segno sulla portiera posteriore del lato vicino, e ci sono danni alla vernice e alle finiture su quel lato. Ho esteso la nostra ricerca fino al marciapiede, e sembra che chiunque stesse guidando abbia urtato un cartello vicino al cordolo che separa il marciapiede dal piazzale là.»

Barnes mise la mano a coppa intorno al display per proteggerlo dal riflesso del sole, poi aggrottò la fronte. «Intendi dire che chiunque abbia abbandonato l'auto aveva fretta e non ha usato l'ingresso, ha guidato direttamente sul marciapiede e sul cordolo per parcheggiare?»

«È quello che penso», disse Patrick. «Una volta rimosso il corpo, darò un'occhiata più attenta alla parte anteriore dell'auto, dovremo farla retrocedere dal muro così potrò guardare sotto per vedere quali danni potrebbero esserci.»

Kay rivolse la sua attenzione alle persone che vagavano fuori dalla tenda, poi espirò. «Quindi la nostra vittima è stata uccisa, tenuta da qualche parte al freddo per un tempo sufficiente a congelare il corpo, e poi scaricata qui. Perché?»

Si allontanò da Patrick quando un grido si propagò dalla tenda fino a dove si trovavano.

«Ci chiamano», disse Harriet. «È ora di tornare al lavoro.»

La responsabile della Scientifica consegnò il suo bicchiere di caffè vuoto a un collega di passaggio con un cenno di ringraziamento, poi tirò su il suo cappuccio.

«Buona fortuna», disse Barnes. «Penso che ne avremo tutti bisogno per questo caso.»

CAPITOLO 5

Kay varcò la porta della sala operativa ed entrò in una cacofonia di telefoni che squillavano, voci che si chiamavano attraverso lo spazio e un brulichio di personale amministrativo che litigava per le stampanti e le fotocopiatrici allineate sulla parete in fondo.

Una rapida occhiata alle sue email non fornì nuove informazioni sull'uomo deceduto trovato nell'auto, così rivolse l'attenzione alla luce lampeggiante della segreteria telefonica, mentre ascoltava i messaggi che spaziavano da richieste di rapporti gestionali e cambiamenti del personale a pretese da parte di giornalisti locali che chiedevano informazioni sul macabro ritrovamento.

Imprecò sottovoce quando l'inchiostro della sua penna finì, poi si sporse e afferrò una biro dal portapenne sulla scrivania di Barnes, di fronte alla sua. Scrisse i numeri di telefono dei giornalisti e un promemoria per parlare con l'ispettore capo investigativo Devon Sharp riguardo all'organizzazione di una conferenza stampa il prima possibile.

Prima che iniziassero a circolare le voci.

L'aroma di chicchi di caffè bruciati e del panino all'uovo di qualcuno aleggiava nell'aria mentre si dirigeva verso la lavagna dove Gavin Piper stava scrivendo note preliminari con un pesante pennarello nero.

Lui fece un passo indietro per osservare il suo lavoro quando lei lo raggiunse, con la mascella contratta.

«Non abbiamo molto su cui lavorare, capo», disse sottovoce.

«C'è sempre qualcosa. Dobbiamo solo iniziare a scavare. Raduna tutti e faremo un aggiornamento».

Kay aggiunse le sue note alla lavagna basandosi sulle conversazioni avute con Mike O'Connor e Kevin Short, mentre il suono delle sedie che strisciavano sulle sottili piastrelle di moquette e il chiacchiericcio tra i colleghi si riduceva a pochi mormorii silenziosi, poi si voltò verso di loro.

L'agente Debbie West si affrettò dalla minuscola cucina ai margini della sala operativa e le porse una tazza di caffè prima di prendere posto accanto a Laura Hanway.

«Grazie, Debs. Buongiorno a tutti. Per chi fosse nuovo nella squadra, sarò io il responsabile delle indagini per questo caso e il sergente detective Ian Barnes è il mio vice». Rivolse un sorriso ai quattro membri del personale amministrativo assegnati all'ultimo minuto dalla sede centrale che si aggiravano ai margini del gruppo. «Siamo un gruppo amichevole, quindi se non trovate qualcosa non esitate a chiedere, a meno che non vogliate qualcosa dall'armadio della cancelleria, nel qual caso Debbie è il vostro punto di riferimento perché sorveglia quel materiale come se fosse l'oro della Federal Reserve a Fort Knox».

Un'ondata di risate attraversò il gruppo, e Kay notò che i nuovi arrivati si rilassarono un po'.

«Bene, passiamo agli affari: abbiamo il corpo congelato di un uomo sconosciuto tra i trenta e i quarant'anni sul sedile posteriore di un veicolo di nove anni abbandonato nel piazzale di una concessionaria di auto usate. Né il proprietario, Mike O'Connor, né il suo assistente part-time Kevin Short riconoscono la vittima o il suo veicolo. Riteniamo che l'auto sia stata guidata sul marciapiede e sul cordolo fino al piazzale in un momento tra la chiusura dell'attività di O'Connor alle sei di ieri sera e le otto di questa mattina, quando Kevin è arrivato al lavoro. Il corpo è ancora congelato, quindi è possibile che l'orario sia dopo la mezzanotte piuttosto che prima, ma non diamo nulla per scontato finché non avremo prove a supporto. O'Connor afferma di non aver notato il veicolo quando è arrivato alle sette e trenta perché è entrato nel piazzale attraverso l'ingresso principale sul lato opposto e ha detto che la sua mente era altrove occupata».

Kay fece una pausa per bere un sorso di caffè mentre i colleghi finivano di prendere appunti. «Qualcuno ha avuto la possibilità di confrontare le foto della nostra vittima con quelle nel database delle persone scomparse?»

Una mano si alzò dal fondo del gruppo e l'agente Phillip Parker alzò la voce. «Capo, abbiamo avuto fortuna su questo punto: penso si tratti di un uomo di nome Carl Taylor. Sua moglie, Helen, ne ha denunciato la scomparsa venerdì sera. Sto aspettando conferma da una pattuglia in divisa che è andata a parlare con lei, vive a Lenham».

«Fammi sapere appena ne hai la conferma, Phillip, e se lei conferma che è lui, voglio che tu lavori con Laura per raccogliere tutto ciò che potete su di lui: background, lavoro, amicizie, tutto».

«Sì, capo».

«Cosa sappiamo di Mike O'Connor finora? Qual è la sua storia?»

Barnes si schiarì la gola. «Ha acquistato l'attività di auto usate un anno fa dal proprietario originale, Marcus Tavistock, ricordo che era lui a gestire il posto quando abbiamo comprato lì l'auto per Emma. Marcus è andato in pensione e, da quello che sono riuscito a scoprire con una rapida ricerca online, O'Connor ha venduto tutti i rottami che Marcus aveva lasciato e ha portato modelli più recenti».

«Come hai detto prima, puntando a una clientela diversa», disse Kay, voltandosi per aggiornare le note sulla lavagna. «Cosa sappiamo del coinvolgimento della sua ex moglie? Sembra esserci dell'antagonismo».

«Ho dato un'occhiata al sito del Registro delle Imprese e lei risultava azionista senza diritto di voto al momento dell'acquisto», disse Barnes. «Sembra sia stata rimossa sei mesi fa. Esaminerò la documentazione contabile presente sul sito per vedere se riesco a capire cosa sia successo dal punto di vista finanziario, ma se non trovo nulla contatterò il commercialista: utilizzano il suo indirizzo come sede legale registrata».

«Ottimo lavoro, grazie. Sappiamo cosa faceva Mike prima di acquistare la concessionaria?»

«Lui e la moglie gestivano un ristorante vicino a Eccles», disse Laura. «Ian mi ha chiesto di indagare su questo mentre lui investigava sulla concessionaria. L'hanno venduto tre mesi prima di acquistare l'attività di auto usate. Ho trovato alcuni vecchi articoli online e hanno realizzato un enorme profitto. A quanto pare, dopo aver acquistato un pub fatiscente sei anni fa, l'hanno trasformato in una specie di bistrot di alto livello e offrivano catering per matrimoni. È stato presentato in un programma di viaggi in televisione due anni fa, e questo probabilmente ha aiutato. Ann, l'ex moglie di O'Connor, aveva una certa reputazione come chef. Ha scritto un libro di cucina dopo la sua apparizione televisiva».

«Qualche problema mentre erano lì?» chiese Kay.

«Niente che abbia potuto trovare, capo. Nulla online tra le notizie e niente nel nostro sistema».

«A quanto è stato venduto il ristorante?»

«Un milione e duecentomila».

Un coro di bassi fischi riempì l'aria, e Kay batté le palpebre.

«Wow. Ora vorrei esserci andata mentre lo gestivano loro, se era così buono». Si appoggiò a una scrivania vuota accanto alla lavagna. «Se stavano andando così bene, mi chiedo perché vendere il ristorante?»

«Forse ne avevano abbastanza», disse Debbie. «Sei anni sono un lungo periodo in quel settore, no? Soprattutto in un solo posto».

«Forse lo splendore stava iniziando a svanire», aggiunse Barnes. «Sia negli affari che nel matrimonio; dopotutto, sembra che lei abbia presentato istanza di divorzio pochi mesi dopo che lui aveva acquistato l'autosalone dell'usato».

«Sembra una scelta strana… comprare quello dopo il ristorante. E perché l'attesa di tre mesi nel mezzo?» disse

Kay. «Gav, puoi scoprire parlando con Mike O'Connor cosa è successo allora?»

«Nessun problema, capo».

«Bene allora, altri compiti per la giornata». Kay fece una pausa, sfogliò indietro una pagina nel suo taccuino e scorse le parole, alzando lo sguardo quando un telefono cellulare iniziò a squillare. Vide Parker rispondere al suo, poi rivolse di nuovo l'attenzione al resto della squadra. «Abbiamo bisogno di maggiori informazioni su Mike e Ann O'Connor; scoprite chi sono i loro amici e soci in affari. Qualcuno ha parlato con Ann questa mattina?»

«Gli agenti in divisa le hanno dato la notizia mezz'ora fa», disse Laura.

«Vorrei che tu facessi un'intervista di follow-up con lei, e porta Gavin. Fatela in modo formale, giusto per sicurezza». Kay aggrottò la fronte. «Finché non sapremo di più sulla nostra vittima, tutti sono sospettati».

«Ok, lo farò».

Parker aspettò che finisse di parlare, sporgendosi in avanti sulla sedia. «Capo, credo che Carl Taylor sia il nostro uomo. Gli agenti in divisa sono a casa sua, e sua moglie ha detto loro che lavora come autista di consegne, per un distributore di surgelati».

La stanza esplose di rumore mentre la squadra assorbiva la notizia.

Kay alzò la mano. «Silenzio per favore, tutti. Phillip, hai preso nota del nome del suo datore di lavoro?»

«Sì, capo».

«Bene... Gavin e Laura, cambio di programma. Intervistate Ann O'Connor domani e andate subito dai datori di lavoro di Carl. Barnes, tu vieni con me. Voglio parlare personalmente con Helen Taylor e scoprire cosa ha combinato suo marito, e perché è stato trovato nel piazzale delle vendite di Mike O'Connor».

Kay fece una pausa per controllare l'orologio. «Ci riuniremo qui alle quattro per un ulteriore briefing. Congedati».

CAPITOLO 6

Gavin si sforzò di rilassare le mani sul volante mentre accelerava verso Hawkenbury, con l'adrenalina che gli scorreva nel corpo mentre Laura gli indicava la direzione dal sedile del passeggero accanto a lui.

Il paesaggio sfrecciava oltre il finestrino, querce frondose e ippocastani si confondevano con i bordi erbosi mentre guidava l'auto fuori da Maidstone, forzando i limiti di velocità.

Laura avvolse la mano sinistra attorno alla maniglia sopra il finestrino quando lui prese una curva a destra particolarmente stretta, e lui rilassò la mascella quando la strada tornò rettilinea.

«Va bene, Lewis Hamilton», disse lei a denti stretti. «So che è urgente, ma vorrei arrivarci intera».

In risposta, Gavin controllò gli specchietti, poi superò un motorino che procedeva lentamente.

«Quanto è lontano da qui?» disse, sollevando il piede dall'acceleratore mentre un cartello stradale diventava visibile.

«Proprio qui avanti. Cerca il loro logo su un'insegna quadrata, non puoi sbagliare».

Iniziò a frenare quando lo avvistò, svoltando in un vialetto bordato da recinzioni in rete metallica che separavano il deposito dalla strada principale.

La ghiaia schizzò da sotto le sue gomme mentre rallentava fino al limite di velocità imposto dai proprietari della flotta di camion, e scrutò attraverso il parabrezza i bassi edifici degli uffici situati sul retro dell'ampio piazzale.

Seguendo le indicazioni per il parcheggio, fece passare il veicolo tra una serie di camion di medie e piccole dimensioni, tutti dotati di unità refrigeranti.

Il logo dell'azienda era impresso sulla parte laterale di ogni rimorchio, i colori vivaci in contrasto con il motivo della loro visita.

Un percorso demarcato li condusse a un parcheggio privo di camion sul retro degli edifici adibiti a uffici, e Laura indicò con il mento le porte della reception che si trovavano di fronte a loro dopo che Gavin aveva frenato in uno spazio contrassegnato per i visitatori.

«Qualcuno ha fretta di parlare con noi, guarda».

Un uomo con pantaloni grigi spiegazzati stava correndo verso il veicolo, le maniche della camicia blu arrotolate e macchie di sudore sotto le ascelle. I suoi capelli sottili sembravano come se ci avesse passato la mano per tutta la mattina.

Si fermò a pochi metri dall'auto, con l'espressione di un uomo con molte domande e nessuna risposta.

«Siete della polizia?» disse, spostando lo sguardo da Gavin a Laura quando scesero. «È per Carl?»

Gavin chiuse l'auto e raggiunse l'uomo che si spostava da un piede all'altro, torcendosi le mani.

«E lei sarebbe, signore?»

«Simon Thomas. Direttore del deposito».

«Sono il detective Gavin Piper, e questa è la mia collega Laura Hanway. C'è un posto dove potremmo parlare all'interno?»

«Certamente, prego, seguitemi».

Thomas si voltò senza aspettare una risposta, e Gavin si prese un momento per scambiare uno sguardo con Laura prima di seguire l'uomo, con i pensieri che correvano mentre riformulava le domande dell'intervista che aveva pianificato.

Il direttore del deposito li guidò attraverso le porte di vetro della reception, passando davanti a una donna seduta a una scrivania in un ufficio a forma di scatola dall'altro lato, poi a sinistra attraverso una solida porta di legno e in una sala conferenze.

Al centro, il tavolo ovale effetto pino poteva ospitare sei persone, e Thomas indicò i posti più lontani dalla porta, prima di sprofondare su una sedia di fronte.

Laura aveva già tirato fuori il taccuino quando Gavin le tirò fuori una sedia, e lui non perse altro tempo.

«Signor Thomas, non sembra sorpreso di vederci».

«Carl non si è presentato al lavoro questa mattina», disse l'uomo, tamburellando con le dita sulla scrivania mentre la pelle sottile sotto il suo occhio sinistro aveva un tic. «Non volevo farmi prendere dal panico, non prima di aver parlato con lui… dopotutto, il personale si ammala, ci sono problemi familiari, quel genere di cose… ma poi Sally là fuori alla reception ha visto la notizia online mezz'ora fa. L'uomo trovato morto congelato, è Carl, vero?»

Le sue parole uscirono di corsa, intrise di panico, paura.

«Mi dispiace», disse Gavin. «Sì, crediamo che sia lui».

Thomas smise di agitarsi, le sue dita si fermarono. «Mio Dio. Povera Helen».

«Dobbiamo farle alcune domande, signor Thomas...»

«Certo, certo... prego».

«Quando ha visto Carl l'ultima volta?»

«Venerdì mattina. Tutti gli autisti timbrano dalle sei e trenta circa in poi. Abbiamo parlato di un problema meccanico del camion che aveva guidato quella settimana e abbiamo concordato che sarebbe andato in manutenzione più avanti questo mese».

«Che tipo di problema meccanico?»

«Pensava che la frizione stesse cedendo. È stata sostituita un paio di anni fa, quindi è prevedibile».

Gavin allungò il collo per guardare i camion sparsi nel cortile attraverso la finestra oltre la sedia di Thomas. «Uno di quelli è il suo?»

«No, è questo il punto, vede». Il tamburellare delle dita ricominciò. «Ho ricevuto un messaggio da Carl che diceva che era in ritardo venerdì pomeriggio perché aveva forato una gomma e che aveva intenzione di accompagnare il tirocinante a casa sulla via del ritorno una volta riparata. Ha detto che avrebbe parcheggiato il camion a casa sua dopo e sarebbe tornato a prendere la sua auto durante il fine settimana».

Gavin sentì l'inspirazione di Laura mentre il suo cuore fece un sussulto. «Quale tirocinante?»

«Will Nivens. Vive con sua madre vicino a Tovil. Ha ottenuto la patente di categoria C il mese scorso ed è venuto da noi tramite una delle agenzie di Maidstone per guidare uno dei camion rigidi che utilizziamo».

«Will si è presentato al lavoro questa mattina?»

«No, e sia la sua auto che quella di Carl sono ancora là fuori. E non abbiamo ancora trovato il nostro camion».

«Ha parlato con Will?»

«La loro responsabile, Adele, ha provato a chiamare al suo numero di cellulare questa mattina ma non c'è risposta, e quando ha telefonato al parente più prossimo presente nel registro e ha parlato con sua madre, le è stato detto che non lo vedeva da venerdì».

«Sua madre ha denunciato la scomparsa?» disse Laura.

«No, ma stava per farlo se non si fosse presentato entro oggi pomeriggio. Will ci ha detto che venerdì dopo il lavoro avrebbe incontrato degli amici e sarebbero andati a Londra per il fine settimana; quindi, nessuno di noi si è preoccupato», disse Thomas. La sua fronte si corrugò. «Fino a quando non abbiamo visto le notizie, naturalmente».

«Perché non l'avete segnalato prima oggi?»

«Perché pensavo ci fosse una semplice spiegazione per tutto questo. Nessuno di noi voleva credere che fosse Carl quello che avete trovato». I suoi occhi assunsero un'espressione disperata. «Cosa sta succedendo? Se Carl è morto, dov'è Will?»

Gavin spinse indietro la sedia, fece cenno a Laura di seguirlo e si diresse verso la porta. «Le sarei grato se per il momento non dicesse nulla al resto del personale, signor Thomas. Manderemo presto una squadra in uniforme per ottenere una dichiarazione formale da parte sua».

Uscì di corsa dalla stanza e attraversò l'area di ricevimento, con Laura alle calcagna. Lanciandole le chiavi dell'auto mentre correvano verso il veicolo, estrasse il cellulare dalla tasca e se lo portò all'orecchio mentre saliva.

«Torniamo alla sala operativa?» disse Laura, partendo così velocemente che lui fu sbalzato all'indietro sul sedile.

«Sì, il più rapidamente possibile». Gavin strinse i denti mentre si allacciava la cintura. «Avviserò Kay che dobbiamo incontrarci lì».

CAPITOLO 7

Helen Taylor era una donna minuta con braccia sottili che spuntavano da una canottiera estiva.

Con gli occhi pieni di dolore, il suo aspetto generale quando l'agente Aaron Stewart condusse Kay e Barnes nel soggiorno di una casa bifamiliare ai margini di Lenham era quello di una figura emaciata che sembrava potesse svanire al minimo soffio di vento.

Si alzò da una poltrona color cuoio e tese una mano esile verso Kay. «Aaron mi dice che lei è la detective incaricata di scoprire chi ha ucciso mio marito».

La sua voce era dolce, sottile come un'ancia.

Kay le strinse delicatamente la mano. «Lo sono, e le prometto che farò tutto ciò che è in mio potere per assicurare il colpevole alla giustizia. Mi dispiace molto per la sua perdita».

«Grazie. Vuole accomodarsi?»

Barnes rimase in piedi, taccuino alla mano, mentre Kay si sedeva su una poltrona.

Si prese un breve momento per raccogliere i pensieri

mentre osservava la stanza, posando lo sguardo sulle fotografie incorniciate di Carl e sua moglie nel giorno del matrimonio e durante varie vacanze ed eventi successivi. Si voltò nuovamente verso Helen Taylor e vide che la donna la stava osservando.

«L'ho vista in televisione», disse Helen, tamponandosi il naso con un fazzoletto di carta. «Quando c'è un appello per un crimine che sta cercando di risolvere».

La donna fece una pausa, deglutì, e poi fece un respiro profondo. «Non avrei mai pensato che sarebbe toccato a me essere aiutata da lei. Questo tipo di cose succede agli altri, non è vero?»

«Mi dispiace, signora Taylor».

«Helen, per favore».

«Grazie. Per quanto tempo lei e Carl siete stati sposati?»

«Tredici anni». Un leggero sorriso sfiorò le labbra della donna. «Ci siamo incontrati un po' tardi nella vita; io avevo appena chiuso una relazione a lungo termine e Carl era nella stessa situazione. Era il mio trentesimo compleanno, stavo festeggiando con un paio di amiche strette, e lui era nel bar dove siamo andate con alcuni colleghi di lavoro. Ci siamo incontrati per caso all'uscita e siamo andati a bere qualcosa in un posto più tranquillo. Da allora siamo sempre stati insieme».

Kay fece una pausa mentre fresche lacrime scorrevano sulle guance di Helen.

«Quando ha parlato l'ultima volta con suo marito?»

«Venerdì mattina, mi ha telefonato al lavoro per chiedermi se potessi uscire prima».

«Per quale motivo?»

«Ha detto che aveva organizzato l'appuntamento con un idraulico. Sembrava così... be', *insistente*. Voglio dire, per me non era un problema uscire prima, sono solo una consulente e non ho mai preso giorni liberi da quando ho iniziato diciotto mesi fa, ma era il modo in cui me l'ha chiesto. Come se fosse davvero urgente e non avrebbe accettato un no».

«A che ora l'ha chiamata?»

Lo sguardo di Helen si abbassò verso il tappeto, e aggrottò la fronte. «Non ricordo con certezza. Verso le dieci e mezza, forse?»

«Quindi è uscita prima ed è tornata qui?»

«Sì. Sono arrivata a casa alle due, lui aveva detto che l'idraulico sarebbe arrivato verso le due e mezza».

«Dove lavora, signora Taylor?» disse Barnes.

Lei si girò sulla sedia per guardarlo, sollevando leggermente il mento. «Sono una receptionist in uno studio di avvocati a Sittingbourne. Si occupano di risarcimento danni, assicurazioni, cose del genere».

«Signora Taylor, lei o suo marito avete ricevuto minacce negli ultimi mesi?»

«No», tirò su col naso. «Questo è ciò che non capisco. Carl non farebbe del male a nessuno, è un autista di consegne, per l'amor del cielo».

«Avete avuto problemi con amici, magari, familiari?»

«No, niente del genere». Helen fece una pausa, poi indicò le fotografie allineate sulla libreria. «Carl ed io non avevamo una cerchia sociale ampia, a dire il vero. Nessuno di noi due è sui social media. Spendevamo ciò che risparmiavamo per viaggiare. Suppongo che siamo piuttosto introversi, amiamo... *amavamo* la nostra reciproca compagnia».

Kay abbassò lo sguardo mentre gli occhi di Helen si riempirono di nuove lacrime. «Helen, mi dispiace ma devo fare queste domande. Sa se Carl potrebbe aver avuto problemi al lavoro? Le ha parlato di qualche preoccupazione?»

L'altra donna scosse la testa, prese un nuovo fazzoletto da una scatola su un piccolo tavolo di legno accanto alla sua poltrona e lo attorcigliò tra le dita. «No. Me l'avrebbe detto se fosse stato preoccupato per qualcosa. Ecco perché ero nel panico quando ho denunciato la sua scomparsa. Era così insolito per lui. Sapevo che qualcosa non andava...»

Il telefono di Kay iniziò a vibrare dalla sua borsa, e lanciò uno sguardo di scuse a Helen prima di controllare lo schermo.

«Mi scusi, Helen, ma devo rispondere a questa chiamata».

Non attese una risposta. Fece segno a Barnes di seguirla nel corridoio e toccò lo schermo non appena lui chiuse la porta del soggiorno.

«Gavin?»

«Capo, deve tornare in sala operativa. Subito».

CAPITOLO 8

Laura sentì montare il panico mentre spostava i rapporti accumulati sulla sua scrivania e accedeva al computer.

Lei e Gavin erano tornati nella sala operativa quindici minuti prima, e il suo collega aveva condiviso telefonicamente con la squadra la notizia della scomparsa di Will Niven mentre lei guidava verso la stazione. Ora stava impartendo ordini secondo cui avrebbero almeno avviato le ricerche mentre aspettavano l'arrivo di Kay e Barnes.

Era un pandemonio: l'intero spazio era pieno di telefoni che squillavano, colleghi che urlavano per farsi sentire l'uno sopra l'altro, e sotto tutto ciò c'era la paura che un giovane uomo stesse morendo o fosse già morto.

Laura lanciò un'occhiata dall'altra parte della stanza, dove Gavin stava in piedi, con le braccia incrociate sul petto mentre ascoltava il sergente Hughes che parlava con il quartier generale, richiedendo personale in uniforme aggiuntivo per assistere la squadra investigativa.

Tutto il suo linguaggio corporeo emanava una

tranquilla sicurezza, la sua voce non più di un mormorio in contrasto con il rumore circostante.

Sperava che un giorno avrebbe assunto le stesse responsabilità con altrettanta calma esteriore.

«Laura, hai quella lista dei luoghi circa il percorso di Carl e Will di venerdì?»

La voce di Phillip Parker la scosse dai suoi pensieri e alzò lo sguardo per trovarlo in piedi accanto alla sua scrivania.

«È appena arrivata via email da Simon Thomas» disse, indicando una sedia libera nelle vicinanze. «La inoltrerò a tutti e poi possiamo iniziare con i dati ANPR delle targhe di venerdì e con le telecamere di sorveglianza.»

Parker trascinò la sedia, una rotella allentata sbatteva nel suo alloggiamento prima che si lasciasse cadere sul sedile e si unisse a lei. «Pensi che lo troveremo vivo?»

Lei strinse le labbra. «Non lo so, Phil. Non ho un buon presentimento.»

«Nemmeno io.»

Tacque mentre lei muoveva il mouse sullo schermo, inviava l'email e poi accedeva al sito del Centro Nazionale Dati ANPR.

Allungando la mano verso il suo taccuino, inserì la targa del camion frigorifero che Carl stava guidando e attese mentre i dati venivano elaborati.

«Ecco qua» disse, individuando il dato evidenziato.

Lavorando all'interno del sistema, annotò ogni punto in cui il camion era passato durante il percorso dell'autista nella zona locale mentre Parker accedeva alle telecamere di sorveglianza che avrebbero permesso loro di tracciare visivamente gli ultimi movimenti di Carl Taylor.

«Come va qui?» disse Gavin, appoggiandosi alla sua scrivania e sbirciando lo schermo.

«Abbiamo appena iniziato con le telecamere di sorveglianza» rispose. Prese un nuovo blocco note, copiò le posizioni dal sistema ANPR e strappò la pagina. «Questo è quello che abbiamo finora, se vuoi aggiungerli alla mappa.»

«Fantastico, grazie.» Le strappò il foglio dalla mano e si precipitò verso la bacheca all'estremità della stanza mentre il suo cellulare iniziava a suonare.

Laura riportò l'attenzione allo schermo mentre Parker cliccava sulla prima angolazione di telecamera elencata, e faceva avanzare velocemente la registrazione verso l'orario che corrispondeva alla lista del percorso fornita dal datore di lavoro di Carl.

Infatti, alle sette e mezza di venerdì mattina, un camion color crema con il logo della flotta della filiera del freddo sul lato del rimorchio passò davanti alla telecamera diretto alla prima consegna di Carl, un minimarket aperto 24 ore su 24 su Loose Road.

«Ok, quindi Simon Thomas dice che tutti i loro autisti raccolgono i carichi giornalieri da un magazzino di distribuzione della filiera del freddo a Laddingford, poi iniziano i loro giri» disse Laura, dando un'occhiata all'email del direttore del deposito. «Il percorso può cambiare di giorno in giorno a seconda delle esigenze dei clienti, ma le loro consegne regolari costituiscono tre quarti del loro percorso quotidiano.»

Parker regolò le impostazioni e trovò una telecamera di sorveglianza rivolta verso il negozio. «Questa angolazione mostra Carl e Will che scaricano il camion fuori dal negozio, guarda.»

Venti minuti dopo, il camion delle consegne si allontanava dal marciapiede e scompariva dalla vista.

«Prossima fermata...» mormorò Parker, e cliccò sull'elenco della telecamera pertinente.

Laura si appoggiò allo schienale della sedia mentre il collega lavorava attraverso l'elenco e cercò di contenere la sua impazienza.

Avevano bisogno di risposte, e presto.

La porta della sala si spalancò, e Kay entrò di fretta con Barnes al suo fianco.

Si diresse dritta verso la lavagna mentre Barnes lanciava le chiavi dell'auto sulla sua scrivania prima di raggiungerla.

«Torno subito» disse Laura.

Parker non disse nulla, lo sguardo fisso sullo schermo.

Quando Laura raggiunse gli altri detective, Gavin stava fornendo a Kay maggiori dettagli sul loro colloquio con Simon Thomas.

«Non c'era un sistema GPS installato sul camion di Carl?» chiese Kay.

«Ho parlato di nuovo con Simon Thomas dopo che siamo tornati qui» rispose Gavin. «Dice che, quando è stato suggerito, i loro autisti non ne erano entusiasti. È sempre stato soddisfatto del loro lavoro, e non ci sono state lamentele serie da parte dei clienti, quindi era felice di acconsentire. Dato che avere il GPS sui camion non è un requisito legale, ha ritenuto che si sarebbe risparmiato il dover ottenere il loro consenso per raccogliere dati. L'idea è stata abbandonata a gennaio, una settimana dopo che era stata proposta.»

«Potrebbero riconsiderarla dopo quanto è accaduto» disse Barnes.

Laura si voltò al suono di passi in avvicinamento e vide Parker che avanzava verso di loro, taccuino in mano.

«Credo di aver trovato l'ultima posizione nota del camion» disse. Si spostò verso la mappa che Gavin stava usando per tracciare il percorso di Carl e batté il dito su un'area boschiva a sud della città. «Non ha mai effettuato la consegna a Yalding, e quella precedente era qui, a Mockbeggar. Se fossi io, userei questa stradina per evitare il traffico peggiore lungo questa strada qui.»

Kay si girò verso la stanza e alzò la voce mentre il sergente Hughes alzava lo sguardo dal suo schermo. «Mi servono tre pattuglie in questa posizione, subito. O Will Nivens è il nostro principale sospettato per l'omicidio di Carl Taylor, oppure è un'altra vittima e potrebbe essere intrappolato in quel camion frigorifero. Andiamo.»

Laura corse alla sua scrivania, raccolse le sue cose e cercò di contenere il rinnovato panico.

«Gavin, Laura… fate venire Simon Thomas lì con noi, insieme ai vigili del fuoco così possono tagliare il retro di quel camion se abbiamo bisogno di aiuto.» Kay prese il suo giubbotto antiproiettile dal cassetto in fondo alla sua scrivania prima di dirigersi verso la porta con Barnes, urlando da sopra la spalla mentre correva dietro di lui.

«Luci e sirene durante il tragitto, tutti quanti. Non perdiamo tempo.»

CAPITOLO 9

Luci blu lampeggianti provenienti da due auto di pattuglia della polizia accolsero Kay quando Barnes fermò bruscamente l'auto accanto a un ciglio erboso e incolto.

Gli agenti del traffico in uniforme stavano già posizionando coni stradali per bloccare l'accesso alla stradina e creare una deviazione verso percorsi alternativi, i loro giubbotti gialli ad alta visibilità risaltavano nettamente contro le siepi di biancospino che costeggiavano la strada e invadevano i bordi della superficie piena di buche.

Una brezza leggera scuoteva le querce e i sicomori sopra la testa di Kay, le foglie frusciavano nel vento mentre lei indossava un giubbotto ad alta visibilità sopra l'ingombrante giubbotto antitaglio e scendeva faticosamente dal veicolo.

«Gesù, non mi manca per niente indossare tutta questa roba», si lamentò Barnes al suo fianco.

«Almeno non devi portare anche tutta l'attrezzatura», disse lei, alzando una mano in segno di saluto all'alto agente in uniforme che si voltò al suono dei loro passi. «Tim».

«Capo». Il sergente Tim Wallace fece un cenno a Barnes, poi indicò con il pollice oltre la sua spalla. «Abbiamo trovato il camion del vostro autista. È a circa cento metri in quella direzione, lungo una deviazione per un sentiero che non viene usato da un po'. È tutto incolto, tranne alcuni rami che si sono spezzati, presumibilmente quando il camion è stato parcheggiato laggiù».

«Avete aperto il retro?»

«Non possiamo, capo. Qualcuno ha messo un lucchetto di sicurezza, e nessuna delle chiavi nella cabina lo apre».

«Le chiavi erano lì?»

«Sì, capo, nel quadro di accensione».

«Quanto sono lontani i vigili del fuoco?»

«Un paio di minuti».

«Nessun segno dell'autista in apprendistato?»

«Abbiamo dato un'occhiata nella zona e nella cabina, ma non c'è traccia di lui».

«In tal caso, voglio…»

Kay si fermò sentendo il rumore di un altro veicolo che si avvicinava, con una seconda auto che lo seguiva.

Entrambe parcheggiarono dietro la sua.

«Sono Gavin e Laura», disse, «e penso che questo dev'essere il direttore del deposito dell'azienda di trasporti. Se siamo fortunati avrà un set di chiavi master per aprire il lucchetto così da preservare eventuali prove piuttosto che doverlo tagliare».

«Meglio dir loro di sbrigarsi, capo», disse Wallace. «Se quel tizio è rimasto nel retro tutto questo tempo...»

Lei mormorò il suo assenso, poi fece cenno a Simon Thomas di avvicinarsi.

Gavin e Laura emersero dalla seconda auto, entrambi i detective corsero al punto in cui lei si trovava.

«Signor Thomas, è stato installato un lucchetto sul retro del camion. Ha le chiavi?», disse.

In risposta, l'uomo mise la mano in tasca e tirò fuori due chiavi d'ottone. «Ma non usiamo lucchetti, detective. Queste sono per le serrature delle porte».

«Merda».

Kay si voltò al rumore di un veicolo pesante che ruggiva lungo la stradina, e alzò la mano mentre un camion dei pompieri frenava accanto a lei.

L'autista abbassò il finestrino e la guardò. «Dove ci volete?»

«Ho bisogno di tronchesi, subito. La vita di un uomo è in pericolo».

L'autista si voltò e chiamò i colleghi nella cabina dietro di lui.

La porta si aprì e due pompieri saltarono giù, il secondo si girò e allungò le mani per prendere le tronchesi che un collega gli passava.

«Ok, andiamo», disse Kay.

Seguì Wallace mentre si faceva strada tra le due auto della pattuglia parcheggiate che bloccavano l'accesso ad altri veicoli, con il cuore che le batteva forte.

L'odore pungente degli aghi di pino e del sottobosco umido permeava l'aria, il silenzio della stradina rotto solo dal muggito di una mucca in un campo oltre la fitta area boscosa su entrambi i lati.

Profondi solchi nel fango secco e screpolato

diventavano morbidi, ospitando torbide pozzanghere nelle zone ombreggiate accanto ai tronchi di alberi vecchi di decenni. Felci ed erba alta coprivano i cigli della strada, il fogliame bloccava tutto tranne una stretta striscia di luce solare lungo il centro del sentiero dove l'erba alta era stata appiattita dal passaggio di un veicolo pesante.

«Ci sono anche tracce fresche di pneumatici nel fango qui», disse Gavin.

Kay lo seguì lungo la superficie irregolare, attenta a dove metteva i piedi per non slogarsi una caviglia in uno dei solchi.

Il sentiero stretto piegava verso sinistra dopo qualche metro, e poi si fermò.

Barnes fece un respiro profondo accanto a lei alla vista del camion abbandonato.

Era stato guidato con il muso in avanti lungo il sentiero, solo le porte posteriori erano visibili tra la vegetazione e i rami che impedivano il loro avanzamento verso di esso.

Kay osservò il lucchetto fissato alle maniglie sul retro del camion e fece cenno al direttore del deposito di avanzare.

«Signor Thomas, può confermare che questo camion è il vostro veicolo scomparso?»

«Sì, lo è». La sua voce tremava. «Questo è il camion che Carl guidava venerdì».

Lei allungò il collo finché non riuscì a scorgere due dei vigili del fuoco che li avevano seguiti. «Fateci entrare, allora».

L'uomo non aspettò ulteriori istruzioni. Si precipitò in

avanti e iniziò a tagliare il lucchetto mentre lei e Barnes si facevano strada verso la portiera del conducente.

«La porta era sbloccata quando siamo arrivati», disse Wallace. «È così che abbiamo trovato le chiavi nel quadro di accensione. Erano lasciate in posizione "accensione"».

Kay abbassò lo sguardo dalla cabina del conducente, percorrendo con gli occhi la lunghezza del camion. «La gomma posteriore è a terra».

«C'è un piccolo taglio come se fosse stato fatto con un coltello, capo», disse Wallace. «Quella dall'altro lato è uguale. Mi sono chiesto se fosse stato fatto una volta che il camion era qui così che non potesse essere spostato».

«Ma perché lasciare il motore acceso?»

Simon Thomas fece un passo avanti e la chiamò da dove si trovava sul retro del camion insieme a Gavin e Laura.

«Detective? Il motore probabilmente è stato lasciato acceso per mantenere in funzione l'unità di refrigerazione», disse. «I nostri autisti controllano la temperatura dalla cabina».

«Per quanto tempo rimarrebbe freddo una volta esaurito il carburante?»

«Un paio di giorni, finché le porte restano chiuse».

Barnes imprecò sottovoce. «Se c'è ancora qualcuno dentro...»

Un tonfo sordo dal retro del camion raggiunse Kay, e lei si liberò dei viticci di prugnolo che si aggrappavano al suo giubbotto mentre si faceva strada verso il retro del veicolo.

Gavin e gli altri formarono uno stretto semicerchio che

occupava l'intera larghezza dello stretto sentiero, un silenzio calò sul gruppo quando lei riapparve.

Il vigile del fuoco stava in disparte con la tronchese in mano, il lucchetto a terra nel punto in cui era caduto tra le erbacce.

Kay vide che Laura la stava guardando, e capì che tutti stavano aspettando lei.

Si fermò, estrasse un paio di guanti protettivi dal giubbotto antiproiettile e se li infilò.

Il resto della scena del crimine avrebbe potuto essere compromesso dalla loro presenza nella fretta di trovare Will Nivens, ma era suo dovere prendere ragionevoli precauzioni per preservare le prove dove possibile.

Mosse le dita, poi si fece avanti e scosse la maniglia della porta sul lato destro.

«Sono piuttosto pesanti» disse Simon Thomas. «Dovrai tirare con forza verso il basso per sbloccarla».

Kay fece come lui le aveva indicato, e la porta si aprì con un gemito metallico.

Una folata di aria gelida eruppe dalla stretta fessura, tentacoli frigidi le avvolgevano il viso e gli avambracci.

Rabbrividì, scrutando nell'oscurità mentre spalancava ulteriormente la porta, facendo un cenno a Barnes mentre lui si metteva i guanti e apriva la porta sinistra.

Scatole di patatine surgelate, verdure, gelati preconfezionati e altro ancora rivestivano l'interno del camion, con uno stretto passaggio al centro che creava un percorso disordinato.

«Capo, guarda le porte», disse Gavin, spostandosi fino a stare accanto a lei.

Lei sollevò il mento verso il punto in cui lui indicava, e deglutì.

Tra gli strati di ghiaccio che ancora ricoprivano la spessa struttura in acciaio c'erano segni di graffi, macchiati di sangue.

«I poveretti hanno cercato disperatamente di farsi strada fuori», disse Barnes.

«Dammi una spinta», disse lei, e mise la mano sulla sua spalla.

Lui intrecciò le mani, attese finché il piede di lei non fu in posizione, poi la sollevò oltre il portellone e dentro il veicolo.

Kay si aggrappò al lato del camion per mantenersi in equilibrio, le suole delle scarpe scivolavano sul pavimento ghiacciato mentre i suoi occhi si adattavano alla penombra.

«Qualcuno ha una luce?» disse.

«Ecco». Wallace infilò la mano nel giubbotto e le porse una torcia professionale.

«Non lasciate che quelle porte si chiudano».

Dopo averla accesa, si voltò e diresse il fascio di luce sul gelo che copriva le scatole.

Un sottile strato bianco brillava sulle pareti e sul soffitto dell'unità, e lei aggrottò le sopracciglia notando una serie di segni di abrasione che avevano graffiato le scatole e il pavimento.

Due spesse linee irregolari e parallele andavano dalle porte fino in fondo, come se qualcosa, o qualcuno, fosse stato trascinato fuori.

«Carl», sussurrò.

La pelle d'oca le ricopriva le braccia, l'atmosfera gelida le raffreddava le gambe mentre avanzava lentamente.

Le scatole iniziavano a diradarsi, lo spazio davanti a lei si allargava mentre si avvicinava all'ultimo metro dello spazio refrigerato.

«Quante altre consegne doveva ancora fare Carl?» chiese.

«Tre», rispose Laura. «L'ultima consegna era la più grande».

«Questo spiega la quantità di roba ancora qui dentro, allora».

Kay si fermò un momento, il fascio della torcia rimbalzava sulla parete posteriore del camion, accecandola per la quantità di ghiaccio che aderiva all'interno.

Alzò la luce verso il soffitto, notando che l'unità di refrigerazione era sopra la sua testa, il motore silenzioso.

Sapendo nel suo cuore ciò che avrebbe trovato, espirò.

Muovendosi attraverso la sottile nebbia che sfuggiva dalle sue labbra, abbassò il fascio luminoso ed emise un gemito.

Un uomo allampanato sui vent'anni giaceva rannicchiato in posizione fetale, le scarpe scalciate lontano dal corpo e un maglione spesso arrotolato sotto la guancia.

Il ghiaccio copriva i suoi lineamenti, le braccia e i piedi nudi erano blu mentre i suoi occhi fissavano senza vita una scatola che si era spaccata, con una manciata di piselli surgelati sparsi intorno alla sua forma immobile.

Kay aveva visto abbastanza.

Tornò barcollando verso le porte aperte, prese le mani tese di Barnes e Gavin e saltò a terra.

Uno dei vigili del fuoco si fece avanti e le avvolse una coperta attorno alle spalle, i suoi occhi colsero l'orrore nei suoi prima di farle un impercettibile cenno.

Una volta sicura che i suoi denti avessero smesso di battere, Kay iniziò a impartire ordini.

«Signor Thomas, deve tornare alla sua auto con il sergente Wallace, per favore. Tim…potresti chiamare via radio e richiedere che un patologo e la Scientifica arrivino il prima possibile? Fai sapere alla Stradale che la deviazione deve rimanere attiva per almeno ventiquattro ore».

Mentre il sergente in uniforme accompagnava via Thomas, Kay congedò i vigili del fuoco e si rivolse alla sua squadra.

«C'è un uomo morto all'interno, congelato come Carl Taylor. Presumo sia Will Nivens finché non avremo un'identificazione formale. Dobbiamo tenere questa storia riservata fino a quando non l'avremo; quindi, assicuratevi che tutti quelli che arrivano sulla scena del crimine capiscano che non tollererò che qualcuno informi i media, chiaro?»

I suoi tre colleghi mormorarono il loro consenso.

«Bene, Barnes… tu vieni con me. Gav, Laura… tornate voi alla sala operativa per coordinare da lì. Lavorate con Debbie per organizzare i turni per stasera e domani, e ordinate del cibo da asporto per tenere tutti in forze». Si voltò verso le porte aperte del camion frigorifero.

«In un modo o nell'altro, scopriremo chi ha fatto questo e ci assicureremo che paghi».

CAPITOLO 10

Il cuore di Kay sprofondò mentre scrutava attraverso la chioma degli alberi sopra di lei e ascoltava la squadra di investigazione della scena del crimine che si chiamavano l'un l'altro mentre lavoravano oltre il cordone.

Una tonalità indaco stava iniziando a invadere la serata estiva, e il freddo stava calando sulla stretta stradina.

«Presto inizierà a fare buio», disse a Harriet Baker mentre la responsabile della scientifica si avvicinava al nastro.

Harriet chiuse il blocco da disegno che teneva in mano, lo passò a un collega, poi indicò sei treppiedi che erano stati sistemati intorno al camion frigorifero.

«Non si preoccupi, Charlie ha portato le lampade con sé», disse.

All'apposito segnale, sei potenti luci multi-lampadina si accesero, illuminando il veicolo da tutti i lati.

Kay batté le palpebre per contrastare l'improvviso bagliore e alzò la mano per proteggersi gli occhi. «Mi dispiace, ti sto trattenendo».

«Ti chiameremo se troviamo qualcosa di significativo», disse Harriet. «Però staremo qui tutta la notte».

Kay rimase ferma vicino al cordone esterno, strinse la giacca attorno alle spalle e passò in rassegna la crescente lista nella sua testa delle cose che avrebbe dovuto fare al suo ritorno nella sala operativa il mattino seguente.

Represse uno sbadiglio, consapevole che le persone intorno a lei avrebbero lavorato ore ancora più lunghe dopo che Will Nivens fosse stato rimosso in sicurezza dal retro del camion, poi sentì dei passi sull'asfalto dietro di lei.

«Ecco a te».

Il suo stomaco brontolò mentre Barnes le porgeva un panino incartato con il familiare logo di un negozio di una stazione di servizio e un bicchiere fumante di caffè da asporto.

«Grazie, Ian. Hai chiamato Pia mentre eri via?»

«Sì, non preoccuparti, ormai ci è abituata».

Kay sorrise. La compagna di Barnes lavorava in qualità avvocato immobiliare durante il giorno, e lei riteneva che la donna fosse un'influenza calmante sul suo collega in più di un modo mentre lo guardava divorare una ciotola di insalata di pollo.

«Smettila di sorridere», disse lui, agitando la forchetta di plastica verso di lei. «A quanto pare se voglio entrare nel completo che intendo indossare per la laurea di Emma, devo perdere qualche chilo».

«Non posso credere che si laurei quest'estate», disse Kay tra un boccone e l'altro del panino al tonno. «Quali sono i suoi piani?»

«Per cominciare, viaggiare», rispose lui. «Ha trovato un posto per la fauna selvatica in Thailandia dove vuole fare volontariato per tre mesi, poi andrà in Australia e Nuova Zelanda. Io e Pia pensavamo di volare là e incontrarla prima che torni, ci dà una buona scusa per andarci».

«Sembra un ottimo piano». Kay finì il panino e accartocciò l'involucro prima di metterlo nella sua borsa mentre Charlie alzava la mano e camminava verso di loro. «Che cosa hai trovato?»

«Il camion è dotato di un tachigrafo», disse, porgendole una busta per prove. «La tessera del conducente era ancora inserita, ho pensato che potesse servirti subito».

«Fantastico, grazie, Charlie. E i telefoni cellulari?»

«Nessun segno di essi, chiunque abbia fatto questo si è assicurato che non potessero chiamare per chiedere aiuto».

«Quei bastardi», disse Barnes mentre il tecnico della scientifica tornava al suo lavoro. Sospirò. «Almeno abbiamo il tachigrafo. Ci saranno diverse informazioni che possiamo usare».

«Ti dispiace portare questo nella sala operativa sulla strada di casa stasera?» disse Kay, già scorrendo sullo schermo del telefono per trovare il numero di cui aveva bisogno.

«Nessun problema».

«Grazie. Aspetta». Alzò un dito mentre la chiamata riceveva risposta. «Gavin? Sto mandando Barnes tra un minuto con il tachigrafo di Carl Taylor dalla cabina del camion. Quando arriva, puoi chiamare Simon Thomas e chiedergli di lavorare con te per scaricare il registro di guida e inviarcelo via email prima del briefing di domani?» Kay camminava sul ciglio della strada mentre parlava, poi si fermò e scrutò lungo il sentiero dove la squadra di Harriet stava lavorando sotto le luci ad arco. «Ci aiuterà a confermare i suoi ultimi movimenti, e spero che ci dirà anche quando quel regolatore di temperatura è stato abbassato al massimo. Con un po' di fortuna, questo ci aiuterà a stabilire l'ora in cui entrambi gli uomini sono stati chiusi dentro».

«Lo farò, capo», disse Gavin. «Farò una nota in HOLMES2 per incrociare quei dati con le immagini delle telecamere di sorveglianza che Laura e Parker hanno già iniziato ad analizzare».

«Ottimo pensiero. Fa' che tutti tornino a casa entro le dieci, d'accordo? Domani mattina briefing alle sette e trenta».

«Capo».

Barnes le fece cenno mentre terminava la chiamata, la fronte corrugata mentre Lucas Anderson appariva dalla direzione opposta.

Il patologo era accompagnato da due uomini dell'obitorio, e Kay guardò in silenzio mentre lui li guidava lungo il sentiero prima di tornare.

«Se Will aveva freddo, perché si è tolto le scarpe e il maglione, Lucas?» disse Barnes. «Non ha senso».

«È una caratteristica comune dell'ipotermia», disse il patologo, finalmente sfilando la sua tuta protettiva e i guanti prima di spingerli in un bidone per rifiuti a rischio biologico accanto al nastro del perimetro esterno. «Con il rallentamento della circolazione sanguigna che si allontana dalle estremità per mantenere funzionanti gli organi vitali, avrebbe avuto la sensazione di surriscaldarsi. Verso la fine avrebbe iniziato a delirare, togliendosi i vestiti nel tentativo di rinfrescarsi».

Barnes rabbrividì. «Poveri disgraziati».

«Quello che non capisco è perché chi ha fatto questo è tornato qui per Carl?» disse Kay. «Perché aspettare finché non fosse morto, e poi abbandonare il suo corpo alla proprietà di O'Connor?»

«Lascerò quella parte a lei, detective Hunter», rispose Lucas, facendosi da parte per lasciare passare i due uomini che portavano la barella, con il corpo di Will ora sigillato in un sacco di plastica nero. Lo sguardo di Lucas seguì i due uomini fino alla fine del sentiero, poi si girò e indicò le porte aperte del camion frigorifero. «Quello che posso dire è che chiunque abbia fatto questo non aveva intenzione di lasciare che Will scappasse una volta che se ne fossero andati con Carl, guardi».

Kay si voltò per vedere cosa intendesse, e guardò mentre la squadra di Harriet abbassava un'altra scatola di cartone dal camion.

Nella luce delle potenti lampade, riuscì a vedere che il pannello all'interno accanto alla porta di destra era stato distrutto, con frammenti di plastica sporgenti e fili pendenti.

«Chiunque l'abbia rinchiuso dentro con Carl ha rotto il meccanismo di sicurezza», mormorò.

«Sarà venerdì mattina al più presto prima che possa fare l'autopsia di Will», disse Lucas, «ma almeno entro la fine della settimana avrà il quadro completo».

Lei ringraziò il patologo, poi lo guardò mentre tornava alla sua auto, e rabbrividì. «Come se questa settimana non potesse peggiorare».

CAPITOLO 11

Quando Kay seguì Barnes nella sala operativa il mattino seguente, notò una figura familiare nell'ufficio dietro la sua scrivania, di spalle rispetto alla stanza.

Si avvicinò e si fermò sulla soglia, osservando con occhio critico le scatole di cartone sotto il davanzale, i cui contenuti riempivano solo metà di ciascuna.

Il cassetto superiore di un archivio era aperto con varie cartelle e documenti sparsi sopra i fascicoli sospesi.

«Te ne vai, quindi?» disse.

Devon Sharp guardò oltre la spalla e sollevò un sopracciglio, con una pila di fogli sciolti in mano.

L'ispettore capo investigativo raramente si vedeva alla stazione di polizia del centro città a causa delle sue responsabilità che facevano sì che trascorresse sempre più tempo al nuovo quartier generale della Polizia del Kent, ma la sua presenza era sempre ben gradita dalla squadra.

Ex agente di polizia militare, con i capelli rasati corti ormai più grigi, camminava ancora con l'agilità di chi si allena regolarmente. La sua giacca grigio scuro mostrava i segni di un uomo che aveva trascorso la mattinata a distruggere documenti insignificanti, e la bocca di Kay si contrasse mentre attraversava la stanza per raggiungerlo.

Lui si appoggiò alla scrivania con un gemito soffocato e allentò la cravatta. «Il Commissario Capo ha chiarito che si aspetta che mi unisca al resto della sua squadra nel nuovo quartier generale di Northfleet ora che Sutton Road è chiusa. Ho cercato di spiegare che preferisco stare qui per poter essere operativo sul campo, ma la mia argomentazione è inutile. I tempi stanno cambiando, Kay.»

«È la fine di un'era, capo.» Distolse l'attenzione dai suoi pietosi tentativi di fare i pacchi per un momento, mentre voci e telefoni che squillavano filtravano dalla sala operativa.

«Lo è, vero?» Si strofinò le dita sulla superficie butterata della scrivania. «A quanto pare, mi hanno dato nuovi mobili là.»

«Grazie a Dio.» Kay diede un colpetto sul bracciolo metallico di una delle sedie per i visitatori. «Te lo diciamo da anni che questa roba sta cadendo a pezzi.»

Aggrottò la fronte mentre lui si passava una mano sugli occhi stanchi. «Stai bene, capo?»

«Politica, tutto qui. Fa parte del mestiere, purtroppo.»

Kay strinse le labbra. «Non sembra una buona cosa.»

«Non lo è. Comunque, parlami dell'indagine.» Si alzò in piedi. «Come sta procedendo?»

«Stavo per fare il briefing con la squadra. Ti piacerebbe unirti a noi?»

«Sì, grazie… devo partecipare a una conferenza stampa tra un'ora quindi vorrei assicurarmi che le nostre informazioni siano aggiornate.»

«Dammi un secondo e iniziamo.»

Uscì dal suo ufficio e si avvicinò a un distributore d'acqua, riempì un bicchiere e ne portò un altro a Sharp che conversava con il resto della squadra investigativa mentre si radunavano attorno alla lavagna.

Il suo mentore aveva sempre avuto un modo particolare di trattare con le persone, ascoltando gli ufficiali più giovani e meno esperti, dispensando consigli dove necessario e cercando di rimanere parte della squadra che aveva guidato per così tanto tempo prima di ricevere una meritata promozione tre anni fa.

Prese il bicchiere d'acqua con un sorriso. «Presumo che il caffè faccia ancora schifo, vero?»

Gli ufficiali riuniti risero, e poi Kay segnalò loro che il briefing stava iniziando.

«Grazie per tutto il vostro duro lavoro di ieri, apprezzo che sia stato un turno lungo,» disse. «Iniziamo con Carl Taylor. Qualcuno ha ulteriori aggiornamenti riguardo al luogo in cui è stato trovato?»

«Capo.» Laura si alzò in piedi. «Lucas ha confermato che prima di giovedì i tessuti molli non si saranno scongelati abbastanza da permettergli di condurre una corretta autopsia.»

«È un dato di fatto, non può rischiare di riscaldare il corpo di Carl troppo velocemente,» disse Kay. «Pensava che non avrebbe potuto svolgere l'autopsia su Will prima di venerdì. Ci sono notizie dall'ufficio di Harriet circa l'auto in cui è stato trovato Carl? Qualcuno l'ha guidata e parcheggiata nel piazzale di O'Connor, quindi ci sono tracce di prove?»

«Chiunque l'abbia fatto è stato attento, capo,» disse

Gavin mentre Laura riprendeva il suo posto. «Harriet dice che il volante, la leva del cambio e le maniglie delle porte sono state tutte pulite con la candeggina e pensa che chiunque stesse guidando indossasse DPI completi; tute, guanti, e tutto l'occorrente, simili a quelli che indossano lei e la sua squadra.»

Un gemito collettivo riempì la stanza.

«Ma,» disse Gavin, alzando la voce per sovrastare il rumore, «è riuscita a trovare un capello sul poggiatesta dell'auto, e c'era della terra nel vano piedi, che sta mandando ad analizzare.»

«Qual è il tempo previsto per l'analisi della terra?» disse Kay.

«Due settimane.»

«Merda.» Kay sospirò, aggiunse gli aggiornamenti sulla lavagna, e poi si voltò di nuovo verso la sua squadra. «Chi ha condotto i controlli sui precedenti di Carl Taylor?»

«Io, capo.» Phillip Parker alzò la mano. «Carl ha iniziato a lavorare come autista di consegne quattro anni fa dopo essere stato licenziato dal suo lavoro come manager in un negozio al dettaglio qui in città. Simon Thomas non segnala problemi con il suo lavoro… Carl era il tipo di persona che arrivava quindici minuti prima del suo turno. Le parole di Thomas sono state "coscienzioso". Nessun dato nei nostri archivi su di lui, nemmeno una multa per eccesso di velocità.»

«È per questo che Thomas lo aveva scelto per formare Will Nivens?»

«Sì, ha detto che Carl era bravo a far migliorare i loro apprendisti senza usare scorciatoie. Will è stato il terzo ad unirsi all'azienda quest'anno.»

«Grazie, Phillip.» Kay fece scorrere il pollice lungo il lato del rapporto generato dal database HOLMES2 e osservò le successive azioni da compiere.

«Quando Tim Wallace ha raggiunto la posizione del camion ieri pomeriggio, entrambi i pneumatici posteriori erano sgonfi e sembrava che fosse stato usato un coltello per squarciarli,» disse. «Dov'è Debbie?»

Una mano si alzò dal fondo del gruppo. «Qui, capo.»

«Potresti lavorare con Phillip per dare un'occhiata ai filmati delle telecamere di sorveglianza lungo il percorso che ha fatto Carl venerdì, in particolare l'ultima consegna che ha fatto prima che il camion fosse abbandonato? Voglio sapere quando quegli pneumatici sono stati squarciati e se qualcuno l'ha fatto mentre il veicolo era parcheggiato alla sua ultima consegna per creare una lenta foratura.»

Sharp annuì mentre ascoltava. «Ovvero che nel momento in cui è arrivato in quella strada dove è stato trovato il camion, non avrebbe avuto altra scelta che fermarsi.»

«Sono stati vittime di un'imboscata, capo,» disse Barnes. «Sono stati deliberatamente costretti a fermarsi lì, e poi uccisi.»

Kay fece un passo indietro dalla lavagna e osservò la mappa che Gavin aveva appuntato sulla bacheca di sughero accanto ad essa prima di rivolgersi di nuovo alla squadra. «Barnes, ti voglio con me quando parlerò con Louise Nivens, la madre di Will, dopo questo briefing. Gavin, Laura, andate a casa di Ann O'Connor e parlatele dell'attività di auto usate del marito. Se lei sta cercando di ottenere dei soldi da lui, potrebbe sapere perché il corpo di

Carl è stato abbandonato lì. Voglio saperne di più sui loro accordi commerciali riguardo a quel ristorante che possedevano, e su ciò che è successo in seguito».

«Sì, capo». Laura abbassò la testa e voltò pagina del suo taccuino.

«Nel frattempo, Debbie, puoi esaminare l'elenco dei luoghi che erano sul percorso di Carl venerdì scorso e dividerli tra noi? Voglio che tutti gli interrogatori siano completati entro la fine della giornata. Ho anche bisogno che qualcuno verifichi i dati del tachigrafo di Simon Thomas per scoprire esattamente quando quel camion si è fermato e quando la temperatura è stata abbassata».

«Ricevuto, capo».

«Grazie». Kay si mise le mani sui fianchi ed espirò. «Abbiamo bisogno di fare grandi progressi oggi, tutti quanti, e sono grata per l'impegno che avete dimostrato finora. Abbiamo ancora molta strada da fare per scoprire perché questi due uomini sono stati presi di mira, ma non commettete l'errore di affrettarvi: avremo bisogno di ogni indizio e ogni prova che possiamo raccogliere. Ci riuniremo domani. Congedati».

CAPITOLO 12

Barnes osservò la facciata in mattoni rossi della casa della famiglia Nivens attraverso il parabrezza dell'auto e sospirò.

La luce calda del sole colpiva una finestra a mansarda al piano superiore che sporgeva sopra un garage singolo nella parte anteriore della casa, mentre un prato recentemente falciato a destra del vialetto era delimitato da piante simili a felci e arbusti colorati.

Aprì la portiera dell'auto, infilò gli occhiali da sole nella tasca della giacca e guardò oltre il veicolo verso Kay mentre emergeva dal lato passeggero.

«Vuoi che conduca io questo interrogatorio?»

«Se non ti dispiace», disse lei, muovendosi tra l'auto e una siepe di ligustro alta due metri che separava la casa di Louise Nivens dalla proprietà vicina. «Così avrò la possibilità di ascoltare e confrontare i miei appunti con ciò che sappiamo di Carl simultaneamente».

«Nessun problema. A che ora manderanno qualcuno in uniforme?»

«Da un momento all'altro. Debbie ha fatto richiesta

anche per un altro agente di coordinamento con la famiglia, ma dato che Sharp mi ha detto che le risorse sono limitate al momento...»

Barnes arricciò il labbro, desiderando di poter fare di più, poi guidò il cammino verso la porta d'ingresso.

Dopo aver suonato il campanello e sentito una sonora risposta bitonale da qualche parte lungo il corridoio oltre la porta, si abbottonò la giacca e fece un respiro profondo.

Comunicare la notizia della morte di una persona cara era la parte peggiore del lavoro.

Assistere a incidenti stradali o agli effetti di un attacco incendiario, esami post mortem, quelli erano già abbastanza brutti, ma questo...

La donna che aprì la porta portava i capelli raccolti in uno chignon disordinato, le sottili rughe del suo viso accentuate da giorni di preoccupazione. Occhi verdi li scrutarono prima di allargarsi, la sua bocca si spalancò alla vista dei due detective sulla soglia di casa.

Barcollò all'indietro, con la mano tremante sulle labbra.

«Will, no...» riuscì a dire.

Barnes oltrepassò la soglia e la prese per il gomito, sostenendola mentre Kay lo seguiva e chiudeva la porta.

«Signora Nivens, sono il sergente detective Ian Barnes», disse gentilmente. «Lei è l'ispettrice Kay Hunter. Possiamo accomodarci da qualche parte?»

La donna annuì in silenzio, indicò una porta sulla destra ai piedi di una scala, e lasciò che Barnes la guidasse in soggiorno.

Un televisore era acceso in un angolo, trasmetteva silenziosamente un canale di shopping mentre il presentatore usava gesti esagerati per dimostrare l'uso di un aspirapolvere.

L'aria aveva un odore stantio e, mentre Barnes accompagnava la madre di Will verso una poltrona imbottita vicino alla porta, notò un telefono cellulare su un tavolino accanto ad essa, insieme a un telecomando.

Allungò la mano per prenderlo e spense il televisore mentre lei si lasciava cadere sulla poltrona, con le lacrime che le rigavano le guance.

«Ecco».

Barnes si voltò e prese il pacchetto di fazzoletti di carta che Kay gli porgeva, ne estrasse uno dalla confezione e si accovacciò accanto a Louise.

«Signora Nivens, siamo molto dispiaciuti di doverle dire che abbiamo trovato il corpo di un giovane uomo ieri in tarda serata. Aveva con sé la patente nel portafoglio». Barnes si appoggiò sui talloni mentre le spalle della donna tremavano. «Mi dispiace doverle dire che crediamo sia suo figlio, Will Nivens».

Singhiozzi soffocati riempirono il silenzio mentre Louise si copriva il viso con le mani.

«Cosa è successo?» mormorò attraverso le dita. «Perché...?»

«Al momento, siamo ancora nella fase di stabilire i fatti, ma sappiamo che lui e il suo collega sono stati aggrediti mentre erano sul loro percorso di consegna venerdì pomeriggio», disse Kay. «Mi dispiace non poterle dire di più al momento, davvero».

«C'è qualcuno che possiamo chiamare per lei?» disse Barnes, spostandosi su una seconda poltrona accanto alla donna mentre Kay si sedeva a un'estremità di un divano a due posti coordinato. «Ha un'amica o dei parenti nelle vicinanze che possano stare con lei per un po'?»

«L-la mia vicina, Sheila». Louise si asciugò gli occhi prima di stringere il fazzoletto inzuppato al petto. «Oggi non è al lavoro».

«Le chiederemo di venire a tenerle compagnia», disse. «Louise, mi rendo conto che questo è un momento terribile per lei, ma le dispiacerebbe se le facessi alcune domande su suo figlio?»

La donna annuì e chiuse gli occhi.

«Will aveva qualche preoccupazione riguardo al suo lavoro per la società di consegne?»

«No, affatto. Non ha avuto un lavoro per sei mesi dopo essere stato licenziato dal precedente, così abbiamo concordato a Pasqua che avrei pagato io per fargli fare un corso di formazione per ottenere la patente per guidare camion e lui mi avrebbe rimborsato. Gli piaceva anche lavorare con Carl, diceva che stava imparando molto».

Si asciugò nuove lacrime prima di continuare. «Stava facendo progetti di risparmio per una casa propria, hanno anche camion per lunghe distanze in quella ditta e voleva ottenere la patente di livello superiore per poterne guidare uno. Pagano di più per quello, sa».

«Sembra che fosse un figlio meraviglioso», disse Barnes.

Louise annuì, poi prese un fazzoletto pulito dal pacchetto. «Dopo che suo padre è morto sei anni fa, si è preso cura di sua sorella e di me come meglio poteva. Difficile per un quattordicenne, ma sono così orgogliosa di lui... ero...»

«Può parlarmi di venerdì? Quando lo ha visto l'ultima volta?»

«Non l'ho visto». Il suo viso si contorse mentre le labbra tremavano. «Doveva uscire così presto, vede, per arrivare al deposito alle sei e mezza. L'ho visto giovedì sera, abbiamo diviso il costo del cibo da asporto e guardato la TV insieme. Era a letto alle nove. La sua sveglia suona alle cinque».

«E ha parlato con lui venerdì?»

Scosse la testa, poi si strofinò gli occhi arrossati. «No. Giovedì sera è stata l'ultima volta che ho parlato con mio figlio, e tutto quello che ho fatto è stato dirgli di assicurarsi di mettere il bucato in lavatrice prima di uscire per andare al lavoro la mattina».

Barnes deglutì per contrastare il nodo alla gola mentre chiudeva il suo taccuino.

Si alzò, si sistemò la giacca e guardò la donna rimpicciolita che si era raggomitolata sulla poltrona come se cercasse di sfuggire al male che aveva distrutto la sua famiglia.

«Troveremo chi ha ucciso suo figlio, signora Nivens. Glielo prometto».

CAPITOLO 13

Gavin si sistemò i capelli, guardando accigliato nello specchietto retrovisore mentre un ciuffo ribelle si rialzava nel momento stesso in cui abbassava la mano.

Ignorò il sorriso sul volto di Laura mentre scendevano dall'auto e invece sbirciò oltre il tetto verso un pittoresco cottage bianco al di là di un cancello di legno.

Un folto strato di paglia pendeva dalle gronde abbracciando un comignolo di mattoni rossi che ospitava un'antenna televisiva e una banderuola di metallo nero a forma di gatto che si stiracchiava.

Un'alta siepe di ligustro che cresceva su entrambi i lati del cancello donava un po' di privacy al giardino anteriore rispetto alla stradina, e gli uccellini cantavano tra i rami di un ippocastano sopra la testa di Gavin.

Attraverso una finestra aperta al piano terra sentì una musica soffusa, una sorta di chitarra acustica che fluttuava nella brezza fino a dove si trovavano.

«Molto carino», mormorò Laura mentre attraversava la strada accanto a lui. «Immagino che non dobbiamo chiederle cosa ha fatto con la sua metà dei soldi della vendita del ristorante».

«Non dimenticare anche i diritti d'autore del libro». Gavin premette il chiavistello in ghisa sul cancello e lo aprì, lasciando che Laura procedesse davanti a lui mentre si fermava ad ammirare il giardino anteriore ben curato.

Riconobbe digitali e lillà, cose che sua madre coltivava nel suo giardino, ma le varietà più esotiche raggruppate tra arbusti verde scuro gli ricordavano le vacanze nel Mediterraneo, in Sudafrica e in luoghi ancora più lontani. Le api ronzavano intorno a una fragrante esposizione di lavanda mentre percorreva il vialetto di ghiaia anteriore e si univa alla sua collega sulla soglia.

Prima che Laura avesse la possibilità di allungare la mano e suonare il campanello, una tenda a rete si mosse nella finestra a destra della porta.

Pochi secondi dopo, la musica si interruppe.

Dei passi risuonarono su un pavimento di pietra, e poi Ann O'Connor aprì la porta.

Vestita con pantaloni color crema e una canottiera bianca, incrociò le braccia abbronzate sul petto e sollevò un sopracciglio alla vista dei due detective in borghese.

«Allora è vero? C'era davvero un cadavere a casa di Mike?»

Gavin fece le presentazioni formali, poi ripose il suo distintivo. «Possiamo entrare, signora O'Connor?»

«Mi chiami Ann», disse e si fece da parte per farli entrare. «Sono in procinto di riprendere il mio cognome da nubile ma la dannata burocrazia ci sta mettendo un'eternità, almeno questo è quello che mi dice il mio avvocato».

Gavin si chinò sotto lo stipite basso della porta ed entrò in un ingresso a forma di scatola con pavimento in pietra e tre porte che conducevano in direzioni diverse.

«Venite da questa parte», disse Ann, indicando la porta alla sua destra.

Entrando nella stanza, sentì Laura emettere un sussurro stupito e rimase fermo un momento, ammirando l'antico caminetto a nicchia che occupava gran parte della parete di fronte.

Non acceso e con tronchi impilati ai lati della griglia, il focolare veniva utilizzato per esporre vasi di vetro pieni di gigli e gladioli dai colori vivaci.

Attraverso la finestra anteriore aperta, poteva ancora sentire l'odore della lavanda e quando guardò alla sua sinistra, delle portefinestre erano state incorporate in un'estensione della costruzione originale, conducendo verso un'area pavimentata e un giardino che a lui sembrava estendersi per chilometri.

Laura si fermò al centro del soggiorno, con gli occhi pieni di meraviglia. «È un posto splendido quello che ha qui, signora…»

«Ann». La donna strinse le labbra e indicò due poltrone di fronte al caminetto. «Prego, accomodatevi. Come posso aiutarvi? Sono sicura che Mike vi ha detto che non ho più nulla a che fare con l'officina; quindi, non capisco davvero perché siete qui».

Gavin attese che Laura estraesse il suo taccuino dalla borsa e avesse una penna pronta, poi rivolse la sua attenzione alla moglie di O'Connor che sedeva su un divano a due posti dall'altro lato di un tappeto ornato steso sulle vecchie pietre.

«Stiamo semplicemente raccogliendo alcune informazioni di base sull'officina e sulla sua storia recente per aiutarci a capire perché il corpo di un uomo è stato trovato lì», iniziò. «Di chi è stata l'idea di comprare l'attività?»

Ann appoggiò il gomito sul bracciolo del divano. «Di Mike».

«Qual era l'attrattiva?»

«Penso che si fosse annoiato dopo aver venduto il ristorante e non aver fatto nulla per tre mesi», disse, poi emise una risata amara. «Non è mai stato bravo a golf».

«Ma perché una concessionaria di auto usate?»

Alzò le spalle. «Non lo so. Credo pensasse che sarebbe stato facile dopo aver gestito un ristorante, ed è sempre stato bravo con le tecniche di vendita. Ha un talento naturale quando si tratta di parlare con i potenziali clienti».

«E lei ha accettato di investire nell'attività con lui?»

«Non poteva permettersi di riscattare Marcus Tavistock da solo, e dopotutto io possedevo metà dei proventi della vendita del ristorante». Sospirò, e passò le dita sulla tappezzeria lussuosa. «Sembrava una buona idea al momento. Ripensandoci, avrei dovuto interpretare i segnali».

«Segnali?» disse Laura, alzando lo sguardo dal taccuino.

«Sì. Ho scoperto che Mike aveva una relazione poco dopo Halloween. Qualche donna a cui aveva venduto un'auto nelle prime sei settimane di gestione del posto».

Gavin riuscì a percepire l'amarezza nella voce della donna, e le diede un momento mentre estraeva un fazzoletto di carta dalla tasca dei pantaloni e si tamponava gli occhi.

«Mi scusi. Fa ancora male. Mi sento così stupida». Ann tirò su col naso, batté le palpebre e poi alzò lo sguardo verso di lui. «Cos'altro vuole sapere?»

«Signora… Ann. Abbiamo capito da quanto dice Mike che è stata liquidata l'anno scorso, ma che lei lo ha contattato per chiedere più soldi. Perché?»

I suoi occhi si indurirono. «Perché mi deve ancora dei soldi, ve l'ha detto? Quando abbiamo avviato le pratiche di divorzio a dicembre, mi ha restituito metà di quanto avevo investito nell'attività. Posso essere arrabbiata per il suo tradimento ma sono una donna d'affari nel profondo, detective. Aveva bisogno del resto per superare l'inverno. C'è sempre stata l'accordo che mi avrebbe pagato il saldo entro la fine dell'anno fiscale all'inizio di aprile. Ora le cose stanno diventando... più urgenti. Ho bisogno del resto di quei soldi».

Gavin si guardò intorno nella stanza, osservando l'ambiente lussuoso e le opere d'arte di buon gusto che adornavano la parete sopra di lui, poi tornò a guardare Ann O'Connor. «Perché?»

«Perché il mio editore ha deciso di non pubblicare un secondo libro di cucina». Il volto di Ann si incupì. «Le vendite degli ultimi sei mesi del mio primo libro non sono state molto buone. I miei guadagni per i diritti d'autore sono diminuiti… e sono vincolata al contratto per altri otto anni quindi non posso farci nulla. Non posso pubblicare niente che possa essere considerato in competizione con quello che ho già fatto con loro. Ho bisogno del resto dei soldi da Mike per poter avviare una nuova attività tutta mia. Non so cosa, però». Rabbrividì. «Non posso affrontare l'idea di lavorare di nuovo in una cucina commerciale. Non ora».

«Rimpiange che lei e Mike abbiate venduto il ristorante?» disse Laura.

L'altra donna batté le palpebre. «Sa una cosa? Prima pensavo di sì, ma qui mi piace. Apprezzo la pace e la tranquillità. Sì, abbiamo avuto successo con quell'attività e abbiamo avuto dei clienti adorabili, ma voglio fare di più nella mia vita».

«Un'ultima domanda», disse Gavin, mettendo la mano in tasca per prendere il cellulare e scorrere tra le immagini. «Vorrei che desse un'occhiata a questa foto e mi dicesse se riconosce quest'uomo».

Lei impallidì. «È... è l'uomo morto che è stato trovato all'officina?»

«Sì. Stiamo cercando di capire perché sia stato portato lì».

Ann annuì, raddrizzò le spalle e si sporse in avanti. «Va bene. Proceda».

Gavin girò il telefono, osservando il viso di lei mentre le sopracciglia si sollevavano e poi si distendevano.

Lei scosse la testa e si appoggiò allo schienale. «No. Mi dispiace. Non lo riconosco affatto. Non l'ho mai visto prima in vita mia».

CAPITOLO 14

«Allora, che ne pensi? Carl era l'obiettivo e Will si è semplicemente trovato nel posto sbagliato al momento sbagliato, o cosa?»

Kay sorseggiava da una lattina di bibita e sfogliava le pagine del suo taccuino mentre Barnes usciva da Maidstone in auto, con la frangia che ondeggiava nella brezza proveniente da uno spiraglio del finestrino aperto dal lato passeggero.

«Nei controlli dei precedenti non è emerso nulla su nessuno dei due» disse lui, frenando a un incrocio a T prima di svoltare a destra. «E nessuno ha una parola negativa su di loro. Quindi non capisco perché sarebbero stati presi di mira.»

Kay sospirò e ripose il taccuino mentre Barnes rallentava avvicinandosi alla periferia del villaggio. «Non ho mai incontrato un caso come questo.»

«Come procede con Gavin e Laura?»

«Laura mi ha mandato un messaggio per dirmi che hanno parlato con Ann O'Connor, e ora si sono divisi per visitare gli altri negozi sul percorso prima della fine del pomeriggio. Nessuno dei due ha ancora segnalato qualcosa, ma le ho chiesto di assicurarsi che richiedano i filmati delle telecamere di sorveglianza man mano che procedono con l'elenco, giusto per sicurezza.»

«Ok, ecco il posto dove Carl ha fatto la sua ultima consegna.» Barnes indicò un espositore di giornali e un secchio contenente mazzi di fiori sul marciapiede qualche metro più avanti, con un familiare logo di un mini supermercato che campeggiava su un'insegna verde brillante sopra la porta. «C'è un parcheggio qui vicino.»

Pochi istanti dopo, Kay si fermò sul marciapiede e si fece ombra con la mano mentre guardava lungo la strada verso il negozio.

Notò una telecamera di sorveglianza sui mattoni sopra l'insegna e un'altra sul lato opposto della strada più vicino a lei, sopra l'ingresso di un negozio di antiquariato.

Le indicò mentre Barnes la raggiungeva, alzando il pollice verso la telecamera sopra il negozio di antiquariato che avevano appena superato.

«Ricordami di passare di lì dopo, Ian. Con un po' di fortuna, quella telecamera ha una visuale del marciapiede di fronte al minimarket.»

«A quanto pare Carl avrebbe parcheggiato sul lato opposto della strada rispetto al negozio per scaricare» disse mentre si avvicinavano. «Non c'è abbastanza spazio davanti alla porta con tutti quegli espositori.»

«Quindi ci sarebbe stato un breve momento in cui qualcuno avrebbe potuto tagliare quelle gomme.» Osservò un fox terrier legato a un lampione all'esterno e gli girò ampiamente attorno. «Ok, vediamo cosa possiamo scoprire qui.»

Kay si fece da parte per lasciar uscire dal negozio un anziano signore, con un giornale sotto il braccio e una borsa di juta piena di verdure fresche, e dal modo animato in cui il cane lo accolse, doveva aver acquistato anche qualcosa dal banco della carne pubblicizzato sulla porta d'ingresso.

Fece un passo avanti prima che le porte scorrevoli in vetro potessero richiudersi e notò due casse alla sua sinistra, posizionate ai lati di un bancone espositivo di torte e pasticcini.

Una donna sostava alla cassa più vicina, la sua figura tozza coperta da una polo nera con il marchio del negozio e pantaloni coordinati, e spiccava per i vistosi capelli rossi corti. Alzò un sopracciglio mentre Kay si avvicinava.

«Posso aiutarla?»

«Ispettrice Kay Hunter, e il mio collega sergente detective Ian Barnes. Potrebbe dirmi il suo nome, per favore?»

«Alison North, sono la proprietaria.»

Kay fece un gesto verso gli scaffali che la circondavano. «Questo posto è più grande di quanto pensassi.»

«Serviamo questo villaggio e due frazioni, e ci prendiamo cura dei nostri clienti.»

Kay notò l'orgoglio che colorava la risposta della donna. «Speriamo che lei possa aiutarci, venerdì pomeriggio ha ricevuto una consegna di surgelati. Potrebbe confermare a che ora è arrivato l'autista?»

«Carl? È arrivato verso le tre e mezza, come sempre.» Alison sorrise raggiante. «È uno dei più affidabili.»

«Dove avrebbe portato la consegna? Attraverso la porta principale, e...?»

«Da quella parte.» Alison indicò oltre gli scaffali. «Quella è la nostra area di stoccaggio refrigerato.»

Kay seguì il suo sguardo verso una porta aperta coperta da tende di plastica, accanto alla quale c'erano tre unità refrigerate a tutta altezza con porte in vetro e un banco frigorifero aperto.

Gli scaffali erano pieni di piatti pronti surgelati, sacchetti di verdure e, nel banco frigorifero, formaggi, bibite e altro ancora.

«Fa solo una consegna alla settimana?» disse Barnes.

«È praticamente tutto ciò di cui abbiamo bisogno.» Alison tamburellò sulla parte superiore della cassa. «Questo è collegato a un sistema centrale di gestione delle scorte così possiamo vedere cosa dobbiamo ordinare, cosa è più popolare qui intorno, in modo da risparmiare sugli sprechi. Gestendo un'attività come questa, non si vuole buttare via nulla. Non ce lo possiamo permettere.»

«Ha avuto problemi di recente? Qualche problema con le consegne?» disse Kay.

«No, nessuno.» Gli occhi di Alison si spostarono su un espositore di giornali gratuiti sul bancone, poi si allargarono. «Oh mio Dio. Carl è l'uomo trovato morto ieri?»

«Sì, era lui.» Kay abbassò la voce mentre una donna entrava nel negozio e fissava i due detective in giacca e cravatta al bancone prima di correre via verso la selezione di vini in fondo. «La telecamera di sorveglianza che avete all'esterno…le riprese sono accessibili qui, o dobbiamo contattare la sede centrale?»

«Un attimo, chiedo a Malcolm di mostrarvela.»

Con queste parole, Alison si diresse alla fine del bancone e urlò il nome dell'uomo.

Kay si voltò e vide una figura robusta apparire da una porta in fondo a uno scaffale pieno di sughi per pasta e cereali.

«Sì?» disse lui, corrugando la fronte.

«Detective Hunter, questo è mio marito, Malcolm, lui potrà mostrarvi le riprese.»

«Grazie.»

Si presentò all'uomo, dovendo alzare il mento per incontrare i suoi occhi mentre un'enorme mano stringeva la sua in segno di saluto, poi quella di Barnes.

«Venite nell'ufficio» disse. «Di cosa avete bisogno esattamente?»

Indicò una scrivania accanto a un archivio aperto traboccante di documenti, con un computer portatile aperto su un programma di contabilità.

«Scusate il disordine, è la fine del nostro anno fiscale, quindi, sono nel bel mezzo del tentativo di preparare tutto per il nostro commercialista. Vi va bene stare in piedi? Non posso inserire altre sedie qui dentro.»

«Va bene così» disse Barnes, e indicò lo schermo. «Le riprese della telecamera sono registrate su quello?»

«Sì. Ho sentito dire qualcosa circa venerdì?»

«Stiamo cercando di rintracciare il vostro autista delle consegne» disse Kay. «Stiamo indagando sul suo omicidio.»

Malcolm deglutì. «Giusto. Ok. Un attimo.»

Kay rimase in piedi accanto alla spalla dell'uomo mentre scorreva un elenco di file sul lato sinistro dello schermo.

«Carl era qui intorno alle tre e mezza venerdì, quindi mezz'ora prima sarebbe utile?» disse infine.

«Perfetto. Puoi velocizzarlo così possiamo guardarlo a doppia velocità o qualcosa del genere?»

«Ecco qua.»

L'uomo offrì la sua sedia a Kay, le mostrò dov'era il pulsante "play" e si spostò verso la porta. «Vi lascio un po' di privacy, chiamatemi quando avete finito.»

«Grazie.»

Barnes si accovacciò accanto a lei. «Bene, vediamo cosa abbiamo qui.»

Kay stava già fissando lo schermo, osservando le auto occasionali che passavano davanti al negozio mentre l'orologio scorreva nell'angolo in basso a destra delle immagini in bianco e nero.

Quando l'ora raggiunse le tre e venticinque, un furgone squadrato apparve a sinistra dell'inquadratura della telecamera e si fermò lentamente sul marciapiede opposto.

La sua parte posteriore uscì appena dall'inquadratura prima che l'autista azionasse le quattro frecce.

«Eccolo» mormorò.

Carl Taylor aprì la porta della cabina e saltò a terra con un movimento agile, poi si spostò lungo il lato mentre un'altra auto passava.

Raggiungendo il portellone posteriore, aprì la porta sul lato sinistro mentre un giovane allampanato lo raggiungeva.

«Quello è Will» disse Barnes, con una voce appena più alta di un mormorio.

«Vorrei che avessero parcheggiato più avanti, non riesco a vedere nulla oltre la porta» disse Kay, poi trattenne il respiro.

Vedere i due uomini ridere e scherzare mentre Will abbassava un carrello a terra prima di iniziare a caricarlo con le scatole fece irrompere nella sua mente la realtà della loro pericolosa situazione.

Nel giro di poche ore dalle immagini davanti ai suoi occhi, entrambi gli uomini stavano morendo in circostanze orribili.

«Sembra troppo giovane per avere vent'anni» disse Barnes, appoggiando il mento sulle braccia mentre guardava.

I due uomini controllarono la strada per il traffico, poi attraversarono verso il negozio. Una seconda telecamera posizionata sopra la cassa mostrava Carl che salutava Alison, per poi indicare la direzione della cella frigorifera a Will.

«Tieni d'occhio la strada mentre li osservo» disse Kay.

Carl seguì il suo giovane apprendista lungo uno scaffale pieno di scatole di cereali e snack salati prima che scomparissero dalla vista.

Tornarono cinque minuti dopo, camminando lentamente attraverso il negozio verso la porta.

«Qualcosa?» disse Kay mentre riportava l'attenzione sulla telecamera rivolta verso la strada.

«Non questa volta.» Barnes si alzò e si stirò le gambe, senza mai distogliere lo sguardo dallo schermo. «Il prossimo carico è in arrivo.»

Kay non si preoccupò di guardare le immagini dall'interno del negozio questa volta, concentrandosi invece sul camion parcheggiato in strada.

Osservò mentre Carl entrava nel retro del camion, le sue braccia apparivano ogni pochi secondi con una nuova scatola di rifornimenti che passava a Will.

Una volta che il carrello fu pieno, l'apprendista attraversò la strada verso il negozio, con Carl che lo seguiva con le braccia cariche di altre due scatole.

«Lì, cos'era quel movimento vicino alla porta?» Kay allungò la mano e mise in pausa la registrazione, trovò il pulsante per riavvolgerla e si fermò quando vide un'ombra scura fluttuare tra il lato sinistro dell'immagine e la porta del furgone.

«C'è qualcuno dietro il veicolo.»

«Beh, entrambi gli pneumatici sono stati tagliati con un coltello, quindi chiunque sia dovrà arrivare da questo lato tra un minuto.»

«Chiunque sia avrebbe fatto meglio a sbrigarsi, erano già stati in quella cella frigorifera per tre minuti.»

Kay trattenne il respiro mentre i secondi passavano.

La figura scivolò di nuovo in vista, e poi un furgone blu scuro affiancò il camion esattamente nello stesso momento in cui si abbassava vicino alla ruota dal lato guida.

Nel momento in cui l'altro veicolo sparì, anche l'uomo era già scomparso..

Barnes batté la mano sulla scrivania. «Dannazione, il furgone ha bloccato la visuale!»

Kay sospirò. «Gesù, non riusciamo proprio ad avere un po' di fortuna, vero?»

«Cosa vuoi fare adesso, capo?»

«Abbiamo bisogno delle riprese di quel negozio di antiquariato. È l'unico modo per scoprire chi era.»

CAPITOLO 15

Kay infilò la chiave nella serratura della porta d'ingresso, con lo sguardo che cadeva sugli oggetti allineati nell'ingresso accanto alla scala.

Un sacco di cibo per gatti, un altro di lettiera e vari piccoli giocattoli di peluche erano posizionati accanto alle ciotole di ceramica per cibo e acqua.

Sentendo la voce baritonale di Adam provenire dalla cucina, si tolse le scarpe con un calcio, appese la borsa e la giacca al piolo della ringhiera e si avviò lungo il corridoio.

La porta sul retro era stata lasciata aperta, facendo entrare una brezza calda che portava il profumo del glicine che cresceva sopra il capanno in giardino e il debole suono del traffico sulla A20. Dal soggiorno, uno degli album preferiti di Adam suonava in sottofondo creando un'atmosfera rilassante.

Mentre entrava in cucina, si protesse gli occhi dall'improvviso bagliore proveniente dallo scolapiatti, a causa del sole che tramontava sui tetti in fondo al giardino e si rifletteva sull'acciaio inossidabile, poi si voltò al suono di un miagolio forte e indignato.

Le sue spalle si rilassarono quando il veterinario alto accanto al piano di lavoro della cucina si girò al suono dei suoi passi, con un sorriso sul volto, e un minuscolo gattino squama di tartaruga tra le mani.

Kay si fermò. «OK, questo sì che è carino».

«Pensavo ti sarebbero piaciuti i visitatori di questa settimana».

Lei si avvicinò, allungò la mano per accarezzargli la nuca mentre lui si chinava per baciarla, e intrecciò le dita nei suoi ricci scuri.

«Giornata difficile?»

Lei sospirò. «Frustrante. Qual è la storia di questo qui?»

«Lei e i suoi tre fratellini sono stati trovati abbandonati in una scatola di cartone nell'area di servizio sulla M20», disse Adam, strofinando un dito tra le orecchie del gattino. «Fortunatamente qualcuno li ha salvati prima che vagassero troppo lontano e venissero investiti da un'auto. Gli altri tre sono in un recinto in soggiorno».

«In soggiorno?» Kay inarcò un sopracciglio. «Non qui?»

«Al momento lì è più fresco». Riuscì a fare un sorriso imbarazzato. «E poi, possiamo giocare con loro mentre guardiamo la TV, no?»

Lei rise. «Non credo che guarderemo molto con questa banda in giro. Per quanto tempo li terrai?»

«Il tizio della Protezione Gatti ha detto che passerà nel fine settimana a prenderli. Gli ho mandato delle fotografie così può aggiungerli alla pagina per le adozioni, ma non saranno pronti per quello prima delle prossime due settimane. Dobbiamo prima farli ingrassare un po'».

«Sono in salute?»

Lui annuì. «Così sembra. Scott li ha controllati a fondo in ambulatorio quando sono arrivati, e ho detto al centro di recupero che offrirò il nostro tempo più il costo delle vaccinazioni fino a quando non troveranno nuove case».

Kay allungò la mano e gli strinse il braccio. «Sono caduti in piedi trovando te».

«Ah, mi conosci, non posso resistere a un animale in difficoltà». Abbassò lo sguardo mentre il gattino si dimenava nelle sue mani. «Va bene, puoi tornare con tua sorella e i tuoi fratelli».

«Vuoi un bicchiere di vino?»

«Sì, grazie, la rimetto nella gabbia e poi ci sediamo fuori, se ti va. È bellissimo là fuori».

«Sembra un'ottima idea».

Quando Adam la raggiunse sul patio, Kay era seduta su una delle due sedie in rattan che erano state consegnate la settimana precedente, con un secchiello di ghiaccio sul tavolino coordinato accanto a lei e due bicchieri pieni di chardonnay fresco.

«Ecco, ho pensato che potresti averne bisogno quando il sole tramonta». Le porse una giacca in pile da corsa che lei teneva nell'armadio al piano terra. «Sembri comoda».

Lei sorrise. «Non credo che avrò molte occasioni di fare questo fino a quando non risolveremo quest'ultimo caso. Ho pensato di approfittarne».

Infilando le braccia nella giacca, si appoggiò

all'indietro e fece tintinnare il suo bicchiere contro il suo. «Salute. Ai quattro gattini che troveranno presto una buona casa».

«Bevo a questo».

Kay bevve un sorso e accavallò le gambe, togliendo fili d'erba dai calzini.

«Sembri reticente stasera», disse Adam dopo qualche momento. «Immagino che quest'ultimo caso sia difficile?»

«Quello, e il fatto che Sharp se ne va». Sospirò. «Si trasferisce a Northfleet questa settimana. Non può restare a Palace Avenue più a lungo, secondo il Commissario Capo».

«Ti mancherà».

«Sì. Cioè, so che verrà ancora ad aiutarmi se ne avrò bisogno, e dovrò andare lì per le riunioni di gestione, ma non sarà la stessa cosa».

«Come la prenderanno le persone del posto?»

«Penso che mi abbiano perdonato per aver fatto arrestare uno dei loro qualche anno fa. Comunque, si spera che sia così ormai». Kay arricciò il naso. «Immagino che lo scoprirò presto, no?»

«Dovrai assumere più del lavoro che Sharp faceva qui a Maidstone?»

«Dovrò gestire da sola più conferenze stampa locali in futuro, suppongo». Fece una pausa, abbassando il bicchiere. «A proposito, per caso hai portato fuori il tuo telefono?»

«Sì, eccolo. Cosa ti serve?» Adam premette il pollice sullo schermo per sbloccarlo, poi glielo passò.

«Mi sono persa il briefing per i media al telegiornale prima… Sharp doveva fare un appello per avere più informazioni sugli ultimi movimenti della nostra vittima, nel caso emergesse qualcosa».

La sua metà arricciò il naso. «I vostri telefoni saranno occupati domani, allora».

«Sì, e purtroppo la maggior parte delle chiamate saranno inutili, ma non si sa mai». Kay trovò l'app dell'azienda di notizie regionali e scorse i titoli finché non trovò la conferenza sotto un'intestazione che urlava titolo accattivante.

Cliccò.

Il video iniziò immediatamente, con Sharp affiancato dal Commissario Capo, Susan Greensmith, e da un addetto stampa il cui volto Kay non riconosceva.

Dopo aver passato in rassegna i fatti fino ad oggi, Sharp sollevò lo sguardo dalla dichiarazione preparata e guardò direttamente la telecamera.

«Chiediamo a tutti i cittadini di segnalare qualsiasi attività sospetta che potrebbero aver visto tra le quattro e quindici di venerdì pomeriggio fino alle otto di lunedì mattina», disse, facendo una pausa mentre una fotografia veniva trasmessa sotto le sue parole. «Inoltre, stiamo cercando di rintracciare il proprietario di quest'auto, lasciata nel piazzale dell'officina di auto usate dove è stato trovato il corpo del signor Taylor...»

Kay si distrasse mentre Sharp leggeva il numero anticrimine.

Invece, il suo sguardo vagò verso la condensa che scorreva sul bicchiere di vino mentre pensava a ciò che Helen Taylor le aveva detto...

«Kay?»

Lei batté le palpebre, tornando a guardare Adam. «Scusa?»

Lui sorrise e indicò il suo telefono. «Il video è finito.»

«Oh, sì.»

«A cosa stavi pensando?»

«Solo a qualcosa che la moglie del fattorino ci ha detto. Non ho pensato di chiederlo al momento.» Aprì l'elenco dei suoi contatti. «Hai il numero di Ian qui dentro, vero?»

«Dovrebbe essere lì.»

«Ok. Ci metto un attimo.»

Bevve un sorso di vino mentre la chiamata si connetteva, e poi la voce burbera di Barnes rispose.

«Pronto?»

«Ian, sono Kay. Mi è appena venuto in mente, non ho mai chiesto a Helen Taylor dell'idraulico.»

«L'idraulico?»

«Sì. Ha detto che Carl le ha chiesto di lasciare il lavoro in anticipo perché aspettava un idraulico.»

«E quindi...»

«Ma non le ho mai chiesto se si è presentato.»

Il silenzio all'altro capo della linea si prolungò per qualche secondo mentre Barnes rifletteva sulle sue parole.

«Dove vuoi arrivare, capo?»

Aggrottò la fronte. «Non sono sicura, ma penso che dovrei scambiare due parole con lei domattina. C'è qualcosa che non riesco a mettere a fuoco.»

«Nessun problema. Ti verrò a prendere come previsto, e se vuoi parlarle faccia a faccia possiamo passare a casa sua prima di parlare di nuovo con Mike O'Connor, se ti va.»

«Grazie, Ian. A domani.»

Mentre restituiva il telefono a Adam, lui inarcò un sopracciglio.

«A cosa stai pensando?» disse, riempiendo i loro bicchieri.

«Sto solo sistemando alcuni dettagli irrisolti», disse Kay, sforzandosi di sorridere. «Chiamami pure paranoica.»

CAPITOLO 16

I tacchi di Kay scricchiolarono sulla ghiaia del vialetto mentre un merlo indignato strideva dalla sua posizione sul palo del cancello mentre lei passava a grandi passi, con il telefono all'orecchio.

Aggrottò le sopracciglia quando l'agente Aaron Stewart rispose al telefono fisso di Helen Taylor.

«Aaron? Sono l'ispettrice Hunter. Che fine ha fatto l'agente di coordinamento con la famiglia?»

Lui fece un piccolo sbuffo. «Non abbiamo nessuno disponibile, signora. Ho fatto il corso di formazione quindi mi sono offerto volontario.»

Kay alzò gli occhi al cielo, poi sollevò la mano in segno di saluto quando l'auto di Barnes apparve dalla curva della stradina e rallentò fino a fermarsi davanti a casa sua. «Aspetta, Barnes è appena arrivato. Ti metto in vivavoce.»

Pochi istanti dopo, erano in azione e lei sollevò il telefono in modo che Barnes potesse sentire.

«Aaron, quando abbiamo parlato con Helen ieri, ha

menzionato che Carl l'ha chiamata al lavoro venerdì mattina chiedendole di uscire prima. Le ha detto che aveva organizzato l'intervento di un idraulico per riparare qualcosa. Potresti chiederle se si è presentato?»

«Certo. Un attimo.»

Ci fu un leggero fruscio mentre l'agente posava il telefono, e Kay percepì voci sommesse in sottofondo mentre parlava con Helen Taylor. Tornò dopo trenta secondi.

«Capo? La signora Taylor dice che non si è mai presentato.»

Kay si morse il labbro. «Non ha per caso il numero di telefono dell'idraulico, vero?»

«No, dice che non hanno mai avuto bisogno di chiamarne uno prima, quindi Carl ha organizzato tutto e l'ha semplicemente chiamata una volta fissato l'appuntamento.»

«Non le ha detto qual era il problema?»

«No, e lei si è dimenticata di chiederglielo.»

Kay ringraziò Aaron, terminò la chiamata e tenne il telefono in mano, con lo sguardo che vagava fuori dal finestrino del passeggero.

«Che ne pensi, capo?»

Si voltò verso il collega mentre si avvicinavano alla fine della strada che si allontanava dal suo quartiere. «Andiamo prima a Sittingbourne. Voglio scambiare due parole con i datori di lavoro di Helen.»

La fronte di Barnes si corrugò. «Dove vuoi arrivare?»

Attese mentre lui si destreggiava sulla strada tortuosa intorno a tre rotatorie e non parlò fino a quando l'auto non risalì la collina allontanandosi da Maidstone.

«Ecco cosa mi preoccupa, Ian. Carl Taylor è scomparso venerdì pomeriggio. Ha telefonato alla moglie sei ore prima, dicendole che doveva tornare a casa perché aveva organizzato un appuntamento con un idraulico. Solo che l'uomo non si è presentato.»

«Giusto...» La voce di Barnes si trascinò, e azzardò un'occhiata verso di lei. «E quindi?»

«È un'ipotesi azzardata, ma non abbiamo altro su cui lavorare al momento, non fino a quando non avremo i risultati dell'autopsia. E se Carl stesse tramando qualcosa? E se si fosse reso conto di essere fuori dalla sua portata e avesse pensato che Helen fosse in pericolo?» Kay sospirò. «E se avesse voluto farla tornare a casa il prima possibile? E se avesse pensato che fosse sotto osservazione al lavoro? Voglio dire, è scomparso mentre era nel suo giro di consegne, no?»

«Quindi ha mentito per tirarla fuori dal pericolo, intendi?»

«Esattamente.»

Le rughe di preoccupazione rimasero, increspandogli la fronte. «È un'ipotesi forzata, capo.»

«Devo esserne sicura. Se non altro, devo escluderla. Non riesco a togliermi questa idea dalla testa.»

CAPITOLO 17

Le stanze dello studio legale Palmer e Twick occupavano il secondo piano di un edificio per uffici costruito negli anni '60, stretto tra un negozio di merceria abbandonato e una fiorente panetteria.

Lo stomaco di Kay brontolò mentre l'aroma di pane e dolci appena sfornati si diffondeva sul marciapiede fino a dove si trovava.

Lanciò un'occhiata di traverso a Barnes. «Non dirlo».

«Non mi permetterei mai. Meglio se prendiamo qualcosa all'uscita, giusto? Non possiamo permetterci che tu svenga durante il servizio».

La sua bocca ebbe un fremito mentre alzava lo sguardo verso i mattoni sporchi dell'edificio e la trasandata serie di pulsanti sul citofono accanto alla porta d'ingresso logora.

«Cristo, ci vorrebbero i guanti per suonare questo maledetto campanello». Barnes allungò il braccio e usò la nocca dell'indice per premere il pulsante contrassegnato per gli avvocati, e fece un passo indietro quando un ronzio furioso esplose dall'altoparlante.

Si udì un fruscio dall'altra parte, poi una voce femminile allegra, in contrasto con l'ambiente squallido, filtrò fino a dove si trovavano.

«Palmer e Twick, posso aiutarvi?»

«Ispettrice Kay Hunter e il mio collega, sergente Ian Barnes. Vorremmo parlare con il responsabile di Helen Taylor, per favore».

Ci fu un clic mentre il meccanismo di chiusura della porta si sbloccava.

«Salite le scale, secondo piano. La reception è sulla destra».

Un leggero odore di muffa persisteva nel basso corridoio mentre Kay seguiva Barnes nell'edificio.

Una scala alla sua sinistra era scarsamente illuminata mentre il corridoio che conduceva verso il retro dell'edificio sembrava non essere stato tinteggiato per almeno tre decenni. L'insegna luminosa dell'uscita di emergenza era l'unica indicazione che l'edificio fosse ancora considerato abitabile.

«Affitto economico, almeno», mormorò Barnes mentre guidava il cammino su per le scale.

«Lo spero». Kay tenne le mani in tasca, riluttante a rischiare di appoggiarle sul corrimano e arricciò il naso mentre osservava le macchie sulla moquette squallida.

Arrivata al secondo piano, inarcò un sopracciglio.

La porta di Palmer e Twick era fatta di alluminio e vetro con il nome dello studio legale inciso sul pannello smerigliato in un carattere dorato ondulato. La maniglia era lucidata a specchio, e quando Kay entrò notò fiori freschi disposti in un vaso sulla scrivania della reception.

L'ufficio era luminoso, arioso e in netto contrasto con il resto dell'edificio che aveva visto.

Rivolse la sua attenzione alla donna sulla ventina che la scrutava da sopra lo schermo di un computer con un'espressione curiosa.

Kay mostrò il suo distintivo. «Ispettrice Hunter».

«Avviserò Matthew che volete parlargli», disse la receptionist. «Siete fortunati, oggi è una giornata tranquilla».

«Grazie».

Barnes vagò verso una grande finestra divisa in sedici riquadri mentre la donna prendeva il telefono e parlava sottovoce, e quando Kay lo raggiunse lui indicò con il mento verso la strada.

«Se Helen era sotto sorveglianza, ci sono un paio di posti», mormorò. «Il parcheggio pubblico dall'altra parte della strada, o il portico dell'edificio che è stato chiuso con assi all'angolo».

«Vediamo cosa succede», disse Kay. «Se necessario, faremo richiesta delle registrazioni delle telecamere di sorveglianza».

«Ispettrice Hunter?»

Si voltò al suono di una voce maschile e vide un uomo sulla sessantina che avanzava verso di lei, mano tesa.

«Matthew Twick». Occhi azzurri penetranti spuntavano da sotto una massa di capelli bianchi mentre l'avvocato le stringeva la mano, poi quella di Barnes. «Venite nel mio ufficio. Desiderate qualcosa da bere?»

«A posto così, grazie». Kay lo seguì attraverso una porta alla destra dell'area reception e prese posto su una delle due sedie per visitatori che lui indicò.

L'ufficio emanava il familiare odore di carte accumulate negli anni. Le librerie erano rivestite di tomi legali rilegati in pelle, e una moltitudine di certificati incorniciati era stata appesa alla parete dietro la scrivania di quercia di Twick.

Lui si accomodò su una morbida poltrona di pelle dietro la scrivania e congiunse le mani davanti a sé. «È stato un tale shock sapere del marito di Helen».

«Quando l'ha saputo?»

«Uno dei vostri agenti ci ha telefonato stamattina da casa sua. Gli ho detto che se ci fosse stato qualcosa che potevamo fare...»

Aaron, pensò Kay.

«Ci risulta che Helen abbia lasciato il lavoro in anticipo venerdì», disse. «Potrebbe confermare a che ora?»

Le folte sopracciglia di Twick si aggrottarono. «Verso l'una, credo. Di solito fa la pausa pranzo a mezzogiorno, quindi ha suggerito di saltarla per poter andare via. Suo marito aveva telefonato per dire che aveva dovuto chiamare un idraulico, a quanto pare».

Kay attese mentre Barnes annotava il dettaglio, poi riportò la sua attenzione sull'avvocato. «Helen ha avuto problemi al lavoro ultimamente?»

Le sopracciglia scattarono verso l'alto. «Helen? Santo cielo, no. Un'impiegata modello. Lavora per me da quasi sei anni ormai».

«Quello che intendevo era, è sembrata nervosa per qualcosa di recente?»

«No, assolutamente no». Si schiarì la gola. «Felice, direi. Penso che stessero pianificando un viaggio a Londra per vedere uno spettacolo questo sabato, da quello che ricordo di una conversazione della settimana scorsa. Erano persone normali. È ciò che rende quanto accaduto a Carl ancora più scioccante».

«Signor Twick, avete avuto problemi ultimamente con clienti scontenti o altri che potrebbero avere motivo di minacciare lei o il suo personale?»

La mascella dell'avvocato cadde. «No, non che io sappia e posso assicurarle che prendiamo molto seriamente qualsiasi tipo di minaccia, ispettrice. Sia Helen che Sophie, la mia receptionist, l'avete conosciuta, sanno che possono venire a parlarmi di qualsiasi problema, e nessuna delle due mi ha mai detto di essere stata minacciata».

Kay trattenne un sospiro, rendendosi conto che la sua intuizione era stata sbagliata, e si alzò dalla sedia. «Allora non le ruberemo altro tempo, signor Twick. Grazie».

«Nessun problema, ispettrice Hunter. Venite, vi accompagno all'uscita».

Aprì la porta e fece cenno a lei e Barnes di precederlo, poi li seguì nell'area reception.

«Grazie ancora, signor Twick». Barnes strinse la mano dell'uomo, fece un cenno alla receptionist, poi si diresse verso la porta.

Kay stava per seguirlo, poi si fermò e guardò oltre la propria spalla.

Twick e la sua receptionist stavano conferendo su un documento che Sophie gli mostrava, con le teste chine.

Lei si schiarì la gola, ed entrambi alzarono lo sguardo.

«Un'ultima domanda: qualcuno ha telefonato cercando Helen dopo che è andata via venerdì pomeriggio?»

Lo sguardo della receptionist si spostò verso Twick, poi tornò indietro. «Sì. Un uomo ha chiamato alle quattro.

Voleva parlare con lei ma gli ho detto che non era disponibile.»

«Ha detto altro?»

«Ha chiesto se sarebbe tornata.»

«Queste sono state le sue parole esatte?»

«Sì.»

«E lei cosa gli ha risposto?»

«Gli ho detto che era andata a casa prima e che potevo riferirle il messaggio.» Fece una pausa, la sua espressione cambiò in una di stanca determinazione. «Ma quando ho finito di parlare, lui aveva già riattaccato. Certa gente non ha proprio buone maniere, non crede?»

Kay si sforzò di sorridere. «Non si preoccupi. Grazie mille ad entrambi per il vostro aiuto.»

«Si senta libera di chiamare se ha bisogno di altro, Detective Hunter», disse Twick.

Una volta in strada, Kay si allontanò dall'ingresso dell'edificio e si fermò di fronte al parcheggio pubblico. «Quindi qualcuno la stava controllando. Hai notato la formulazione che ha usato? "Se sarebbe tornata"?»

«La stava osservando.»

«Esatto. E sembra che abbia fatto un errore. Lei ha lasciato l'ufficio mentre lui non stava guardando.»

«Avevi ragione, capo», mormorò Barnes mentre tornavano alla macchina. «Carl deve aver mentito per proteggerla.»

Kay si fermò quando raggiunsero il veicolo e si voltò a guardare lo studio legale.

«Sì, Ian. E credo che le abbia salvato la vita.»

CAPITOLO 18

Barnes si abbottonò la giacca, infilò il cellulare nella tasca interna e chiuse la macchina a chiave.

Sopra la sua testa, accanto all'ingresso della concessionaria, un'insegna metallica oscillava avanti e indietro nella corrente d'aria creata dal passaggio di un camion articolato, con la scritta verniciata di Auto Usate di Mike O'Connor che spiccava su uno sfondo blu scuro.

Il piazzale era silenzioso, privo di persone a parte lui e Kay mentre camminavano verso l'ufficio vendite. Il veicolo bordeaux dove era stato scoperto il corpo di Carl Taylor era sparito, anche lo spazio accanto era vuoto.

Il piazzale di cemento sembrava essere stato recentemente pulito con l'idropulitrice.

Non c'era stato sangue, né tracce di qualunque cosa fosse successa a Taylor, quindi il compito sembrava inutile.

Forse Mike O'Connor e il suo giovane aiutante part-time pensavano che lavando il posto stavano eliminando il ricordo degli orrori che li avevano visitati all'inizio della settimana.

Barnes sospirò e rivolse nuovamente l'attenzione all'ufficio.

Il posto era silenzioso e la scrivania che Kevin Short aveva usato mentre parlavano con lui ieri era priva di documenti, lo schermo del computer privo di attività.

Quando i suoi occhi si abituarono all'interno cupo, notò O'Connor alla sua scrivania a destra del piccolo spazio che appoggiava il mento sulle mani mentre li osservava.

«Da quando i giornalisti hanno smesso di chiamare, i telefoni sono morti», disse, con lo sguardo abbassato. «Non so se l'attività si riprenderà mai da questo colpo».

Barnes trascinò una sedia per i visitatori verso di sé, poi tirò fuori il suo taccuino e lo bilanciò sul ginocchio. «Abbiamo alcune domande di approfondimento che vorremmo farle, signor O'Connor».

Il venditore di auto usate alzò il mento e gli fece un gesto con la mano. «Prego. La mia agenda, a quanto pare, sarà libera per il resto della giornata».

Notando il rancore dell'uomo, Barnes gli lanciò uno sguardo comprensivo prima di iniziare le sue domande. «Signor O'Connor, ha ricevuto minacce nel corso delle ultime settimane?»

L'altro uomo batté le palpebre, poi si raddrizzò sulla sedia. «No. Nessuna. Pensa che quell'uomo, Carl, giusto? sia stato lasciato qui fuori come una sorta di avvertimento per me?»

«Non posso commentare al momento», disse Barnes con diplomazia. «È assolutamente sicuro, però? Nessuna telefonata minacciosa o qualcosa per posta, magari?»

«Niente del genere, no».

«Abbiamo capito che l'attività deve una somma sostanziale alla sua ex moglie. Potrebbe dirci perché non l'ha ancora rimborsata?»

O'Connor guardò male per il cambio di argomento, poi si rivolse a Kay. «Cosa c'entra questo con il resto?»

«Per favore, risponda alla domanda, signor O'Connor», disse lei, allontanandosi da un espositore di brochure di accessori per auto per posizionarsi accanto alla spalla di Barnes.

«Perché non posso rimborsarla, non ancora». O'Connor sospirò e si strofinò i palmi sulla scrivania, spazzando via polvere immaginaria. «Non l'ho detto ad Ann ma sto cercando di vendere l'attività. Ho fatto un errore quando l'ho comprata, a dire il vero».

«Continui», disse Barnes.

«Non mi sto divertendo. Pensavo che sarebbe stato così, mi stavo annoiando già tre mesi dopo aver venduto il ristorante. Suppongo che sappiate di questo? Ho messo in giro voci di vendita per questo posto. Andava abbastanza bene prima di tutto questo, quindi speravo di non perdere molto dell'investimento iniziale. Avevo negoziato un buon prezzo con qualcuno all'inizio della settimana scorsa dopo un po' di trattative tra lui e un'altra parte interessata, ma mi ha telefonato a casa ieri sera. Si è tirato indietro». Sbuffò, con le guance arrossate. «Cristo, scusate… suona cinico date le circostanze. Mi ha detto che non procederà con l'acquisto a causa di tutta la pubblicità negativa per quello che è successo».

«Mi dispiace sentirlo, signor O'Connor», disse Barnes.

O'Connor scrollò le spalle. «È così. Ho chiamato l'altro

potenziale acquirente questa mattina. Non ha perso interesse, ma ha fatto un'offerta più bassa. Potrei esser costretto ad accettare per poter rimborsare Ann. Almeno in questo modo, posso lasciarmi tutto questo pasticcio alle spalle senza perdere troppi soldi».

«Dov'è Kevin oggi?» disse Kay.

«A casa, immagino. Gli ho detto di prendersi il resto della settimana libero, quindi se non deve andare all'università...»

«Sa che l'attività è in vendita?»

«Dio, no. Ad essere onesto, spero che rimanga una volta venduta. Il tipo che ha fatto l'offerta più bassa è un libero professionista, farebbe bene a tenersi il ragazzo se l'attività riparte».

«Da quello che sta dicendo, presumo che non ci sia nulla che non va nel curriculum lavorativo di Kevin?» disse Barnes.

«Niente affatto. Vorrei che fossero tutti così», disse O'Connor. «Gli ultimi due adolescenti che abbiamo avuto a lavorare per noi quando avevamo il ristorante erano un incubo da gestire. Sempre sui loro maledetti telefoni».

«Avremo bisogno di una nota sui suoi due acquirenti...» Barnes alzò una mano quando O'Connor iniziò a protestare. «È una formalità, nient'altro. Come potrà dedurre, un'indagine per omicidio implica dover parlare con tutti i soggetti collegati a questa attività».

«Se proprio dovete». O'Connor impallidì, ma sfogliò l'elenco delle chiamate recenti sul suo cellulare e lesse i dettagli.

Barnes tracciò due linee sotto la sua scrittura e chiuse il

taccuino. Alzandosi in piedi, fece un breve cenno con la testa. «Grazie per il suo tempo, signor O'Connor».

«Potete uscire da soli».

Poco dopo, Barnes passò accanto a una berlina grigia a due porte e si diresse verso l'auto di servizio, con Kay al suo fianco. «Che ne pensi, capo?»

«Bisogna provare compassione per quel poveretto, non credi?»

«Le persone commettono errori. Immagino che pensasse che fare questo sarebbe stato un cambiamento rispetto alla gestione di un ristorante e un modo per tenere la mente attiva». Barnes girò la chiave nel quadro di accensione. «Un vero peccato che la vendita sia sfumata, comunque».

«Forse». Kay allacciò la cintura di sicurezza mentre lui si avvicinava alla strada e fece un cenno con la mano a un corriere che lo lasciò inserire nel flusso del traffico. «Voglio parlare con questi due acquirenti il prima possibile, Ian».

«Di persona o per telefono?»

«Di persona».

Barnes ridacchiò. «Non credi a O'Connor riguardo alla vendita per poter ripagare sua moglie?»

«No», disse Kay. «Non è questo».

Le lanciò un'occhiata, notando il modo in cui il suo sguardo vagava in lontananza mentre rifletteva su qualunque pensiero le stesse passando per la testa. «Che c'è, capo?»

«E se qualcuno avesse scaricato un cadavere nell'attività di O'Connor per poterla comprare a un prezzo stracciato?»

CAPITOLO 19

Kay passò lo sguardo sulla sua squadra di agenti, notando l'eccitazione palpabile nell'aria mentre prendevano posto e si riunivano per il briefing pomeridiano.

Il ritmo dell'indagine era cambiato mentre diversi pezzi del puzzle iniziavano a prendere forma, rivelando scorci allettanti delle ultime ore di Carl e Will.

Le conversazioni mormorate che rimbalzavano avanti e indietro avevano un'energia diversa, tale da farle venire i brividi lungo gli avambracci e accelerare il battito cardiaco.

«Bene, cominciamo», disse, controllando i suoi appunti. «Ricorderete dalla dichiarazione di Helen Taylor che Carl l'ha chiamata al lavoro venerdì mattina chiedendole di uscire prima perché aveva organizzato un appuntamento con un idraulico. Lei ha confermato oggi che non si è mai presentato. Barnes ed io siamo andati a parlare con i datori di lavoro di Helen, uno studio legale a Sittingbourne».

Fece una pausa, e indicò una fotografia appuntata sulla

bacheca di sughero, un'immagine sfocata in bianco e nero di un uomo vestito con jeans, stivali pesanti e una maglietta di colore scuro estratta dalla telecamera di sorveglianza.

«La receptionist di Palmer e Twick ci ha detto che un uomo ha telefonato venerdì pomeriggio dopo che Helen se n'era andata, chiedendo se sarebbe tornata. Sophie, la receptionist, gli ha comunicato che non sarebbe tornata prima di lunedì, e lui ha riattaccato». Kay fece una pausa, osservando i volti rapiti della sua squadra. «La formulazione usata dal chiamante, "quando sarebbe tornata?", ci ha fatto domandare se qualcuno stesse sorvegliando il suo posto di lavoro e avesse perso il momento in cui se n'era andata. Questa immagine ci è stata inviata dai nostri colleghi della Divisione Est un'ora fa, insieme a una registrazione video dello stesso uomo che si aggirava fuori dagli uffici di Helen anche giovedì».

«Sappiamo chi è?» chiese Laura.

«Non ancora. Come potete vedere, l'angolazione della telecamera non è eccezionale e nemmeno la qualità dell'immagine. Né Matthew Twick né la sua receptionist lo riconoscono. La Divisione Est sta parlando con le attività commerciali lungo questa strada per scoprire se qualcuno lo riconosce. Non avremo i risultati fino a domani sul tardi, dato che il loro carico di lavoro è pessimo quanto il nostro». Kay espirò mentre osservava la fotografia. «Basandoci su questo, però, e su quanto accaduto a Carl e Will, pensiamo che Taylor abbia detto a sua moglie di lasciare il lavoro prima per proteggerla. Chi sta facendo i controlli sui precedenti di lei?»

«Sono io, capo». Debbie West alzò la mano, poi

abbassò lo sguardo sul suo taccuino e sfogliò le pagine. «Come per Carl Taylor, anche Helen non è mai stata segnalata prima, nessuna infrazione al codice della strada, nessuna multa non pagata. Lavora da Palmer e Twick da quasi sei anni e prima era in uno studio più grande ad Ashford. Due anni fa ha conseguito un diploma in gestione aziendale tramite un college online. Nemmeno i suoi profili sui social media mi hanno dato motivo di preoccupazione, capo». L'agente abbassò il taccuino e sospirò. «Questo è tutto, mi dispiace».

«Grazie, Debbie». Kay passò il dito sugli appunti che aveva in mano, poi alzò lo sguardo. «Qualcosa dal negozio di antiquariato riguardo alle loro riprese? Quando Barnes ed io abbiamo parlato con il proprietario ieri, lui avrebbe dovuto inviarci un link».

«Ho qualcosa per lei a riguardo». Phillip Parker si avvicinò alla parte anteriore del gruppo e consegnò a Kay un paio di fotografie, prima di girarsi verso la bacheca e appenderne copie ingrandite. «Questi sono i migliori fermi immagine che ho potuto ottenere dai file che ci ha inviato. Potete vedere in questa prima che c'è qualcuno accovacciato vicino alla ruota posteriore del camion sul lato opposto della strada. La successiva mostra una vista della strada quando la stessa persona si sta chinando sull'altra gomma posteriore mentre passa una macchina».

Kay sfogliò le due fotografie che aveva in mano, poi aggrottò la fronte. «Questo è ottimo, Phillip, ma sfortunatamente non ci aiuta. Non riusciamo ancora a vedere i lineamenti dell'uomo».

Parker arrossì, poi alzò una terza fotografia. «Ma abbiamo questa. È una moto che passa davanti al negozio di antiquariato circa un minuto e mezzo dopo che quella persona si allontana dal camion. E mostra una parte della targa».

Un silenzio scioccato seguì le sue parole prima che una cacofonia di voci riempisse la sala operativa.

«Grazie a tutti», disse Kay, e alzò la mano. «Ok, Phillip, se non l'hai già fatto, inizia a cercare di abbinare quel numero alle moto registrate nella zona. Lavora con Debbie se hai bisogno di un paio di mani in più, ma vorrei un aggiornamento al briefing di domani».

«Lo farò, capo».

«E invia tutti quei file di immagini all'ufficio di informatica forense. Forse Andy Grey e la sua squadra possono migliorarle ulteriormente». Kay si voltò per congedare la squadra, poi vide il sergente Wallace alzare la mano. «Sì, Tim?»

«E per quanto riguarda Carl Taylor, capo? Sappiamo se è morto nel retro di quel camion, o è stato ucciso e poi lasciato all'interno dell'auto rubata?» disse Wallace, la sua voce risaltò sopra il fruscio della carta mentre le persone si alzavano e le sedie strisciavano sulle sottili piastrelle di moquette.

Calò un silenzio come se tutti stessero trattenendo il respiro.

«Non ancora». Kay sospirò. «Lucas farà l'autopsia domani mattina, quindi speriamo proprio che trovi qualcosa per aiutarci».

CAPITOLO 20

«Gesù, capo. Sto iniziando a pensare che Adam abbia ragione sul fatto di non lasciarti avvicinare ai coltelli da cucina».

Kay seguì lo sguardo di Barnes verso i graffi che si incrociavano sul dorso delle sue mani e sulle dita e sorrise. «Adam ha portato a casa dei gattini. Stavamo giocando con loro ieri sera».

«Questa è la tua versione».

Lei rise, grata al collega per l'opportunità di alleviare i pensieri che precedevano l'autopsia di quella mattina, e tirò la cintura di sicurezza sul petto mentre lui guidava l'auto fuori dal suo vialetto.

Svoltò nella strada principale che attraversava il sobborgo e lei osservò un flusso costante di scolari di varie età che vagavano verso una fermata dell'autobus di fronte a un supermercato e una stazione di servizio molto frequentati.

Giovani madri con carrozzine e passeggini indugiavano sul marciapiede, fermandosi a chiacchierare mentre camminavano con bambini più grandi che prendevano a calci i sassi o giocavano lungo il percorso verso l'asilo e le scuole.

Vestiti vivaci e i colori familiari delle divise scolastiche locali si sfocavano mentre Barnes accelerava superando una leggera salita, e Kay riportò l'attenzione sul suo collega.

«Trovo difficile questa parte», disse. «Tutto sembra normale là fuori, e noi siamo diretti ad assistere ad un'autopsia».

«So cosa intendi». Segnalò di svoltare a destra, si unì alla fila di traffico che conduceva allo svincolo dell'autostrada e abbassò il volume della radio della polizia fissata sul cruscotto fino a quando il crepitio delle voci svanì sullo sfondo. «L'unico modo in cui posso affrontarlo, è sempre stato così, in realtà, è pensare che sia un altro passo avanti per rendere giustizia a quel povero disgraziato».

Kay si morse il labbro. «Spero solo che Lucas trovi qualcosa. A parte una fotografia sfocata di un uomo che potrebbe aver cercato Helen Taylor e l'ipotesi che lui o qualcun altro abbia tagliato le gomme del furgone di Carl, non abbiamo niente, vero?».

Un'ora dopo, Barnes svoltò all'ingresso dell'ospedale Darent Valley e trovò un posto auto libero riservato ai visitatori sul retro di uno degli edifici.

Si affrettarono attraverso l'entrata sud dell'edificio e su per una rampa di scale anziché aspettare l'ascensore, con Kay che faceva strada verso l'obitorio attraverso una serie di porte in legno con pannelli di vetro verticali.

Simon Winter si voltò al loro ingresso e tese il registro

per i visitatori. «Abbiamo finito di preparare tutto là dentro, quindi se volete andare a vestirvi, vi aspetteremo».

Kay scrisse il suo nome sul registro, poi seguì Barnes lungo uno stretto corridoio. «Ci vediamo dentro, Ian».

«Va bene, capo».

Entrando nello spogliatoio femminile, mise la sua borsa e la giacca in un armadietto e la chiave in tasca. Una pila di camici protettivi sigillati in sacchetti di plastica era stata lasciata su un piccolo tavolo accanto alla porta; ne aprì uno e infilò l'ingombrante indumento sopra la camicetta e i pantaloni.

Fatto ciò, attorcigliò i capelli in un elastico, si mise una cuffia protettiva sulla testa e indossò i guanti e i copriscarpe rimasti nel sacchetto di plastica.

Uscì dallo spogliatoio e vide Barnes davanti a lei, i piedi che frusciavano lungo le piastrelle lucidate con copriscarpe uguali ai suoi.

«Ti trovo sempre così attraente con quello», disse mentre lo raggiungeva. «È molto di tendenza in questo momento».

Lui sorrise. «Ma mi fa sembrare il sedere grosso?»

«Enorme». Spinse la porta dell'obitorio e si fermò sulla soglia accanto a lui.

Lucas e Simon avevano disposto il corpo di Carl Taylor su una barella d'acciaio nel mezzo di un set di tre, il collo dell'uomo sostenuto da un supporto di gomma e le mani ai suoi lati, con i palmi rivolti verso il basso.

Luci brillanti che pendevano dal soffitto illuminavano l'area di lavoro di Lucas, con strumenti, seghe e trapani luccicanti.

Il freddo persisteva nell'aria, e Kay rabbrividì.

«Possiamo iniziare?» disse Lucas, i suoi vivaci occhi marroni guizzarono verso Barnes per poi tornare su di lei.

«Tanto vale», mormorò Barnes, mentre si avvicinava.

«Quanto tempo ha impiegato a scongelarsi?» disse Kay, il suo sguardo percorreva i segni blu e neri che coprivano le mani, i piedi e altre estremità di Taylor.

«Fino alle nove di ieri sera», disse il medico legale governativo. «Simon è rimasto qui finché non siamo stati sicuri... dovevamo stare attenti a portare la sua temperatura a un punto in cui potessimo condurre l'analisi dei tessuti molli ma evitare ulteriore decomposizione. Per Will ci vorranno altre ventiquattro ore».

Kay batté le palpebre, poi raddrizzò le spalle.

Lo doveva a entrambe le vittime: guardare, ascoltare, imparare.

Sarebbe stato l'unico modo per scoprire cosa fosse successo a entrambi venerdì e perché qualcuno li avesse lasciati morire congelati.

«Posso confermare la lividità», disse Lucas, usando il mignolo per indicare le macchie sulla pelle dell'uomo. «Quando è morto, è caduto sul lato sinistro, ma quando è stato spostato e messo nel veicolo dove è stato trovato, è stato posizionato sul lato destro. Ora, riguardo allo scolorimento che vedete sulle dita, sulle dita dei piedi e, ehm...»

Kay vide Barnes sussultare mentre Lucas agitava le mani sui genitali del morto. «È congelamento?»

«Esattamente. Spesso è il primo segno di problemi quando la temperatura corporea di una persona sta scendendo».

«Quanto tempo ci vuole?» disse Barnes dopo essersi schiarito la gola.

«Non quanto si potrebbe pensare. A seconda della temperatura, da ottanta secondi a due minuti. È così che i nostri corpi iniziano a ridurre l'apporto di sangue alla pelle per preservare gli organi vitali. Le sue dita sembrano più danneggiate perché si sono congelate più velocemente, se avesse indossato guanti, si vedrebbe un po' meno danno ai tessuti, così come ai suoi genitali».

«Lavoravo per una compagnia petrolifera in Alaska come medico prima di lavorare qui», disse Simon, abbassando il taccuino che aveva in mano. «Il chirurgo lì faceva due o tre amputazioni di dita a settimana durante un inverno rigido».

«Gesù», mormorò Kay. «Quindi anche se qualcuno li avesse trovati e salvati, Carl avrebbe potuto comunque perdere le dita a causa del congelamento?»

«Esattamente.» Lucas prese un bisturi. «Abbiamo trovato tracce di una sorta di materiale sotto le sue unghie, forse residui di plastica. Potete vedere anche dove il letto ungueale sanguinava, questo mi conferma che avevi ragione, e stava cercando di aprirsi un varco graffiando la parte posteriore di quel camion. Non avrebbe potuto continuare a lungo però. Il congelamento avrebbe iniziato a manifestarsi e, sebbene tremare ti mantenga caldo per un po', consuma molta energia.»

«Si sarebbe stancato rapidamente», disse Kay. «E non è in sovrappeso, vero?»

«Nonostante quello che la gente pensa, il grasso non aiuta. Avrebbe comunque perso calore, e una volta che la sua temperatura corporea centrale fosse scesa sotto i trenta gradi Celsius, avrebbe perso conoscenza.»

Lo sguardo di Kay si posò sugli occhi di Taylor, una patina lattiginosa copriva le iridi un tempo brillanti. «La sua espressione è di puro terrore, non è vero?»

«Stava lottando per la sua vita, detective, questo è certo.» Lucas si spostò sul petto dell'uomo, con il bisturi pronto. «Ora, vediamo cos'altro può dirci.»

Kay distolse lo sguardo mentre Lucas e Simon si mettevano al lavoro, e notò che Barnes scorreva messaggi di testo quando una grande sega si mise in funzione con un ronzio.

Voleva, aveva bisogno di risposte, ma c'erano alcuni aspetti dell'autopsia a cui non si sarebbe mai abituata.

Poco più di due ore dopo, era finita.

Simon sedeva su uno sgabello a lato della stanza accanto a un tavolo di acciaio zincato, etichettando vari campioni che erano stati prelevati mentre Lucas finiva di ricucire il petto di Carl Taylor.

«Bene», disse infine il patologo, sfilandosi i guanti prima di gettarli in un cestino per rifiuti biologici e spostandosi verso un lavandino. «Posso confermare che la causa della morte è stato il congelamento del nostro uomo in quel camion frigorifero, quindi indicherò ipotermia nel mio rapporto. Ci sono lividi intorno alle braccia, e uno anche sulla coscia; quindi, non ci è entrato di sua spontanea volontà.»

«Era cosciente quando è stato messo lì?» disse Barnes, il suo volto era più pallido di quando era entrato nella stanza.

«Oh sì», disse Lucas, alzando la voce sopra il rumore dell'acqua che scorreva dai rubinetti mentre si strofinava le mani. Versò altro sapone sulle dita. «Non c'è alcun segno di trauma cranico.»

«Qualcuno voleva farlo soffrire», disse Kay, stringendo la mascella. «Bastardi.»

CAPITOLO 21

Kay frugò tra la pila di cartelline manila impilate nel vassoio all'angolo della sua scrivania e imprecò a bassa voce.

Lo schermo del computer e la tastiera erano ricoperti di post-it colorati, richieste urgenti di richiamare, e messaggi dai membri della sua squadra. La scrivania ne aveva risentito molto da quando lei e Barnes avevano lasciato la sala operativa quella mattina, con una pila di rapporti appoggiati in precario equilibrio su un lato e due agende revisionate posizionate al centro, riguardanti riunioni a cui non ricordava di aver accettato di partecipare.

Guardò accigliata le email che si erano moltiplicate nella casella di posta mentre assisteva all'autopsia.

Nessuno degli oggetti era di aiuto per le loro indagini.

A quest'ora, sperava di aver ricevuto più notizie da Harriet Baker, magari qualche risultato forense preliminare, o una svolta dalle indagini porta a porta che stavano portando avanti.

Ma non c'era nulla.

Assolutamente nulla.

«Maledizione.»

Lasciò ricadere le cartelle manila nel vassoio e fissò con rabbia i documenti.

Gavin vagò davanti a lei portando un vassoio di cartone con caffè da asporto. Si fermò, esaminò con lo sguardo la scrivania, poi le porse una delle tazze. «Meglio che la tenga in mano. Ho paura di appoggiarla da qualche parte.»

«Molto divertente. Hai visto una cartella verde? Ci sono i miei calcoli mensili del budget, e devo inviarli via email a Sharp.»

Lui indicò la tastiera. «Quella, là sotto?»

Kay alzò gli occhi al cielo e la estrasse. «Grazie, Gav.»

«Puoi prendere in prestito questi se vuoi», disse Barnes dalla sua scrivania, agitando gli occhiali da lettura verso di lei.

«Non cominciare.» Kay si lasciò cadere sulla sedia, aprì la cartella e trattenne un gemito.

Aveva bisogno di più personale per l'indagine, qualcuno che l'aiutasse a setacciare tutte le informazioni che la stavano sopraffacendo, ma lo stanziamento di fondi era destinato alla formazione del personale esistente e non poteva toccarlo.

A quanto pare, dovevano arrangiarsi con la squadra che aveva a disposizione.

Disgustata, gettò la cartella nel vassoio e prese il caffè prima di dirigersi verso la lavagna mentre il personale amministrativo e gli agenti iniziavano a radunarsi per il briefing.

«Bene, cominciamo.» Attese mentre un paio di

ritardatari prendevano posto. «Lucas Anderson ha inviato via email i risultati dell'autopsia di stamattina, quindi potrete accedervi su HOLMES2. In breve, conferma che Carl è morto per assideramento, non ci sono segni di traumi alla testa o ossa rotte, nonostante i lividi sulla pelle. Conferma che farà l'autopsia di Will Nivens domani e ci fornirà un aggiornamento nel pomeriggio.»

Fece una pausa per controllare i suoi appunti, poi continuò. «Passando agli altri aspetti delle nostre indagini, Barnes ed io abbiamo parlato con uno degli acquirenti interessati all'attività di Mike O'Connor questo pomeriggio, Bernard Hastings. Possiede un'attività simile vicino a Canterbury. Come sospettava O'Connor, Bernard ha perso interesse da quando il corpo di Carl è stato ritrovato venerdì...dice che la reputazione dell'impresa familiare sarebbe a rischio.»

Gavin fece una smorfia. «Comprensibile il suo punto di vista.»

«Infatti. Abbiamo lasciato un messaggio al tizio che ha fatto un'offerta più bassa, Steve Luxford. Ha richiamato mezz'ora fa per dire che è stato a Margate tutto il giorno a vedere un paio di altre concessionarie di auto usate in vendita, ma sarà disponibile domani mattina; quindi, Barnes ed io andremo a casa sua a Kings Hill per parlare con lui.» Kay scorse con il pollice i suoi appunti. «Laura, hai avuto notizie dalla Divisione Est riguardo a quelle indagini porta a porta che stavano conducendo questa mattina?»

«Sì, capo.» Laura fece un paio di passi avanti e si rivolse ai colleghi. «Hanno parlato con i proprietari delle attività commerciali e degli appartamenti residenziali intorno agli uffici degli avvocati. Nessuno di loro riferisce di aver visto qualcuno aggirarsi fuori dall'edificio, anche se una donna in un'agenzia di scommesse ha detto che quella strada ha parecchio traffico pedonale; quindi, lo stalker di Helen potrebbe non aver dato nell'occhio. Ho chiesto loro di inviarci qualsiasi immagine di videosorveglianza di persone che vedono comportarsi in modo sospetto per poterle esaminare. Stanno anche richiedendo le registrazioni delle telecamere di sorveglianza dal bancomat all'estremità della strada così da poter ottenere un'immagine più chiara di lui o confermare se agisse da solo.»

Kay ringraziò la collega, poi si avvicinò a una scrivania libera e vi si appoggiò. «Per me, questo sembra qualcosa che è stato organizzato in fretta. Non un attacco pianificato, quanto piuttosto non mirato a Carl, data la sorveglianza approssimativa sul posto di lavoro di Helen...»

«Pensa che qualcuno abbia avuto un momento di panico, capo?» disse Barnes.

«Sì, lo penso.» Sospirò e si passò una mano tra i capelli, sistemandosi una ciocca dietro l'orecchio. «Ora dobbiamo solo capire cosa diavolo abbia fatto Carl Taylor per causare quel panico.»

CAPITOLO 22

L'agente Aaron Stewart girò all'ultima pagina del giornale locale e cercò di fingere interesse per un articolo su una squadra di calcio che attualmente occupava l'ultimo posto in classifica.

Si appollaiò su uno sgabello da cucina accanto a un piano di lavoro lucido che emanava profumo di limoni freschi, con la mano destra sospesa vicino a una tazza fumante di tè.

Gli ultimi raggi di sole filtravano dalla finestra della cucina e diffondevano un caldo bagliore in tutta la stanza. Questo conferiva all'ambiente un'atmosfera pacifica, in netto contrasto con il motivo per cui si trovava lì.

La voce di Helen Taylor giungeva dal soggiorno mentre parlava con suo fratello per la seconda volta quel pomeriggio, con un tono che diventava sempre più impaziente.

No, non voleva che lui e la sua famiglia venissero nel Kent. Era troppo impegnato con la sua attività di stuccatore.

Sì, la polizia era lì.

No, non avevano novità.

E così via.

Aaron passò una mano sui capelli castani corti e sospirò, guardando il cellulare sul piano di lavoro accanto a lui. Sua moglie aveva cercato di chiamarlo mezz'ora prima, lo schermo si era illuminato con il suo nome mentre il telefono vibrava con insistenza.

Aveva vibrato di nuovo pochi secondi dopo, questa volta per un messaggio.

Torni a casa stasera? x

Sospirò, prese la tazza e soffiò sul tè caldo prima di berne cautamente un sorso, poi le rispose.

Probabilmente no x

Debbie West aveva predisposto che un altro agente restasse a casa con Helen quel giorno, per un tempo sufficiente da permettere ad Aaron di tornare a casa e riposare qualche ora prima di dover rientrare alle quattro, un tempo troppo breve per vedere sua moglie e sua figlia prima di ripartire.

Ora sapeva della telefonata a Palmer e Twick, sapeva che il suo ruolo di agente di coordinamento con la famiglia si era trasformato in qualcosa di meno tangibile a causa di quella chiamata, e sentiva un obbligo ancora maggiore nei confronti di Helen.

Doveva assicurarsi che fosse al sicuro.

Era il minimo che potesse fare per Carl Taylor.

«Quell'uomo impossibile». Helen entrò a passo deciso in cucina, stringendosi il cardigan intorno alla vita. Si diresse verso il bollitore. «Vuole un'altra tazza di tè?»

Aaron sollevò la tazza e sorrise. «Questa è ancora piena, grazie».

Tornò a concentrarsi sul giornale, lo piegò e poi avvicinò a sé una rivista di gossip abbandonata.

«Non avrei detto che potessero appassionarla queste cose».

Lanciando un'occhiata oltre la spalla vide Helen appoggiata al lavello della cucina, e sorrise. «In effetti non è così. È mia figlia quella che parla sempre di questo o quel personaggio famoso. Non riesco a starle dietro».

«Cosa fa sua figlia?»

Aaron si sistemò sullo sgabello per guardarla. «Sta facendo un apprendistato da parrucchiera a Tonbridge in questo momento».

«Le piace?»

«Credo di sì».

Gli occhi di Helen si fecero nostalgici e si girò, armeggiando con una fila di tazze che si erano accumulate nel lavandino prima di sciacquarle sotto l'acqua calda. «Sua moglie sarà sicuramente infastidita dal fatto che lei debba lavorare».

«È un'infermiera, capisce». Aaron si alzò dallo sgabello e posò la tazza vuota sul bancone accanto a lei. Prese uno strofinaccio che pendeva dalla maniglia di un cassetto vicino, e iniziò ad asciugare le stoviglie che lei stava impilando sullo scolapiatti. «E mi ha addestrato bene».

Questo le strappò una risata, e lui sorrise alla sua reazione.

Cristo, qualsiasi cosa potesse fare per alleviare il suo dolore anche solo per pochi secondi era già qualcosa.

«Oh, accidenti».

Immerse le mani nella schiuma e fissò fuori dalla finestra.

Aaron seguì il suo sguardo e vide uno scarico incastonato nel patio che gorgogliava di sapone, con l'acqua che si accumulava sotto la griglia d'acciaio.

«Sapevo che avrei dovuto chiedere a Carl il numero di telefono di quel maledetto idraulico», disse, e poi scoppiò in lacrime.

Aaron abbandonò lo strofinaccio sul piano di lavoro e le posò una mano sulla spalla. «Darò un'occhiata».

«Dio, mi scusi». Infilò la mano nella tasca del cardigan ed estrasse un fazzoletto di carta già inzuppato prima di soffiarsi il naso. «È solo che...»

«Va tutto bene. Dove tiene la cassetta degli attrezzi?»

«Nel garage. È sotto... oh, gliela mostrerò io. Faremo prima».

Helen lo condusse attraverso una porta di collegamento fuori dalla cucina e in un garage singolo che veniva utilizzato come deposito piuttosto che come parcheggio.

Nell'aria aleggiava un leggero odore di muffa, e qualcuno, Carl, presumeva Aaron, aveva fissato delle mensole lungo una parete. Erano allineate con scatole di cartone di varie dimensioni, vecchi barattoli di marmellata pieni di dadi, bulloni e utensili elettrici.

«È qui». Helen era in piedi accanto a un'asciugatrice, indicando una grande scatola di metallo sotto un banco di lavoro. «Non so se c'è qualcosa lì dentro che può usare. Quello scarico non ha mai fatto così prima d'ora, almeno che io sappia».

«C'è una luce là fuori, nel caso si faccia buio mentre lavoro?»

«No, mi dispiace». I suoi lineamenti si contrassero ancora una volta.

«Non si preoccupi». Si accovacciò, sollevò il coperchio e selezionò un paio di attrezzi. Notò una leva di ferro appoggiata contro il muro, prese anche quella. «Ha un paio di sacchetti per la spazzatura? O magari guanti usa e getta?»

«C'è un rotolo di sacchi di plastica che usiamo per i rifiuti del giardino qui». Allungò la mano verso uno scaffale sopra l'asciugatrice e strappò due sacchetti prima di consegnarglieli con un sorriso timido. «Spero che non debba infilare la mano là dentro, comunque».

«Lo spero anch'io». Indicò la porta che conduceva al giardino. «Si passa di lì?»

«Sì».

«Va bene, non ci vorrà molto».

«Grazie. Davvero, sono sicura che questo non rientra nelle sue mansioni».

«Quali mansioni?» Le fece l'occhiolino, poi uscì.

L'aria era più fresca ora, una sfumatura viola strisciava nel tramonto mentre il crepuscolo si avvicinava. Da qualche parte in fondo al giardino, vicino alla siepe di prugnolo che ne delimitava il perimetro, un merlo cantava. Un altro rispondeva da un giardino vicino, le note rilassanti interrotte solo dall'occasionale fruscio del traffico sull'autostrada in lontananza quando la brezza cambiava direzione.

Le lastre del patio erano fatte di cemento di bassa

qualità, scheggiate e chiazzate in alcuni punti con ciuffi d'erba che spuntavano dalle crepe.

«Dunque...» Aaron si fermò accanto allo scarico traboccante, arricciando il naso.

Potevano anche esserci bolle di sapone che fuoriuscivano dalla griglia, ma sentiva la puzza accumulata negli anni di acque sporche di bucato e deflusso dal patio e dalle aiuole circostanti.

Emettendo un sospiro, si chinò e usò il piede di porco per forzare la griglia dal suo alloggiamento.

Con sua sorpresa, venne via facilmente.

Guardò nel buco.

L'acqua saponata lo riempiva fino all'orlo, ma c'era sicuramente qualcosa là sotto che impediva all'acqua di entrare nella fognatura principale.

Un oggetto grigio scuro affiorò in superficie prima che un gorgoglio strascicato eruttasse dal buco facendolo sparire dalla vista.

Aaron aggrottò la fronte.

«Che diavolo...?»

Si inginocchiò accanto allo scarico, poi spinse il piede di porco lungo il rivestimento polimerico che era stato applicato alle tubature originali in pietra.

C'era qualcosa laggiù, questo era certo.

Fermandosi per infilare la mano in uno dei sacchi di plastica, se lo tirò su lungo il braccio e poi afferrò di nuovo il piede di porco.

Girandolo in modo che il gancio fosse rivolto verso l'interno, agganciò qualunque cosa fosse incastrata nello scarico e la trascinò verso di sé, chinandosi per avvolgere le punte delle dita coperte di plastica attorno all'estremità mentre l'oggetto a forma di mattone rompeva la superficie saponata.

Il suo cuore sussultò mentre lo tirava fuori dall'acqua e lo lasciava cadere sulla lastra accanto allo scarico.

«Porca miseria.»

Aaron lasciò cadere il piede di porco, si tolse il sacchetto e corse di nuovo verso la cucina, ignorando lo sguardo scioccato sul volto di Helen Taylor mentre passava.

Si fermò scivolando accanto al piano di lavoro e afferrò il telefono, premendo la composizione rapida.

«Capo? Sono a casa di Helen Taylor, credo che farebbe meglio a venire qui.»

CAPITOLO 23

Quando Kay arrivò alla modesta casa a schiera di Helen Taylor, due auto della pattuglia e un furgone appartenente alla squadra degli investigatori forensi di Harriet occupavano tutti i parcheggi disponibili nel vicolo cieco.

Dopo aver parcheggiato nella strada successiva, si mise la borsa a tracolla e attraversò velocemente la strada verso il semicerchio di case.

Le luci erano accese in ogni abitazione, numerose porte d'ingresso erano spalancate e un'atmosfera di eccitazione trapelava da coloro che stavano in piedi alla fine dei propri vialetti nel tentativo di vedere cosa stesse succedendo.

Un gruppetto di vicini si aggirava accanto al muro di mattoni davanti alla casa di Helen Taylor, con i colli tesi verso la porta d'ingresso mentre mormoravano teorie e pettegolezzi tra loro, e sui volti un misto di sospetto ed eccitazione a malapena repressa.

Kay sgattaiolò oltre, tenendo la testa bassa.

Mentre saliva rapidamente il vialetto, la porta si aprì e

Tim Wallace si fece da parte, la radio del sergente gracchiava dall'aggancio sul suo giubbotto antiproiettile.

«Buonasera, capo», disse, chiudendo la porta. «La signora Taylor è in soggiorno. Per il momento ci siamo sistemati in cucina, Charlie e Patrick sono fuori a montare una tenda e alcuni fari.»

«Grazie, Tim.» Si voltò al suono di passi pesanti e vide Aaron Stewart che camminava verso di lei dalla cucina, con un'espressione perplessa che gli increspava la fronte. «Che scoperta interessante là fuori, vero?»

Lui emise un lieve sbuffo. «Non scherziamo, capo. Non era esattamente ciò che mi aspettavo.»

«Possiamo parlare?» Kay indicò con il mento verso la cucina. «Solo un momento, prima che faccia due chiacchiere con Helen?»

«Vieni di qua, così puoi vedere cosa sta facendo Charlie mentre ti aggiorno.»

Lasciò Tim all'ingresso e seguì Aaron in una cucina luminosa e ariosa piena di elettrodomestici moderni che non erano né costosi né troppo economici. Sembrava che Helen e Carl Taylor si fossero creati una casa confortevole, e sospirò mentre osservava i piani di lavoro, con i faretti sul soffitto che illuminavano le superfici accuratamente lucidate.

La finestra della cucina rivelava un'area lastricata illuminata da due fari su supporti di alluminio posizionati a ciascuna estremità. Due figure in tuta protettiva bianca percorrevano l'area e le aiuole oltre, con la testa china mentre lavoravano.

Kay distolse lo sguardo, i suoi pensieri erano tumultuosi.

Cosa era accaduto a questa piccola famiglia nelle ultime settimane da causare la morte di un uomo, lasciando una vedova affranta?

Per non parlare del chilo di droga che era stato sistemato in un sacchetto per prove al centro del piano di lavoro.

Annusò l'aria.

«Mi dispiace, capo.» Aaron indicò il pacchetto. «Puzza perché era in quello scarico.»

«Ne hanno trovati altri?»

«Non laggiù, no. Helen ci ha parlato di un altro scarico che si trova vicino alla porta sul retro che' dà sul garage, ma quello era libero. Patrick sta cercando di controllare il resto del giardino per eventuali segni di scavo recenti, ma Charlie pensa che resteranno qui fino al mattino. È difficile lavorare sotto i fari, e non vogliamo attirare l'attenzione con un drone.»

«Giustamente.»

Kay toccò il sacchetto delle prove contenente il pacchetto prima di prenderlo e testarne il peso.

Era piuttosto pesante, quasi come un sacchetto di zucchero.

Riusciva a vedere la polvere bianca attraverso gli strati di plastica trasparente che erano stati avvolti intorno alla droga prima che fosse stata sigillata con nastro adesivo, sigillando la sostanza stupefacente in un pacco impermeabile stretto.

«Cristo, non c'è da meravigliarsi che abbia bloccato lo scarico.» Ripose il sacchetto delle prove sul piano di lavoro. «Quanto vale questa roba di questi tempi?»

Aaron alzò le spalle. «I prezzi sono scesi rispetto

all'anno scorso, ma credo che potresti ancora ottenere circa trentamila sterline per quello. Forse un po' di più.»

«Quindi che diavolo ci faceva Carl Taylor con questa roba?»

«Helen dice che non ne ha idea. Era scioccata quanto me quando gliel'ho mostrata.»

«Va bene, vado a scambiare due parole con lei, e poi mi tolgo dai piedi. Potresti passare dalla sala operativa domani sulla via di casa e darci un aggiornamento, nel caso Patrick e Charlie trovino qualcos'altro?»

«Certo, nessun problema.»

«Grazie, e ottimo lavoro, Aaron.» Fece l'occhiolino. «Scommetto che non ti aspettavi questo tipo di eccitazione nel ruolo di agente di coordinamento con la famiglia.»

Tornando lungo il corridoio, fece un cenno di ringraziamento a Tim mentre le apriva la porta del soggiorno e trovò Helen Taylor rannicchiata su una poltrona, con il viso infelice coperto una cascata di capelli scuri.

«Credi di conoscere una persona, no?» disse, la sua voce poco più di un sussurro. «Tredici anni di matrimonio, e non avrei mai immaginato che Carl potesse fare questo.»

Kay si fermò accanto alla mensola piena di fotografie. «Aveva idea che ci fosse della droga nello scarico?»

Un'espressione di orrore attraversò i lineamenti di Helen, mentre la bocca si apriva. «Certo che no. È la prima volta che la vedo.»

«Ha mai visto Carl comportarsi in modo strano in giardino?»

«No...» Helen si fermò, si spostò i capelli dietro la spalla, poi tirò su col naso. «Deve averla nascosta quando ero al lavoro. Il suo turno finisce prima che io lasci l'ufficio, quindi aveva qualche ora prima che tornassi a casa. N-non posso credere che stia succedendo...»

«E per quanto riguarda la presenza di estranei nella strada, Helen?» Kay fece un passo avanti. «Ha notato qualcuno che non conosce aggirarsi nelle ultime settimane?»

La donna scosse la testa. «Glielo avrei detto se l'avessi notato.»

«Le farò una domanda, che devo fare in quanto parte della routine delle mie indagini.»

«Va bene.» La voce di Helen tremò, i suoi occhi spalancati. «Cosa?»

«Lei e Carl avete litigato per qualcosa nelle settimane e nei giorni precedenti alla sua morte?»

«Io... No, non abbiamo litigato.» Helen portò una mano tremante alle labbra. «Oh mio Dio. Lei pensa che l'abbia ucciso io?»

«L'ha fatto?»

«No.» Abbassando la mano in grembo, Helen sporse il mento. «Non ho ucciso mio marito, detective Hunter, e sono risentita per la domanda.»

«Come ho detto, è una procedura di routine. Mi dispiace se questo le ha causato ulteriore angoscia.» Kay fece vagare lo sguardo per la stanza, ascoltando le voci sommesse dei suoi colleghi fuori nel corridoio. «La lascio ora, ma Aaron rimarrà nel ruolo di agente di coordinamento con la famiglia, va bene per lei?»

«Sì.» La donna sospirò. «Guardi, so che sta solo facendo il suo lavoro. Sono contenta che lui sia qui. M-mi sento più al sicuro.» Helen sospirò, con un'espressione abbattuta. «Non so minimamente in cosa si sia cacciato Carl, detective. Davvero non lo so.»

«Faremo del nostro meglio per trovare il responsabile della sua morte, Helen… e speriamo anche di poterle dare qualche risposta.»

Kay si congedò, raggiungendo Aaron e Tim nel corridoio prima di lanciare un'occhiata oltre la spalla verso la porta chiusa del soggiorno.

Abbassò la voce. «Pensi che stia mentendo?»

Aaron espirò, poi si appoggiò alla ringhiera delle scale e scosse la testa. «Non credo. Penso che fosse genuinamente sorpresa da tutto questo.»

«Interessante», disse Kay, mordendosi il labbro. «Forse Carl non ha mai chiamato un idraulico per sturare lo scarico. Forse il suo era un messaggio per avvertire che c'era qualcosa *là sotto*.»

«Una precauzione nel caso fosse stato ucciso, intendi?» disse Aaron.

«Sì. E se Carl Taylor avesse visto o sentito qualcosa, o qualcuno avesse scoperto che aveva quella droga? Qualunque cosa fosse, ha fatto sì che temesse per la sua vita, e per quella di sua moglie.»

CAPITOLO 24

Quando Barnes entrò nel vialetto di Kay la mattina seguente, era in anticipo di dieci minuti nonostante l'imbottigliamento del traffico sulle strade che portavano fuori dal sobborgo.

Era certo però del fatto che uscirne per raggiungere l'autostrada non avrebbe migliorato la situazione.

Uscì dall'auto e si prese un momento per stiracchiarsi la schiena.

Il leggero *tic tic* del motore in raffreddamento si alternava a un paio di passeri che litigavano sopra la sua testa sui fili del telefono che si estendevano lungo il vialetto, e inspirò l'aria fresca.

La casa che ora condivideva con la sua compagna con cui stava da quattro anni, Pia McLeod, era più vicina alla città. Poiché quella era solitamente circondata dal rumore del traffico di passaggio e dalle costanti urla dei bambini dei vicini nel giardino a forma di scatola oltre la recinzione di confine che condividevano, assaporò il breve momento di pace nel sobborgo più tranquillo.

Si voltò al suono di un chiavistello che veniva tirato indietro, poi la porta d'ingresso si aprì e apparve Kay.

«Scusa, Sharp ha telefonato per un aggiornamento, e ho incaricato Gavin e Laura di parlare con il supervisore di Carl della flotta della filiera del freddo questa mattina».

Lo sguardo di Barnes si posò sul cerotto appiccicoso sul dorso della mano sinistra di lei mentre chiudeva la porta, e sollevò un sopracciglio. «I gattini di nuovo?»

Kay alzò gli occhi al cielo. «C'è un gattino squama di tartaruga particolarmente feroce che Adam giura che chiamerà Wolverine. Il problema è che è carino».

Barnes rise e aprì la portiera del passeggero per lei. «A questo punto, non credo che li restituirai».

«Credimi, devono andarsene», disse mentre lui entrava e avviava il motore. «Non riesco a fare nulla la sera, e le nostre poltrone non sopravviveranno ancora per molto».

Nel momento in cui raggiunsero l'autostrada, Kay aveva estratto una cartella informativa dalla sua borsa e stava sfogliando le pagine, con la penna in mano mentre annotava appunti ai margini.

«Sono le informazioni che Debbie ha trovato su questo tizio che stiamo andando a vedere?» disse lui, cambiando corsia mentre il cartello per West Malling sfrecciava oltre.

«Sì. Steve Luxford». Kay attese fino a quando lui avesse frenato a un semaforo che portava fuori dallo svincolo dell'autostrada e sollevò la copia di una fotografia. «Questa è stata scattata durante una raccolta fondi di rugby locale un paio d'anni fa».

Barnes controllò che l'auto davanti non stesse per partire, poi diede un'occhiata alla foto.

Luxford sembrava essere sulla fine dei trent'anni, con

un taglio a spazzola. Piccoli occhi scuri fissavano il fotografo, un ghigno deformava la bocca dell'uomo mentre alzava un bicchiere di birra verso la fotocamera, le sue braccia robuste sporgevano da una maglietta che sembrava essere di una taglia troppo piccola.

«Sembra un giocatore di rugby».

Kay girò la foto. «Così sembra, vero?»

Tornò a leggere i suoi appunti mentre i semafori diventavano verdi. «Qui dice che è divorziato, vive da solo, tre punti in meno sulla patente per eccesso di velocità un paio di anni fa. Possedeva un autolavaggio vicino a Swale, ma l'ha venduto a febbraio. Deve averci guadagnato abbastanza per poter fare un'offerta sulla proprietà di Mike O'Connor».

«Dipende da quanto stava offrendo», disse Barnes, seguendo un furgone bianco che sembrava avere problemi a tenere a freno la quantità di fango schizzato sulle porte posteriori. «Dopotutto, questo è il tipo che è tornato con un'offerta più bassa dopo che è stato trovato il corpo di Carl. Debbie ha trovato qualche collegamento tra Carl e questo Luxford?»

«Non ancora». Kay abbassò le pagine sulle ginocchia quando lui svoltò nel complesso di Kings Hill e lei osservava le diverse attività commerciali che superavano prima di entrare nella zona residenziale oltre.

Barnes si fermò dopo aver superato una rotonda, accese lo schermo del suo cellulare e controllò l'app delle mappe. Il punto blu della posizione mostrava dove si trovavano, e la casa di Luxford era a solo un paio di isolati di distanza.

«Come vuoi procedere?» disse mentre si allontanava dal marciapiede. «Vuoi condurre tu?»

«No, fai tu le domande. Voglio valutare la sua reazione».

«Va bene». Indicò con un cenno del mento una schiera di case strette, con l'intonaco color beige che sembrava stanco e consumato. «Questa è la sua casa, quella al centro».

Il numero 6 era identico ai suoi vicini, tranne che per una porta verde pallido che sembrava piuttosto deteriorata.

Arbusti sempreverdi crescevano senza entusiasmo nelle aiuole tra le proprietà, e il giardino anteriore sembrava essere stato abbandonato a metà strada durante la posa di un nuovo prato in qualche momento della sua storia.

Barnes guidò lungo un sentiero pavimentato irregolare, notando una grande motocicletta che era stata parcheggiata di lato, coperta con un telone come protezione dalle intemperie.

Batté le nocche contro il pannello di vetro incastonato nella porta mentre osservava il campanello elettronico rotto accanto ad esso.

«Affittata o di proprietà?» disse Kay a bassa voce.

«Di proprietà».

«Cristo, ci si aspetterebbe che faccia qualcosa con il...»

La porta si aprì e Steve Luxford sbirciò oltre una catenella in ottone.

«Voi siete la polizia?»

«Signor Luxford?» Barnes mostrò il suo distintivo.

«Sergente detective Ian Barnes. Abbiamo parlato al telefono ieri».

«Un momento». La catenella tintinnò per un momento, poi Luxford fece loro cenno. «Spero sia una cosa rapida. Ho un incontro alle dieci con il mio commercialista».

Nel momento in cui Barnes varcò la soglia, si chiese quando fosse stata l'ultima volta in cui il posto fosse stato decorato, o pulito.

Una carta da parati con motivo a piume dall'aspetto antico rivestiva le pareti dell'ingresso, e chiunque avesse decorato il posto doveva aver fatto un buon affare. Il motivo continuava nella zona del soggiorno di forma rettangolare che puzzava di fumo di sigaretta, cibo da asporto e alcol stantio che forse era stato versato sul pavimento laminato scheggiato.

Era difficile dirlo tra tutte le altre macchie.

Luxford calpestò un mucchio di biancheria sporca accanto a un piccolo tavolo di legno coperto di cartoni per pizza e aprì una porta singola che conduceva a un minuscolo giardino.

«Sono venuti alcuni amici a vedere una partita ieri sera», disse sulla difensiva. «Accomodatevi».

Barnes guardò l'espressione sul volto di Kay mentre osservava lo stato della tappezzeria, e si girò verso Luxford. «Nessun problema. Non dovrebbe volerci molto. Stiamo indagando sulla morte di un uomo...»

«Il tizio trovato da O'Connor. Sì, l'ha detto al telefono. Perché dovete parlare con me?»

«Ci risulta che lei abbia fatto un'offerta per comprare l'autosalone di O'Connor alcune settimane prima dell'incidente. Perché?»

Luxford si avvicinò al tavolo, spostò un cartone di pizza e afferrò un pacchetto di sigarette sgualcito. Spostandosi verso la porta sul retro, si appoggiò allo stipite, tirò fuori un accendino dalla tasca e accese.

Barnes attese, osservando mentre l'altro uomo inclinava la testa all'indietro e soffiava una nuvola di fumo nell'aria prima che venisse portata via dalla brezza.

Finalmente, Luxford si voltò verso di lui, con il familiare ghigno sulle labbra. «Perché potevo farlo. Possedevo un autolavaggio. L'ho venduto qualche mese fa a un buon prezzo. Ho pensato di sperimentare qualcosa di diverso».

«Ha già fatto qualcosa del genere prima?»

Luxford scrollò le spalle. «Non ci vuole un genio per vendere macchine, no?»

«Perché proprio quel posto?»

«Che vuol dire?»

«Perché l'attività di O'Connor?»

«Perché no?»

«Ne ha presi in considerazione altri?»

«Un paio. Troppo lontani, però». Luxford fece un altro tiro dalla sigaretta e si grattò l'interno del gomito. «La mia signora mi vuole più vicino».

Barnes sbatté le palpebre, scrutò il disordine che copriva quasi ogni superficie, poi tornò a guardare Luxford.

L'uomo emise una risata amara. «Lei non vive qui. Non si vede? Ci siamo separati. Vuole solo che io lavori qui vicino così possiamo alternarci per prendere le nostre bambine dopo la scuola, tutto qui. Charlotte ha un nuovo lavoro in un'agenzia immobiliare e non sempre riesce a essere disponibile per loro».

«Avendo una famiglia giovane, mi sorprende che il fatto che un uomo morto sia stato trovato da O'Connor non l'abbia scoraggiata», disse Kay.

«In realtà sì, un po'. In un certo senso». Sorrise, mostrando denti irregolari macchiati di nicotina. «Ma poi, ho pensato che più tempo ci mettete voi a scoprire chi l'ha fatto, più il prezzo scenderà. Probabilmente prenderò quell'attività a un prezzo stracciato».

«Signor Luxford, potrebbe dirci dove si trovava tra le tre del pomeriggio di venerdì e le sette di domenica mattina?»

L'uomo andò verso il tavolino e schiacciò il mozzicone della sigaretta in un posacenere di plastica con il nome di un birrificio locale.

Quando incrociò lo sguardo di Barnes, c'era un lampo pericoloso nei suoi occhi.

«Sono un sospettato?»

«Solo una domanda di routine, signor Luxford. Dov'era?»

«Qui, venerdì sera, con le mie bambine. Le ho riportate a casa della madre domenica mattina alle dieci. In punto, tra l'altro. Charlotte si innervosisce se sono in ritardo. Dice che manda a puttane la loro routine».

«Avremo bisogno del numero di telefono e dell'indirizzo di Charlotte», disse Kay.

«Va bene». Luxford frugò nella tasca dei jeans ed estrasse un telefono cellulare malconcio. «Ecco qua».

Barnes annotò i dettagli, poi porse un biglietto a Luxford.

«Grazie per il suo tempo. La contatteremo se avremo altre domande».

«Nessun problema». Luxford sorrise. «Fate con calma però, eh? Penso che potrei ottenere qualche altro migliaio di sconto tra un paio di settimane».

CAPITOLO 25

«Come mai non parliamo con Adele Marchant al deposito, allora?»

Gavin alzò la mano in segno di ringraziamento quando un altro conducente permise al loro veicolo di uscire dal parcheggio della stazione di polizia e immettersi nel traffico che procedeva lentamente.

«Aveva un giorno libero programmato prima che succedesse tutto questo», disse Laura, controllando l'indirizzo della donna nel suo taccuino. «Kay voleva che fosse interrogata il prima possibile, quindi l'ho chiamata ieri sera per vedere se fosse disponibile questa mattina. Sembrava piuttosto sconvolta per Carl».

«Non riesco a immaginare cosa si possa provare se succede qualcosa a uno di noi», disse Gavin. «Non mi sorprende che sia turbata. Dov'è casa sua?»

«Svolta a sinistra qui. Vive proprio dietro l'angolo rispetto al liceo».

Diede a Gavin indicazioni verso una serie di strade che si attorcigliavano e curvavano oltre la scuola verso il centro ricreativo, poi gli indicò la casa di Adele Marchant mentre si avvicinavano.

Bifamiliare con un tetto di tegole marroni, l'edificio aveva il piano terra rivestito in pietra con un piano superiore intonacato. Una finestra a bovindo sporgeva su un giardino ordinato che confinava con un vialetto asfaltato.

Gavin suonò il campanello e Laura sentì dei passi che scendevano in fretta una scala.

Una donna sulla cinquantina aprì la porta, con i capelli biondi corti ancora umidi e un asciugamano verde in una mano. Aveva un'espressione affannata. «Siete voi della polizia?»

«Adele Marchant? Sono la detective Laura Hanway, e questo è il mio collega detective Gavin Piper. Le ho parlato al telefono ieri sera riguardo a Carl Taylor».

«Accidenti, scusate, sono in ritardo. Sono appena tornata dal centro ricreativo», disse, facendo un passo indietro. «Entrate».

Laura si fermò in un corridoio luminoso, con un leggero odore di vernice che emanava dai battiscopa appena levigati che costeggiavano le pareti dipinte di color crema chiaro.

Una pila di stampe incorniciate era appoggiata contro un piccolo tavolo di legno alla base della scala, la cui superficie era coperta da qualcosa di simile a bollette non aperte e un mazzo di chiavi abbandonato.

«Andiamo in cucina?» Adele Marchant si voltò senza aspettare una risposta, frizionando furiosamente i suoi capelli corti con l'asciugamano, tanto che, quando la raggiunsero, i capelli le stavano ritti in testa.

La donna continuò a commentare mentre riordinava un tavolo di pino, raccogliendo un misto di vecchi giornali locali e opuscoli pubblicitari prima di fare loro cenno di sedersi.

«Ho pensato di sfruttare al massimo il mio giorno libero con una lezione di Pilates, seguita da una nuotata. Spesso non ho tempo per me stessa con due figli in casa...» Si interruppe, portandosi la mano alle labbra. «Mi dispiace, probabilmente sembro insensibile, visto tutto quello che sta succedendo. Mi sento così impotente. Avevo bisogno di fare qualcosa piuttosto che stare qui da sola. La morte di Carl è stata uno shock».

Gavin emise un suono neutro.

«Le persone affrontano il dolore in molti modi diversi, signora Marchant». Laura rivolse alla donna un lieve sorriso.

«Suppongo di sì. Mi chiami Adele, comunque».

Si lasciò cadere su una delle sedie di pino coordinate, appoggiando un gomito sul tavolo mentre li guardava dal basso. «Avete già scoperto chi l'ha ucciso?»

«Stiamo seguendo diverse piste», disse Laura, «ed è per questo che volevamo parlare con lei. Carl ha avuto problemi al lavoro di recente?»

Adele aggrottò la fronte. «No, non che io sappia. Era un dipendente modello. Arrivava sempre molto prima del suo turno ogni mattina, ed era sempre disponibile ad aiutare al deposito o a scambiare percorsi se qualcuno aveva bisogno di prendersi un giorno libero. Andava d'accordo anche con le aziende sul suo percorso abituale. Ha ricevuto più biglietti di Natale di qualsiasi altro nostro autista l'anno scorso».

«Ha menzionato lo scambio di percorsi, quanto spesso succedeva?»

«Solo occasionalmente negli ultimi mesi. Naturalmente, durante le vacanze estive scolastiche succede più regolarmente». Un'espressione malinconica attraversò gli occhi di Adele. «So che Carl e sua moglie non avevano figli, me lo ha detto una volta, tempo fa, quindi si offriva sempre volontario per aiutare durante l'estate. Tendevano comunque ad andare in vacanza a settembre quando le scuole riprendevano ed era più economico».

«Carl le ha mai espresso preoccupazioni riguardo al suo percorso?»

«Assolutamente no». Adele si sedette più dritta, evidentemente più a suo agio nel parlare di questioni lavorative. «Occasionalmente lo mandavamo temporaneamente al nostro deposito di Ashford, ma è successo forse una o due volte quest'anno. Non ricordo che abbia menzionato problemi lì, comunque».

«Sarebbe venuto da lei in caso di eventuali preoccupazioni?» disse Gavin.

«Oh sì. Avevamo un ottimo rapporto di lavoro. Tutti i miei dipendenti sanno che possono venire a parlare con me di qualsiasi cosa, in qualsiasi momento. Politica della porta aperta e tutto il resto».

«E riguardo a Will Nivens?» disse Laura. «Com'è che è stato affiancato a Carl quando è entrato nell'azienda?»

Adele sospirò, con un sorriso triste. «Carl era così affidabile. Era una scelta naturale come istruttore di guida. Era paziente con i nuovi, specialmente con persone come Will che non avevano mai fatto consegne multiple prima…

sempre disposto a passare una o due settimane in più con loro per assicurarsi che sapessero cosa stavano facendo, e insisteva perché chiamassero al suo cellulare se avevano problemi una volta che erano in giro da soli. Dio solo sa quante telefonate mi ha risparmiato nel corso degli anni».

«E ci sono stati problemi con Will da quando è entrato in azienda?»

«No, nessuno. Ancora una volta, era probabilmente l'influenza di Carl, ma Will stava diventando una vera risorsa per l'azienda».

«Carl ha scambiato percorsi con qualcuno in passato, diciamo, durante le tre o quattro settimane prima della sua morte?» disse Gavin.

La fronte di Adele si corrugò. «Un paio di volte, sì. C'è stato un lunedì o un martedì, non ricordo quale. Bonnie Hopkins, che di solito fa il percorso di Aylesford, era assente… ha una figlia piccola che si è presa un brutto raffreddore e ha dovuto stare a casa da scuola; quindi, Carl si è offerto di sostituirla in quei giorni». Si interruppe e tirò su col naso. «Non so come faremo senza di lui».

«È mai successo che Carl o Will non superassero uno dei vostri test obbligatori per droga e alcol?» disse Laura.

«No, mai». Le sopracciglia di Adele si sollevarono. «Perché?»

«È solo una domanda di routine. Bonnie o Carl hanno mai menzionato qualcosa che desse loro motivo di preoccupazione riguardo a quel percorso?»

La mascella della donna cadde. «Pensate che Carl sia stato ucciso a causa del suo lavoro?»

«Stiamo esaminando tutto in relazione a un possibile movente», disse Gavin con calma. «Bonnie le ha detto qualcosa nelle ultime due settimane che, ripensandoci, potrebbe destare preoccupazione?»

«No, assolutamente nulla».

«Vorremmo organizzare un interrogatorio con lei il prima possibile», disse Laura, e le porse uno dei suoi biglietti da visita. «Potrebbe recuperare i suoi contatti e inviarmeli via email oggi stesso?»

«Io…certamente, sì». Adele deglutì, poi si alzò dal tavolo. «Mi asciugherò i capelli e andrò subito al deposito. Non posso accedere ai dati del personale dal mio computer qui, e lei sarà comunque in giro al momento».

«Le siamo grati», disse Laura, seguendo la donna verso la porta d'ingresso.

Adele si fermò accanto alla porta, con la mano sulla maniglia, e si voltò per guardarli entrambi.

«È il minimo che possa fare, no? Farei qualsiasi cosa per scoprire chi ha ucciso Carl e Will. Erano persone così adorabili…non meritavano di morire in quel modo».

CAPITOLO 26

Kay fece scattare la punta della sua penna a sfera mentre la sua squadra si radunava davanti alla lavagna, con un sole di metà pomeriggio che macchiava le scrivanie e la moquette con sottili strisce di luce.

Le loro conversazioni mormorate erano intrise di frustrazione, e lei percepiva una sensazione sottostante che i giorni stessero scivolando via senza un solo sospettato per la morte di Carl Taylor.

Aaron Stewart si aggirava ai margini del gruppo indossando una camicia pulita, con la testa chinata mentre ascoltava qualcosa che Debbie gli stava dicendo accanto a lui.

Kay ammirava il giovane agente per la sua dedizione al ruolo in cui era stato catapultato. Era arrivato cinque minuti prima dicendole che voleva ricevere più aggiornamenti possibile prima di tornare a casa di Helen Taylor per un altro turno come agente di coordinamento con la famiglia.

«Cominciamo con la droga che Aaron ha trovato ieri sera», disse, alzando la voce sopra la folla.

La squadra piombò nel silenzio mentre tutti gli occhi si voltavano verso l'agente.

«Charlie e Patrick non hanno trovato nient'altro nel giardino nel corso di questa mattina», disse. «Il pacchetto di droga trovato nello scarico fuori dalla finestra della cucina è stato registrato come prova e Debbie ha organizzato l'invio di un campione al laboratorio per verificarne la qualità. Questo ci darà un'idea migliore del suo valore».

«E le impronte?» chiese Gavin, sporgendosi in avanti sulla sedia per vedere meglio Aaron. «Qualcosa?»

«Patrick ha trovato un'impronta latente che corrisponde a quella di Carl, ma nient'altro. Hanno aperto il pacchetto una volta portato in laboratorio questa mattina, ma chiunque lo abbia confezionato è stato attento», disse l'agente. «Harriet riferisce che non sono riusciti a rilevare altre impronte».

Kay picchiettò la penna contro il suo taccuino mentre ascoltava. «Qualcuno della Direzione Centrale Anticrimine ha segnalato una quantità di droga scomparsa da qualcuno che hanno sotto sorveglianza?»

«Non c'è nulla nel sistema, capo», disse Debbie, «ma chiamerò la sede centrale dopo questa riunione per scoprire se sono arrivate nuove segnalazioni nelle ultime ventiquattro ore».

«Fallo, per favore, e chiedi loro se sono a conoscenza di qualsiasi tipo di minaccia o di ritorsione, cose del genere». Kay si voltò verso la lavagna e toccò le fotografie che Aaron aveva scattato mentre il pacchetto di cocaina era ancora sul piano di lavoro della cucina di Helen Taylor la sera precedente. «Da quanto tutti riferiscono su Carl Taylor, non sembra proprio uno spacciatore, vero?»

«Sono sempre quelli tranquilli, capo», disse Barnes.

«Vero». Si girò, cercando Laura con lo sguardo. «Hai avuto notizie da Adele Marchant? Non doveva darti i contatti di un collega di Carl?»

«Sì, capo». La detective si alzò dal suo posto all'estremità del gruppo di sedie in modo che tutti potessero vederla. «Dopo il briefing andrò con Gavin a parlare con Bonnie Hopkins; Carl ha coperto il suo giro un paio di settimane fa. Adele ci ha detto che consegna nella zona di Aylesford; quindi, le chiederemo maggiori dettagli su cosa comporti e se è a conoscenza di problemi che Carl potrebbe aver avuto».

«Bene, ok». Kay attese che Laura fosse tornata al suo posto, poi alzò lo sguardo dai suoi appunti. «Lucas ha effettuato oggi l'autopsia su Will Nivens. Ha registrato la stessa causa di morte di Carl Taylor, ma ha anche notato tracce di avvelenamento da anidride carbonica nei polmoni di Will».

«Cosa l'ha causato, capo?» chiese Phillip.

«Will è rimasto nel retro di quel camion più a lungo di Carl, e dato che era più giovane probabilmente è sopravvissuto più a lungo. Purtroppo, Lucas dice che questo lo ha esposto a un'atmosfera in deterioramento. Quei camion sono unità sigillate, devono esserlo, per mantenere l'aria fredda all'interno. Will stava finendo l'aria. Il freddo l'ha ucciso, ma non era lontano dal morire soffocato».

Un silenzio seguì le sue parole, rotto solo da un paio di

imprecazioni mormorate prima che si schiarisse la gola e continuasse.

«Gavin, un compito per te domattina. Mentre esaminiamo i vari percorsi di consegna di Carl delle ultime settimane, dobbiamo concentrarci sul luogo da cui potrebbe provenire quella droga. Ovviamente, essendo un autista di consegne, Carl potrebbe essere la persona perfetta per trasportare droga da un posto all'altro; quindi, dobbiamo scoprire come ciò potrebbe essere fatto. Simon Thomas al deposito della flotta dice che non appena gli autisti partono da lì ogni mattina, si recano in un magazzino di distribuzione della filiera del freddo dove i camion vengono caricati. Voglio che tu vada lì per vedere quali sono le loro misure di sicurezza».

«Pensa che quella possa essere la fonte di una possibile operazione di contrabbando, capo?»

«Dobbiamo escluderlo». Kay batté le nocche sulla mappa sulla lavagna. «E se quella non è la fonte, allora potrebbe essere uno di questi posti sul percorso di Carl. Dobbiamo iniziare da qualche parte».

«Nessun problema, lo organizzerò».

«Non telefonare in anticipo, qualunque cosa tu faccia. Non voglio dare a qualcuno un avvertimento che siamo interessati. Vai lì direttamente domattina presto». Kay si rivolse al resto della squadra. «Altri aggiornamenti?»

«Capo, abbiamo finalmente una pista su chi possedeva l'auto in cui è stato trovato Carl Taylor», disse Parker.

Tutti gli occhi si voltarono verso l'agente in uniforme, e Kay notò che si era raddrizzato un po'.

«Cosa sei riuscito a scoprire?» chiese.

«È stata denunciata per furto la settimana scorsa,

lunedì mattina presto, quindi dev'essere stata rubata domenica sera. La proprietaria lavora all'ospedale di Maidstone, aveva parcheggiato la sua auto in un'area comune dietro il palazzo dove vive a East Malling. Quando è uscita dal suo appartamento per iniziare il suo turno, ha scoperto che la sua auto era scomparsa». Parker aggrottò la fronte. «Era piuttosto sconvolta quando ha saputo cos'era successo. Mi ha detto che non la vuole indietro dopo che quelli di Harriet avranno finito».

«Non la biasimo». Kay scrisse l'aggiornamento sulla lavagna. «Qualche telecamera di sorveglianza dove vive?»

«C'è una telecamera più avanti sulla strada rispetto agli appartamenti e, a quanto pare, la società di gestione dell'edificio ha telecamere sui pianerottoli e in posti del genere. Li chiamerò di nuovo domattina per sollecitare se non ottengo nulla».

«Grazie, Phillip, queste sono ottime informazioni. Come procede con le immagini delle telecamere di sorveglianza del negozio di antiquariato? Qualcosa dall'informatica forense?»

«Ancora niente, capo. Pensavo di contattare Andy dopo questa riunione per vedere a che punto sono».

«Chiedigli di farmi avere un aggiornamento entro lunedì, per favore, anche prima se possibile.» Kay si scostò dalla lavagna in modo che la sua squadra potesse vedere le note aggiuntive. «Barnes ed io abbiamo interrogato Steve Luxford questa mattina. È un personaggio interessante, non prova molta empatia per Mike O'Connor e certamente non è stato turbato dal fatto che Carl sia stato trovato assassinato nel parcheggio della concessionaria di auto usate.»

«Pensa che potrebbe essere un sospettato, capo?» disse Gavin. «Dopotutto, è come le ha detto, ora otterrà l'attività a un prezzo più basso, non è vero?»

«Questo sicuramente lo sposta in cima alla lista», rispose Kay. «Bene, a tutti. Il prossimo briefing sarà domani pomeriggio, a meno che non emerga qualcosa di significativo nel frattempo. Controllate il turno per la copertura del fine settimana prima di andarvene oggi. Vediamo cosa ci portano le prossime ventiquattro ore.»

CAPITOLO 27

Gavin rinfilò il cellulare in tasca e si sistemò i polsini della giacca mentre Laura apriva la portiera del passeggero dell'auto di servizio, con un sorriso sul volto mentre lanciava la borsetta nel vano piedi.

«Cosa ti fa sorridere?» chiese lui, rilasciando il freno a mano e accodandosi a un fuoristrada della divisione traffico diretto verso la barriera di sicurezza.

«Avevi un sorriso da stregatto quando sono uscita dalla porta sul retro» disse lei, con le fossette sulle guance. «Un appuntamento interessante, o cosa?»

Il calore gli salì al viso, e si concentrò sulla manovra nel traffico invece di rispondere.

«Dai, vuota il sacco. Non fare il timido.» Laura si mosse sul sedile, con un'espressione avida. «Non hai mai detto se hai una ragazza o altro, quindi che c'è?»

«Non lo so» disse lui, cedendo con un sospiro. «Sono stato troppo occupato, suppongo. Sai com'è lavorare su turni diversi e poi ricevere una telefonata nel bel mezzo della notte se sei di servizio.»

«Quindi chi è lei?»

«Non c'è verso di fermarti, vero?»

«No.» Allungò la mano e gli diede un colpetto sul braccio. «E se non me lo dici, lo dirò a Barnes. Lui te lo tirerà fuori, in un modo o nell'altro.»

Gavin alzò gli occhi al cielo. «Non hai torto. È una che ho conosciuto online, tutto qui. Sai, una di quelle app di incontri.»

«Sa cosa fai di lavoro?»

«Sì.» Non riuscì a trattenere il sorriso che gli increspò l'angolo della bocca. «E, sorprendentemente, non l'ha scoraggiata.»

«Siete già usciti?»

«Il primo appuntamento doveva essere questo fine settimana.» Il suo sorriso svanì. «L'ho appena chiamata per avvertirla che potremmo dover rimandare, a seconda di come andrà con questo caso.»

Laura smise di sorridere, e quando lui guardò di nuovo, aveva uno sguardo preoccupato.

«Come l'ha presa?»

«Sorprendentemente bene, in realtà. Ha detto che non importava, e che avremmo potuto recuperare quando avessi trovato il tempo.»

«È una da tenere stretta, allora.»

Lui rise. «Cristo, Hanway, non siamo nemmeno ancora usciti insieme. Comunque, tienilo per te per il momento, va bene? Non voglio guastare tutto.»

«Giustissimo.» Si voltò e indicò attraverso il parabrezza. «Prendi la svolta a destra qui al semaforo, Bonnie vive a Downswood.»

Poco dopo, Gavin frenò al cordolo davanti a una

modesta casa indipendente con una finitura in pietra chiara.

Un giardino ordinato conduceva a una porta d'ingresso in UPVC, e lui alzò lo sguardo verso la scatola dell'allarme installata sopra una delle finestre del piano superiore.

Mentre suonava il campanello, voltò le spalle alla casa e abbassò la voce.

«Come fa a permettersi questo con lo stipendio da autista di consegne?»

«Suo marito è un ingegnere informatico» sussurrò Laura, poi sollevò il mento verso la porta al suono di un chiavistello che si apriva.

Una donna abbronzata si trovava sulla soglia, il suo cipiglio sparì quando Gavin mostrò il suo distintivo e fece le presentazioni.

«Entrate» disse, facendoli passare oltre la soglia e chiudendo la porta dietro di loro.

Gavin sentì una voce maschile provenire da dietro una porta su un lato del corridoio, la discussione cresceva di volume.

«Scusate» disse Bonnie. Indicò verso il retro della proprietà. «Andate pure in giardino, Mark, mio marito, lavora da casa ed è nel bel mezzo di una videochiamata su un progetto software con un cliente in Australia al momento.»

Laura guidò il percorso attraverso una cucina open space e una zona pranzo, poi fuori in un giardino rettangolare che scendeva verso un ruscello.

Gavin notò un'altalena accanto a un melo, poi la recinzione metallica tra il giardino e il corso d'acqua. Un piccolo capanno di legno era stato dipinto con colori vivaci, e un cartello sulla porta avvertiva gli intrusi di stare alla larga.

«La casetta di mia figlia più piccola» disse Bonnie. Sorrise e indicò un set di sei sedie intorno a un tavolo metallico da patio. «Guai a voi se vi avvicinate.»

«Capito» disse Gavin. Attese finché non si furono tutti sistemati, poi rivolse di nuovo la sua attenzione alla donna. «Quando abbiamo parlato con Adele Marchant ieri, ci ha detto che sua figlia era stata assente da scuola per malattia di recente e che Carl aveva coperto il suo turno per un paio di giorni.»

«Sì, Emily, la mia più piccola, ha preso un raffreddore e non riusciva a liberarsene» disse Bonnie, sistemando un cuscino di tela blu e appoggiandosi allo schienale della sedia. «È stato circa tre settimane fa. Ho deciso lunedì mattina di non mandarla a scuola perché le stava salendo la febbre, e fortunatamente Carl è stato in grado di fare entrambi i giorni al posto mio.»

«Copre sempre il suo percorso quando lei non può lavorare?» chiese Laura, alzando lo sguardo dal suo taccuino.

Bonnie scosse la testa. «Non sempre, ed Emily non si ammala così spesso, ma lui è, scusi, *era*, un vero santo nel proporsi volontario se qualcuno aveva bisogno di aiuto.»

Tirò su col naso e rivolse lo sguardo verso il ruscello, usando i polpastrelli per asciugare improvvise lacrime.

«Signora Hopkins, potrebbe dirci l'area che copre il suo percorso?» disse Gavin. Attese mentre Laura srotolava una mappa dalla sua borsa e la stendeva sul tavolo. «Aylesford, non è vero?»

«Sì.» Bonnie tirò su col naso, poi si sporse in avanti e

avvicinò la mappa. «La maggior parte delle mie consegne sono fino a ovest lì, a est fino a West Malling e poi a nord di Snodland sulla strada di ritorno verso Maidstone. Questo include tutti i villaggi nel mezzo come Burham.»

Laura usò una matita per tracciare l'area mentre Bonnie parlava. «E Carl avrebbe coperto questa zona mentre lavorava al suo turno tre settimane fa?»

«Sì, esatto. Voglio dire, sarebbe andato nei negozi del villaggio solo se c'era qualcosa da consegnare quel giorno, naturalmente.»

«Grazie.»

Laura passò la mappa a Gavin e lui percorse con lo sguardo il confine che lei aveva tracciato prima di alzare gli occhi verso Bonnie.

«Quando è tornata al lavoro, quando, mercoledì...»

«Mercoledì, sì.»

«Carl ha menzionato qualcosa che sembrava fuori posto su quel percorso? Magari qualcosa che lo ha turbato?»

«In che senso?» La voce di Bonnie aveva una nota difensiva mentre guardava da Laura a Gavin. «Qualcuno ha presentato un reclamo?»

«Niente del genere,» disse Gavin, con tono pacato. «Stiamo cercando di capire se la morte di Carl potrebbe essere collegata al suo lavoro, o a qualcosa che potrebbe aver visto o sentito mentre era in servizio sul suo percorso.»

«Quando abbiamo saputo che aveva coperto il suo turno qualche settimana fa, ci chiedevamo se potesse averle detto qualcosa al suo ritorno al lavoro,» aggiunse Laura.

«No, non mi ha detto nulla.» Le spalle di Bonnie si rilassarono un po', sebbene una ruga le increspasse la fronte. «Anche se, a pensarci bene, era più silenzioso del normale quando sono tornata al lavoro il mercoledì mattina. In quel momento ho pensato che magari stesse per ammalarsi, come era successo a Emily.»

«Ha notato qualcos'altro?» disse Gavin.

Bonnie appoggiò il mento sulla mano, abbassando lo sguardo a terra. «Come ho detto, era silenzioso al deposito quella settimana. Di solito scherzavamo mentre lavoravamo, pulendo i camion alla fine del turno e cose del genere. Ci sono sempre alcuni di noi presenti in qualsiasi momento, e c'è il solito scambio di battute. Sembrava... preoccupato. Un paio di volte, Adele ha dovuto ripetersi perché lui non stava ascoltando.»

«Non ce l'ha menzionato,» disse Laura, con la penna sospesa sopra il suo taccuino.

Bonnie si raddrizzò e abbozzò un sorriso. «Probabilmente se n'è dimenticata, ha molto da fare in quel ruolo, e siamo già sotto organico.»

«Ha detto che quella era la settimana in cui lei era assente, tre settimane fa,» disse Gavin. «E per quanto riguarda le ultime due settimane? Come le è sembrato Carl?»

«Anzi, era ancora più silenzioso la settimana scorsa. Anche nervoso per qualcosa.» Bonnie si morse il labbro.

«Gli ha chiesto cosa c'era che non andava?»

«Non volevo essere invadente, mi chiedevo se ci fossero problemi a casa, qualcosa del genere. Pensavo di aspettare un'altra settimana e se fosse ancora sembrato giù di morale, gliel'avrei chiesto questa settimana.»

Il volto di Bonnie si rattristò. «E ora, ovviamente, non ne avrò mai l'occasione.»

CAPITOLO 28

Kay legò i capelli in una coda bassa e posò il bicchiere di birra su un tavolino di legno accanto al divano prima di sedersi sul tappeto del salotto, con le gambe piegate sotto di sé.

Due gattini bianchi e tigrati rotolarono fuori da una piccola scatola di cartone che Adam aveva rovesciato sul tappeto davanti al televisore, con le loro code tozze puntate verso l'alto mentre si rincorrevano attorno al tavolino.

Kay rise, poi prese un bastoncino con un pesciolino giocattolo legato all'estremità e lo agitò sopra un gattino squama di tartaruga che si aggirava vicino al cancelletto aperto della loro gabbia metallica accanto a lei.

«Sai che sta aspettando che ti avvicini per darti un'altra zampata», disse Adam, chinandosi dal divano per raccogliere il fratellino prima che rimanesse intrappolata nello scontro.

«Non lo farà», disse Kay. «Si sta abituando a me adesso, guarda… ahi!»

«Te l'avevo detto». Adam rise, scosse la testa e poi

prese un sorso di birra prima di rivolgere la sua attenzione alla partita di calcio in televisione.

Kay appese la canna da pesca sulla parte superiore della gabbia prima di raggiungerlo, poi allungò le gambe sul bracciolo del divano e appoggiò la testa sulla sua spalla mentre iniziava il secondo tempo della partita.

Barnes aveva insistito perché lasciasse la sala operativa alla sua stessa ora invece di fare tardi come al solito, ragionando sul fatto che, finché non ci fosse stata una svolta nell'indagine, avrebbe fatto bene a riposare il più possibile.

Non poteva contestare la sua logica, dopotutto, era una motivazione solida e che lei stessa aveva usato abbastanza spesso quando gestiva la sua squadra.

Bastava una sola informazione che attraversasse le loro scrivanie per fornire loro la svolta di cui avevano così disperatamente bisogno, e non ci sarebbe stato riposo per nessuno di loro fino all'arresto dell'assassino di Carl Taylor.

Guardò il nuovo graffio sul dorso della mano con una smorfia di rammarico, poi allungò la mano mentre Adam le passava una ciotola di patatine.

Mentre ne prendeva una manciata, osservò il suo telefono cellulare che iniziava a vibrare sul tavolino davanti a loro.

«È Laura, devo rispondere», disse, afferrando il telefono dal tavolo.

«Vuoi che disattivi l'audio?»

«No, non preoccuparti. Andrò in cucina. Vuoi un'altra bevanda quando torno?»

«Per favore. Ne avrò bisogno se questi qua concedono un altro gol come per l'ultimo».

Lei sorrise, prese la sua birra e rispose al telefono mentre camminava lungo il corridoio.

«Mi dispiace chiamare a casa, capo», disse Laura. «Ho pensato che le avrebbe fatto piacere un aggiornamento ora piuttosto che aspettare fino a domattina».

«Nessun problema». Kay bevve un sorso di birra, posò il bicchiere sul piano di lavoro della cucina e si sedette su uno degli sgabelli accanto. «Com'è andata con Bonnie Hopkins?»

«Ha dato l'impressione che lei e Carl lavorassero a stretto contatto», disse il detective. «Niente di inappropriato, solo che andavano molto d'accordo, motivo per cui immagino si sentisse di poter contare su di lui per coprire il suo giro quando sua figlia si è ammalata l'altra settimana. Le abbiamo anche fatto fornire una guida approssimativa dell'area che copre il suo solito giro di consegne, così posso mettere Hughes al lavoro su questo domattina».

«Ottimo lavoro».

«Grazie, capo».

Laura fece una pausa all'altro capo della linea, e Kay sentì che voltava delle pagine.

«Una cosa che Bonnie ci ha detto è che quando è tornata al lavoro il mercoledì, Carl era cambiato, era sempre stato un tipo chiacchierone ma dopo aver coperto quel turno per lei tre settimane fa, ha detto che era più silenzioso del solito, e anche nervoso».

«Ti ha detto perché?»

«No, ha detto che aveva intenzione di chiederglielo

questa settimana se le cose non fossero migliorate. Ha detto che si chiedeva se lui ed Helen stessero avendo problemi a casa, motivo per cui non voleva chiederglielo subito».

Kay posò il bicchiere, dimenticando la bevanda. «Mi chiedo se abbia voluto nascondere qualcosa»

«Pensa che magari lei stesse combinando qualcosa e lui l'abbia scoperto?» La voce di Laura aveva una nota di stupore. «Accidenti, capo, non ci avevo nemmeno pensato».

«Non saltiamo a conclusioni affrettate. Ma qualcosa ha turbato Carl quella settimana, non è vero? Voglio dire, hai detto che Bonnie non ha menzionato nulla sul fatto che fosse fuori fase la settimana prima di coprire il suo giro, solo dopo».

Laura rimase in silenzio per un momento, e i pensieri di Kay cambiarono marcia.

«Sai cosa, facciamo come avevamo concordato. Lavora con Hughes per ricercare i tipi di attività commerciali in quella zona di Bonnie, e quando arrivo domattina lavorerò con Barnes per scavare nel passato di Steve Luxford. Farò anche controllare a Gavin nel sistema per vedere chi vive nella zona coperta dal giro di Bonnie per scoprire quali precedenti penali potrebbero avere».

«Pensa ancora che la sua morte sia collegata al suo lavoro, piuttosto che alla sua vita privata?» disse Laura.

«Non sto escludendo nulla al momento», disse Kay. «Non finché non capiamo cosa collega il fatto che Carl coprisse il turno di Bonnie, quel pacco di cocaina nascosto a casa sua, o il motivo per cui sia finito congelato a morte e abbandonato all'officina di Mike O'Connor».

CAPITOLO 29

Kay spinse con il gomito la porta laterale della stazione di polizia il mattino seguente, con un bicchiere di caffè da asporto in una mano e un sacchetto unto nell'altra.

Hughes alzò lo sguardo mentre smistava scartoffie alla reception quando lei girò l'angolo per salire le scale e sollevò il naso in alto.

«Panini con la pancetta?»

Lei sorrise. «Ho bisogno che Barnes mi faccia un favore più tardi oggi. Ho pensato di fare leva sul suo lato migliore.»

«Intendi il suo stomaco?» Hughes rise. «Funzionerà, senza problemi.»

«È quello che pensavo. A dopo.»

Ancora sorridendo, salì la rampa di scale che portava al primo piano e si diresse verso la sala operativa assegnata per l'indagine.

Prima che raggiungesse la porta, Gavin uscì in fretta con la giacca a metà sulle braccia e le chiavi in mano.

«Esci?» disse Kay, spostandosi per lasciar passare il giovane detective.

«Sto andando al centro di distribuzione della filiera del freddo a Laddingford, capo.»

«Buon lavoro, a dopo.»

Kay sorrise mentre lui si allontanava in fretta, e rivolse nuovamente l'attenzione alla sala operativa.

Un brusio di voci la accolse.

Diversi suoi colleghi erano già alle loro scrivanie nonostante l'ora mattutina, con gli occhi fissi sui monitor mentre il *tac tac* delle dita che battevano sulle tastiere riempiva le pause nelle conversazioni.

Laura e Hughes avevano le teste chine mentre sedevano fianco a fianco a due scrivanie nell'angolo più lontano, e alla vista di una grande mappa della zona locale distesa sul tavolo accanto a loro, si rese conto che stavano già lavorando ai compiti che aveva assegnato alla giovane detective la notte precedente.

Kay si infilò tra un gruppo di scrivanie e una fotocopiatrice, poi posò il panino nel sacchetto sulla scrivania di Barnes mentre lui terminava una telefonata.

Lui alzò il pollice mentre lei accendeva il monitor del computer e si connetteva.

Lei emise un gemito quando vide la lista di nuove email che l'attendevano, e trattenne una maledizione davanti a una richiesta di incontro da parte di Sharp per raggiungerlo quella mattina al quartier generale.

Un briefing con il Commissario Capo era l'ultima cosa che voleva fare nel bel mezzo di un'indagine per omicidio, ma se voleva mantenere il personale che si era unito alla squadra nei giorni precedenti per aiutare, allora una richiesta di aggiornamento sui progressi era inevitabile.

Emise uno sbuffo quando lesse l'ultima riga dell'email che suggeriva un modo per far progredire l'indagine.

Barnes terminò la sua chiamata e lanciò un'occhiata attraverso la scrivania. «Grazie per la colazione. Perché quel muso lungo?»

Lei gli permise quella osservazione franca dato che nessuno degli altri era a portata d'orecchio, sapendo che la mancanza di formalità nei suoi confronti all'interno della sala operativa era semplicemente il suo modo di cercare di sollevarle un po' il morale.

Non erano molte le persone a cui lo permetteva, e non erano molte quelle che comprendevano le responsabilità sottostanti che derivavano dal suo ruolo.

Barnes sì.

Kay sospirò, ammise che aveva ragione e si costrinse a rilassarsi. «Sharp vuole che partecipi a una ricostruzione degli ultimi movimenti di Carl e Will con lui questa mattina. Il Commissario Capo ha insistito per invitare alcuni giornalisti.»

«Oh, che fortuna.» Barnes finì il panino caldo, si pulì le dita con un fazzoletto di carta e gettò i rifiuti nel cestino sotto la scrivania. «Grazie per questo. Qual è il piano d'attacco per questa mattina, allora? Probabilmente hai visto Gavin mentre usciva poco fa.»

«Sì, e con un po' di fortuna quel lato dell'indagine potrebbe portare a qualcosa che possiamo usare.» Kay prese una pila di cartelle manila che erano state accatastate su un lato della sua scrivania e le lasciò cadere nel suo vassoio della posta in arrivo. «Quello che dobbiamo fare tu e io prima che io scompaia al quartier generale è controllare il background di Steve Luxford. Il suo vecchio autolavaggio era una società costituita; quindi, dovremmo essere in grado di confermarlo. Voglio sapere quali erano le sue precedenti attività, e se ci sono tracce di flussi di denaro in entrata e in uscita da queste. Se riusciamo a trovare bilanci sul sito del registro delle imprese, potremmo notare qualcosa che ci dia motivo di preoccupazione, o almeno una ragione per scavare più a fondo.»

Barnes avvicinò la sedia alla scrivania, le dita già battevano sulla tastiera. «Vediamo cosa abbiamo... okay, quello che ha detto sull'autolavaggio è vero, guarda. Lo ha venduto tre mesi fa, e non ha registrato una nuova attività da allora.»

Kay si spostò verso il suo lato delle due scrivanie e si sedette su una sedia libera. «E le attività precedenti? Era in società, o era una ditta individuale prima di quella?»

«Se era una ditta individuale, non troveremo nulla qui.»

Barnes inserì nuovamente il nome di Luxford nella barra di ricerca, poi si appoggiò allo schienale della sedia ed emise un grugnito di sorpresa. «Due società a responsabilità limitata prima, entrambe sciolte. Quella prima dell'autolavaggio era un concessionario di auto usate vicino a Thanet.»

«Sa una cosa o due su come gestire un'impresa, allora» disse Kay, con il mento nella mano mentre si sporgeva più vicino. Scorse rapidamente i pochi dettagli elencati. «Ok, quindi per quanto possiamo vedere qui tende a commerciare legittimamente...»

«Anche se appare insensibile riguardo alla situazione di O'Connor.»

«Giusto.» Kay sospirò. «Ma questo non fa di lui un assassino, vero?»

Barnes aggrottò la fronte. «Il mio istinto mi dice che sta tramando qualcosa, anche se non è collegato alla morte di Carl Taylor. Voglio dire, guarda questi micro conti che erano elencati per la concessionaria di auto usate. Non ci guadagnava molto.»

«Credi che la maggior parte dei suoi affari fosse fatta solo in contanti?»

«Sarebbe un modo facile per riciclare denaro, no?»

Il cuore di Kay fece un sussulto mentre si voltava verso il collega. «Lo sarebbe, anche se non abbiamo nulla che suggerisca che Luxford abbia qualcosa a che fare con la droga, quindi come lo collega all'omicidio di Carl?»

«Non lo so, capo, ma penso che valga la pena dedicare più tempo a indagare.»

Kay controllò l'orologio, poi spinse indietro la sedia e tornò alla sua scrivania. «Ok, devo muovermi per non rimanere bloccata nel traffico. Incrociamo le dita che questa ricostruzione risvegli i ricordi delle persone.»

«È una buona idea, anche se avrai dei giornalisti presenti», disse Barnes. «I telefoni non squillano più e non abbiamo vere piste. Presumo che, visto che mi hai sfamato, ci sia qualcosa che vuoi che faccia mentre sei fuori?»

«Sì, puoi organizzarti per parlare con Charlotte Luxford e farmi sapere se scopri qualcosa da lei che potrebbe aiutarci con i controlli sulle attività commerciali di suo marito?»

«Lo farò». Barnes sollevò la sua tazza di caffè. «Vuoi che le chieda qualcosa in particolare?»

«Sì, chiedile se pensa che suo marito abbia ucciso Carl Taylor».

Kay sorrise sentendo il collega che si soffocava con la sua bevanda mentre si allontanava in fretta.

CAPITOLO 30

Gavin tirò sopra le mani le maniche della giacca protettiva lunga fino ai polpacci e si rannicchiò accanto a un set di porte d'acciaio aperte, incastonate in una parete lunga il doppio della sala operativa.

Il suo respiro si congelava nell'aria davanti a lui, e i brividi gli pungevano le braccia mentre sbirciava attraverso larghe strisce di plastica che pendevano dal telaio della porta, con il rumore dei motori dei camion che rimbombava da dietro una porta di lamiera ondulata alle sue spalle.

I suoi capelli, di solito a spazzola, erano coperti da un cappello di plastica blu, le scarpe avvolte in copriscarpe abbinati simili a quelli che indossava nelle scene del crimine in corso.

Guardando dai suoi copriscarpe al pavimento piastrellato, notò che il corridoio era meticolosamente pulito.

Le maniglie delle porte brillavano, e un lieve odore di

disinfettante lo raggiunse quando un'altra porta d'acciaio all'estremità opposta del corridoio si aprì.

Un uomo sulla quarantina si affrettò verso di lui, con una cartelletta in mano e un'espressione perplessa sul viso.

«Detective Piper, mi scusi per l'attesa», sbottò prima che la porta si richiudesse alle sue spalle. Era senza fiato quando raggiunse Gavin e gli consegnò un gilet ad alta visibilità giallo. «Sono Rupert Penrose, il responsabile operativo. Dovrà indossare questo una volta entrati là dentro».

Gavin infilò il gilet sopra la giacca e utilizzò le chiusure in velcro per fissarlo sul petto. «Grazie per avermi concesso di dare un'occhiata».

«Non sono sicuro di come possa essere d'aiuto alla sua indagine. Sarebbe altamente irregolare che qui avvenisse qualsiasi tipo di inappropriatezza. Sa, gestiamo tutto con rigore». I suoi passi frusciavano sulle piastrelle mentre passava la cartelletta all'altra mano e faceva cenno a Gavin di seguirlo attraverso l'area coperta da tende.

Una nuova folata d'aria fredda turbinò intorno al collo di Gavin quando entrò nell'enorme spazio oltre, e sollevò il colletto della giacca protettiva.

Dopo le istruzioni di Kay di visitare il sito durante il briefing del giorno precedente, Gavin aveva trascorso il tempo tra lo svolgimento degli altri interrogatori dei testimoni e l'archiviazione di documenti a sviluppare la propria strategia d'intervista.

Il sito web dell'azienda era ingannevolmente vago su ciò che accadeva dietro l'alta recinzione metallica che separava il suo piazzale in cemento dalla strada secondaria oltre, e Gavin era ansioso di vedere cosa ci fosse dietro.

Penrose si fermò accanto a un carrello elevatore verde brillante e agitò la mano sopra le file di pallet impilati che riempivano il magazzino.

«Cosa sa della distribuzione della filiera del freddo, detective?»

Il responsabile operativo dovette alzare la voce al di sopra del rumore proveniente da una cacofonia di macchinari, mentre le unità di refrigerazione lottavano per dominare sul frastuono dei pallet in movimento e il ronzio dei muletti su cui i conducenti sfrecciavano avanti e indietro.

«Solo ciò che ho ricavato dal vostro sito web», rispose Gavin, aspettandosi quasi di vedere il suo respiro appannarsi davanti al viso nell'atmosfera gelida. «Fate da intermediari tra i produttori alimentari locali e i principali supermercati. A parte questo, non c'era molto su cui basarsi».

«Preferiamo mantenere le cose così». Penrose indicò un percorso demarcato che serpeggiava attraverso lo spiazzo di cemento. «Rimanga tra le linee gialle, per favore».

Gavin seguì il responsabile operativo lungo il percorso verso l'estremità opposta del magazzino e sbirciò attraverso le porte di tre uffici con vetrate che costeggiavano il perimetro del percorso.

All'interno di ciascuno, uomini e donne sedevano con la testa china mentre monitoravano gli schermi dei computer o parlavano al telefono, la loro attenzione completamente assorbita dal lavoro piuttosto che dal detective e dalla sua scorta.

«Facciamo parte di una catena nazionale di

distribuzione alimentare e la maggior parte di ciò che abbiamo qui è sensibile al tempo», disse Penrose mentre superavano l'ultima porta aperta, con la voce di una donna che trapelava fino al punto in cui si trovavano. «Molti dei nostri prodotti vanno ai grandi mercati all'ingrosso mentre i prezzi sono ancora in fase di negoziazione».

Osservando la folla di lavoratori del magazzino che si affrettavano avanti e indietro tra le lunghe file di scaffali dal pavimento al soffitto, Gavin guardò mentre un muletto trasportava un bancale di lattughe attraverso le porte in fondo verso un camion articolato in attesa, con il logo familiare di un supermercato impresso sul lato del rimorchio.

«Questo posto funziona ventiquattro ore su ventiquattro?» chiese.

«Sì, lavoriamo su due turni con un'ora dopo ciascuno per una pulizia approfondita», disse Penrose. «Anche gli uffici sono presidiati durante la notte».

Gavin osservò mentre due uomini in uniformi blu navy da guardia di sicurezza con gilet gialli apparivano alla fine di una fila e camminavano nella direzione opposta, concentrandosi sugli scaffali successivi in linea.

«E di notte? Mantenete gli stessi livelli di sicurezza in ogni momento?»

«Dobbiamo, detective». Penrose infilò le mani nelle tasche, il suo sguardo era determinato mentre si appassionava all'argomento. «La sicurezza alimentare è un obiettivo principale per aziende come la nostra. L'intera filiera del freddo dipende dal fatto che i nostri fornitori e noi stessi manteniamo alti livelli di servizio in modo che tutto questo cibo arrivi fresco a destinazione. Nessuno entra qui senza gli stessi rigorosi controlli sanitari e di sicurezza che lei ha superato come visitatore».

«Quindi se qualcuno venisse sorpreso ad aggirarsi furtivamente...»

«Ma non lo farebbe. Questo è il punto». Penrose indicò le grandi porte d'acciaio che bloccavano l'estremità opposta del magazzino refrigerato. «Persino gli autisti non possono accedere a questo luogo. Quelle porte sono gestite da un sistema di sicurezza a cui solo i nostri dipendenti hanno accesso. Gli autisti rimangono sempre vicino ai loro veicoli durante il processo di carico e scarico, tanto per la loro sicurezza quanto per la sicurezza alimentare; e tutti i nostri dipendenti sono sottoposti a rigorosi controlli di sicurezza. Semplicemente non possiamo permettere che il cibo venga contaminato».

«Il vostro sistema di sicurezza potrebbe essere violato o qualcuno potrebbe manometterlo? O magari...» Gavin si rese conto che sembrava disperato, e chiuse la bocca di scatto.

«È un mondo diverso rispetto a un decennio fa». Penrose gli lanciò uno sguardo triste. «Non dobbiamo preoccuparci solo delle vecchie minacce come l'Escherichia coli che si forma naturalmente negli alimenti non conservati correttamente... ora dobbiamo anche assicurarci di poter mitigare qualsiasi rischio di bioterrorismo».

Gavin sospirò, passò ancora lo sguardo sulle file di enormi scaffalature, poi ringraziò Penrose e si voltò per andarsene.

Raggiunta la sua auto dopo aver eliminato gli indumenti protettivi e firmato l'uscita alla reception del centro di distribuzione, estrasse il suo telefono cellulare e premette la composizione rapida.

«Capo? Non credo sia questo il posto. Siamo tornati al punto di partenza».

CAPITOLO 31

Kay si protesse gli occhi dal riflesso del sole di tarda mattinata e guardò una troupe cinematografica che allestiva una nuova scena a qualche centinaio di metri lungo il viale alberato.

Il camion frigorifero abbandonato era stato rimosso dalla squadra di Harriet martedì nel tardo pomeriggio, coperto da un telone protettivo, e solo un residuo del nastro bianco e blu della scena del crimine sventolava pateticamente dal tronco di un sicomoro all'ingresso del sentiero.

Kay si fece strada tra la vegetazione e armeggiò con un nodo nel nastro di plastica finché non si allentò, poi lo strappò via e se lo avvolse attorno alle dita mentre tornava verso la strada.

Sollevò gli occhi dall'asfalto e vide Devon Sharp che camminava lungo il viale verso di lei.

«Hanno intenzione di filmare l'intero percorso dall'ultimo punto di consegna?» chiese.

«Sì, lo monteranno in una sequenza più breve, ma

voglio catturare quanti più punti di riferimento familiari possibile per i residenti». Si fermò accanto a lei e scrutò in direzione della troupe. «Spero che questo aiuti a risvegliare i ricordi delle persone».

«E le riprese delle telecamere di sorveglianza che abbiamo ottenuto dal negozio di antiquariato?»

Sharp scosse la testa. «Potrebbero essere troppe informazioni al momento, finché non sappiamo chi sia quella persona. Soprattutto considerata la situazione con la droga».

Un uomo sui vent'anni che teneva un microfono su una lunga asta stava accanto a un camion frigorifero che Adele Marchant aveva prestato loro per la ricostruzione. Sembrava annoiato, con il peso spostato su un piede mentre si strofinava il retro della gamba con la scarpa consumata.

Davanti a lui, il cameraman più anziano si appoggiava alla cabina del conducente, indicando l'angolazione proposta lungo il viale che voleva che il conducente prendesse. Annuì, si scostò e rise prima di fare cenno a tutti di allontanarsi dall'inquadratura mentre sollevava la telecamera sulla spalla.

Kay aggrottò la fronte. «Chiunque penserebbe, vedendo come si comportano quei due, che stanno girando un maledetto spot pubblicitario invece degli ultimi momenti della vita di qualcuno».

«Per loro è solo l'ennesimo lavoro», disse Sharp, ficcandosi le mani in tasca. «Vieni, aspettiamo qui mentre filmano questa parte così non entriamo nell'inquadratura».

La guidò verso una piccola piazzola di sosta, voltando le spalle alla siepe di prugnolo selvatico.

Quando Kay lo raggiunse, sentì il ronzio delle api, l'aria densa di polline dolce. Un trattore si muoveva avanti e indietro oltre la siepe, il rumore dei macchinari le giungeva alle orecchie mentre passava con un'imballatrice di fieno abbassata verso il terreno.

La campagna era ancora piena di vita in questo periodo dell'anno, in netto contrasto con il ricordo che due uomini avevano perso la vita in modo così orribile.

Sospirò, guardando il camion passare prima che qualcuno gridasse "stop" e la telecamera venisse nuovamente abbassata.

«Vuoi procedere alla prossima posizione?» chiese dopo che il conducente si era accostato al lato del vialetto in attesa di ulteriori istruzioni.

«Parliamo prima con i giornalisti», disse Sharp. «Almeno così possiamo rispondere a qualsiasi domanda abbiano mentre procediamo, invece di aspettare fino alla fine. Potrebbe aiutarci a perfezionare le riprese pianificate se pensiamo di aver trascurato qualcosa».

«Va bene».

Una piccola folla si radunò accanto al tecnico del suono, un gruppo selezionato di giornalisti invitati dalla squadra delle relazioni con i media, per assistere alla ricostruzione e fornire un resoconto personale degli eventi, piuttosto che affidarsi esclusivamente al prodotto finito.

Kay riconobbe Jonathan Aspley del *Kentish Times* in fondo al gruppo, il giornalista teneva il telefono all'orecchio mentre li guardava avvicinarsi.

Alzò la mano in segno di riconoscimento, terminò la chiamata e si staccò dal gruppo.

«Detective Hunter», disse, tenendo il telefono davanti

a sé. «Questa ricostruzione indica che non avete sospettati per l'omicidio di Carl Taylor o Will Nivens?»

Altri sei giornalisti si allontanarono dal tecnico del suono, con l'interesse risvegliato.

Kay diede un'occhiata ai volti ansiosi, si sforzò di rimanere calma e rivolse un piccolo sorriso a Jonathan.

«Non è affatto così, signor Aspley. Come sa dalle precedenti indagini che ha seguito, dobbiamo raccogliere quante più prove possibili per presentare un caso alla Procura della Corona. Questa ricostruzione è semplicemente un modo per comunicare al pubblico quanto importante possa essere il loro contributo se ricordano di aver visto Carl o Will nelle ultime ore della loro vita».

«Ben fatto», mormorò Sharp dall'angolo della bocca. «Bene, signore e signori. Altre due domande, e poi dobbiamo passare alla prossima posizione. Suzi?»

«Carl Taylor aveva una relazione?»

Kay trattenne un ringhio alla vista della giornalista di gossip.

Suzi Chambers era conosciuta per il suo sensazionalismo, cosa che le si era ritorta contro più di una volta. In qualche modo, la donna era sempre riuscita a riprendersi, e sembrava che stesse ancora una volta cercando di usare un'indagine per omicidio per far progredire la sua carriera.

Sentì Sharp fare un respiro profondo prima di rispondere.

«Mi aspetterei un po' più di professionalità, persino da lei», disse. «Prossima domanda».

Il sorriso di Suzi svanì mentre le sue spalle si

abbassarono, evidentemente delusa per non aver ottenuto la reazione che cercava.

Kay le lanciò un'occhiataccia, poi ascoltò mentre Sharp spiegava a un giornalista della stazione televisiva locale cosa la polizia sperava di ottenere con l'aiuto del pubblico.

Terminato ciò, il gruppo si disperse verso le proprie auto.

Sospirò mentre seguiva l'ispettore capo investigativo verso il suo veicolo, e sperò che il resto dei suoi colleghi stesse avendo più fortuna con gli sforzi compiuti.

CAPITOLO 32

Barnes alzò lo sguardo dallo schermo del suo cellulare mentre una donna sulla trentina attraversava in fretta Jubilee Square per raggiungerlo, dove lui sostava accanto a una panchina di legno.

Il suono dei suoi tacchi riecheggiava sulle piastrelle decorative inserite dal consiglio comunale durante la ristrutturazione avvenuta diversi anni prima, che riflettevano il calore del sole.

Barnes passò un dito intorno al colletto della camicia mentre lei si avvicinava, già sentendo la mancanza dell'aria condizionata della sala operativa.

La gonna blu navy della donna e la giacca coordinata erano fatte di un materiale leggero, e indossava una camicetta color crema sotto. Notando il suo sguardo, lei allungò la mano e rimosse un cartellino con il nome appuntato sopra il seno sinistro, infilandolo nella borsa.

«Signora Luxford?»

«Charlotte, per favore». Indicò la panchina. «Grazie per non essere venuto in ufficio, detective Barnes. Non credo che sarebbe stato ben visto, considerando che sono ancora nel periodo di prova lì».

«Come va il lavoro? Le piace?»

Lei forzò un sorriso. «Farei volentieri a meno di dover lavorare il sabato. Ma è denaro che entra, questa è la cosa principale. Ha mai affrontato un divorzio, detective?»

«Una volta. È bastata».

«Esattamente. Voglio il meglio per le nostre figlie, ma questo non significa che voglia dipendere dal reddito di Steve per crescerle. Ecco perché lavoro presso l'agenzia immobiliare. Andrà bene per ora». Posò la borsa tra loro, avvolgendo la cinghia di pelle attorno alle dita. «Dunque, di cosa voleva parlarmi?»

«Stiamo indagando sulla morte di un uomo trovato assassinato e abbandonato in un'auto...»

«L'uomo trovato nella concessionaria di O'Connor?» Arricciò il naso, spostando lo sguardo verso un gruppo di adolescenti che passeggiavano lentamente. «Sì, ne ho sentito parlare. Steve ha fatto un'offerta per quel posto qualche settimana fa».

«Ha fatto un'offerta più bassa da allora».

Gli occhi di Charlotte tornarono rapidamente su di lui, la bocca le si aprì per lo stupore. «Davvero?»

«Sembra sorpresa».

«Beh, è... insolito, no? Voglio dire, non riesco a immaginare che qualcuno voglia comprare un'auto in quel posto».

«Secondo lei suo marito crede che se entrasse un nuovo proprietario, gli affari ripartirebbero?»

Si morse il labbro. «È possibile, suppongo».

«Ha avuto qualche coinvolgimento nell'ultima attività di auto usate gestita da Steve? Quella a Thanet?»

«No». Un sorriso quasi apparve all'angolo della sua bocca. «Ero incinta della nostra primogenita all'epoca. L'ha gestita solo per un anno, comunque, e poi ha avuto l'opportunità di comprare l'autolavaggio».

«Perché ha cambiato per fare quello?»

«Steve ha scarsa capacità di concentrazione, detective. Si è annoiato e voleva cambiare. Immagino sia lo stesso anche questa volta... tre anni è il periodo più lungo in cui l'ho visto rimanere in un posto». Si lasciò sfuggire una risata amara. «È per questo che il matrimonio non faceva per lui, né il ruolo di genitore responsabile».

Barnes si spostò sul sedile per vedere meglio il suo viso. «Charlotte, devo chiederle... ha qualche sospetto che Steve possa essere stato coinvolto in attività illegali?»

Fissò lo shock che balenò nei suoi occhi, e attese.

Alla fine, lei scosse la testa.

«Non credo», disse. «Guardi, so che probabilmente conosce alcuni personaggi poco raccomandabili... fa parte del mestiere di tanto in tanto, specialmente in quella fascia più bassa del mercato. Non credo però che farebbe qualcosa di illegale».

«Qualcuno potrebbe averlo usato per fare qualcosa di illegale? Un ricatto, magari?»

«No», disse con veemenza, ma poi il suo viso si rilassò. «Steve non farebbe mai nulla che non voglia fare. Inoltre, perché qualcuno dovrebbe ricattarlo... e come? Steve può sembrare un tipo rude, ma tutto ciò che ha sempre voluto è farsi strada nella vita».

Barnes distolse lo sguardo da lei e trattenne la sua frustrazione.

«Va bene, Charlotte», disse infine. «Grazie per il suo tempo. Lo apprezzo».

Lei annuì e si alzò dalla panchina, poi fece una pausa e gli lanciò un'occhiata da sopra la spalla.

«Intendevo quello che ho detto su Steve. È stato un pessimo marito, ma non è un assassino, detective».

Barnes si appoggiò allo schienale mentre lei si allontanava e controllò l'orologio.

Kay era sicuramente ancora sulla ricostruzione della scena del crimine con Sharp.

Sospirò, poi alzò lo sguardo per vedere Charlotte Luxford sparire dietro una curva della strada.

In qualche modo, credeva a ciò che lei aveva detto su suo marito.

Si alzò dalla panchina di legno e sbottonò la giacca mentre si dirigeva verso Gabriel's Hill in direzione della stazione di polizia.

«Stiamo seguendo una pista sbagliata», mormorò.

CAPITOLO 33

Il mattino seguente, Kay parcheggiò la sua auto in uno spazio libero fuori dal quartier generale della polizia del Kent a Northfleet e si affrettò verso il piazzale antistante il moderno edificio di quattro piani.

Una struttura in cemento circondava i vetri scuri che garantivano privacy che si affacciavano su una trafficata strada principale che costeggiava il litorale del nord del Kent accanto a Gravesend.

La struttura moderna era in netto contrasto con l'edificio in mattoni rossi della fine degli anni '30 che aveva ospitato il quartier generale della polizia fino all'anno precedente, e c'erano alcuni detrattori all'interno della Divisione Ovest riguardo alla decisione di spostarsi a est.

Nonostante ciò, la maggior parte dei suoi colleghi di Sutton Road era entusiasta del trasferimento.

Come aveva fatto notare Adam, visitare questo posto comportava per Kay un tipo diverso di rischio.

Da quando lei e la sua squadra avevano scoperto una coppia di agenti corrotti che lavoravano a fianco di uno dei peggiori trafficanti di esseri umani del paese, aveva evitato il posto, riluttante ad affrontare il rancore inespresso di alcuni che risentivano della sua promozione finale a ispettrice di polizia a spese di ex colleghi un tempo rispettati.

E così si ritrovava qui in una domenica mattina, sperando di evitare chiunque potesse offendersi per la sua presenza.

Portava un vassoio di cartone con due grandi tazze di caffè da asporto in una mano e faceva dondolare la borsa sulla spalla con l'altra, riponendovi dentro le chiavi dell'auto mentre attraversava il sentiero di cemento e raggiungeva le porte d'ingresso.

Kay strisciò il suo badge di sicurezza su un pannello incassato nel muro e salì in fretta una rampa di scale, seguendo le indicazioni verso la squadra di informatica forense. Raggiunto il pianerottolo, si diresse lungo un corridoio silenzioso fino in fondo e bussò con le nocche contro una porta color faggio con un pannello visivo incastonato nel legno sopra la maniglia.

Pochi istanti dopo, una figura entrò nel campo visivo e lei sentì un *bip* prima che il meccanismo di chiusura si sbloccasse.

«Buongiorno, Hunter.»

«Grazie per questo, Andy.»

«Non ho vita sociale. Sei fortunata.» La bocca di Grey ebbe un fremito mentre chiudeva la porta dietro di lei e la guidava verso un set di sei schermi.

«Ti stai ambientando qui?» disse lei, porgendogli uno

dei caffè e guardando fuori dalla finestra. «La vista non è molto migliore, vero?»

«Come se avessi tempo di fissare là fuori e fantasticare», mormorò lui, passandosi una mano tra i capelli disordinati. «Non abbiamo ancora localizzato una scatola di obiettivi per macchine fotografiche che è scomparsa durante il trasloco da Maidstone.»

«Ops.» Kay prese un sorso dalla sua tazza da asporto e indicò gli schermi. «Come te la sei cavata con i nostri filmati di videosorveglianza? Qualcosa di utile?»

«In effetti, è stato un raggio di luce in una settimana di merda, Hunter.» Le fece cenno di accomodarsi su una delle due sedie a piedistallo accanto alla scrivania e sprofondò sull'altra. «Inizierò però con le cattive notizie. Questa registrazione qui, quella fornita dal proprietario del negozio di antiquariato, è quanto di meglio possiamo ottenere, e temo che non ti sia di alcuna utilità.»

Kay strizzò gli occhi verso l'immagine pixellata sul primo schermo e sospirò. «Se questa è la tua idea di progresso, Andy...»

«Aspetta, ricorda che ho detto che questa settimana non è stata del tutto uno schifo. Guarda questa.» Toccò lo schermo centrale e poi usò il mouse sui controlli per ingrandire. «Questa è una telecamera di sorveglianza fuori da un'edicola a Sittingbourne. Quest'uomo qui esce da questo vicolo e sale su un motorino parcheggiato fuori dal negozio. E questa è un'angolazione diversa che lo ritrae mentre entra nel vicolo dall'altra estremità, vicino a uno studio di avvocati. Quindi, probabilmente è...»

«...il tizio che stava sorvegliando Helen Taylor.» La voce di Kay conteneva una nota di meraviglia mentre l'esperto di informatica forense cliccava su una sequenza di pulsanti e una nuova fotografia più nitida appariva sullo schermo. «È perfetto.»

Una nuova eccitazione le attraversò il corpo mentre guardava da un'immagine all'altra, e poi il suo sguardo cadde sulla sequenza di numeri visualizzata in fondo a ogni schermo.

«Merda. Aspetta, non può essere il nostro tipo. Guarda il marcatore temporale qui... non poteva sorvegliare l'ufficio di Helen in quel momento. È lo stesso arco temporale in cui sappiamo che gli pneumatici del camion di Carl sono stati tagliati.»

«Stava sorvegliando lei», disse Andy, tenendo in alto due immagini ingrandite. «Sono due persone diverse.»

Kay prese le fotografie da lui e immediatamente capì cosa intendeva.

La prima figura, il conducente del motorino, era di corporatura esile e sembrava alla fine dell'adolescenza o all'inizio dei vent'anni.

Il secondo uomo era più anziano, più corpulento e si muoveva con l'andatura di qualcuno con un infortunio al ginocchio o simili, con il peso sostenuto dalla gamba sinistra mentre si fermava per attraversare l'incrocio trafficato.

«Ti prego, dimmi che sai chi sono», disse, restituendo le fotografie ad Andy.

Lui sorrise e toccò l'immagine dell'uomo più giovane. «Sono riuscito a ottenere solo il nome di uno di loro attraverso i registri della Motorizzazione: Adrian Whitely, diciassette anni. I registri mostrano che vive con suo padre a Boxley.»

«Beh, uno su due non è male, te lo concedo», disse lei, già spingendo indietro la sedia.

«Penso che se avrai una conversazione tranquilla con lui in presenza di suo padre, potresti scoprire anche chi è quest'altro tizio.»

Kay gli fece l'occhiolino e gli diede una pacca sulla spalla. «Meglio che vada a rovinare il loro fine settimana allora, non credi?»

CAPITOLO 34

Laura si sistemò la giacca del tailleur e sostò fuori dalla porta chiusa della sala interrogatori numero tre, la sua eccitazione temperata dal fresco ricordo di un adolescente terrorizzato che era stato accompagnato nella stanza dieci minuti prima.

Adrian Whitely era accompagnato da suo padre, un uomo sulla cinquantina da cui traspariva un atteggiamento problematico e puzzava di odore corporeo stantio.

L'uomo le aveva lanciato un'occhiataccia mentre passava dietro a suo figlio e a Harry Davis, il sergente di custodia di turno quel fine settimana.

In confronto, l'adolescente sembrava rimpicciolito dentro i jeans larghi e la maglietta bianca mal assortita che gli ricadeva oltre la vita, i piedi infilati in scarpe da ginnastica di marca così grandi da far assomigliare il resto del suo corpo magro a una mazza da hockey.

Harry le aveva fatto un cenno con la testa mentre usciva, per poi tornare pochi istanti dopo con un uomo saccente in un completo stropicciato che sembrava essere stato pescato dal cesto della biancheria in tutta fretta, presentandolo come l'avvocato richiesto dalla famiglia, prima di accompagnarlo nella stanza.

Laura batté una cartellina color manila contro la gamba dei pantaloni e camminò avanti e indietro sul pavimento piastrellato mentre aspettava che Kay si unisse a lei, gli occhi scorrevano le pagine del suo taccuino.

Non c'era nulla che suggerisse che l'adolescente avesse precedenti. Il suo nome non era mai apparso in una denuncia minorile, né era stato associato a persone che interessavano alla polizia.

Allora perché adesso?

«È già arrivato il suo avvocato?»

Laura alzò lo sguardo dai suoi appunti mentre Kay si avvicinava, e indicò la porta con un cenno del mento. «È arrivato un paio di minuti fa.»

«Bene, abbastanza per conoscersi. Cominciamo.»

Con queste parole, l'ispettrice passò il suo badge sulla serratura e si fece strada nella stanza, camminando verso il tavolo e lasciando cadere una pila di cartelle manila davanti all'adolescente.

Gli occhi di Adrian si spalancarono alla vista della pila di documenti, e Laura trattenne un sorriso.

Senza dubbio l'adolescente si stava chiedendo come fosse possibile che la sua breve vita avesse riempito così tante pagine, mentre lei sapeva che Kay usava quel gesto come un modo per affermare la sua autorità sul giovane interrogato.

In realtà, la vita di Adrian Whitely fino a quel momento aveva riempito meno di tre pagine di appunti all'interno del fascicolo che Laura teneva in mano, e la maggior parte proveniva da una copia di uno scarno curriculum che aveva pubblicato online nove mesi prima, sepolto su internet tra i suoi social media e un tentativo svogliato di profilo su un popolare sito di ricerca lavoro.

Laura allungò la mano e premette il pulsante "registra" sulla macchina all'estremità del tavolo e mantenne lo sguardo fisso mentre recitava l'avvertimento formale e presentava le persone nella stanza. Fatto ciò, appoggiò un braccio sul tavolo e ascoltò mentre Kay iniziava l'interrogatorio.

«Prima di iniziare, devo chiarire che lei è qui solo per agire come tutore legale di suo figlio, è chiaro, signor Whitely? Non tollererò alcun tentativo di influenzare le risposte di Adrian alle mie domande», disse l'ispettrice. «Né sopporterò interruzioni. Se c'è un problema legale o una preoccupazione riguardo alla direzione che prenderà questo interrogatorio formale, spetta all'avvocato di Adrian intervenire. Ha capito?»

Laura osservò Whitely che diventava di un rosso più scuro, con la mascella serrata.

Il silenzio piombò sulla stanza per alcuni momenti prima che annuisse.

«Va bene», disse imbronciato.

L'adolescente deglutì mentre lo sguardo di Kay si spostava su di lui.

«Adrian, devo dire che sono sorpresa che una persona giovane come te sia coinvolta in un duplice omicidio, ma ho visto di peggio». Kay aprì la cartellina manila in cima alla pila davanti a lei e tirò fuori una fotografia.

Il diciassettenne divenne grigio alla vista della forma congelata di Will Nivens distesa su una delle barelle dell'obitorio di Lucas, i suoi occhi si spalancarono davanti all'immagine raccapricciante. Si pulì la bocca con la manica della felpa prima di abbassare il braccio in grembo.

«Non lo conosco. Non l'ho mai visto prima in vita mia», sbottò.

La sua voce tremava, un improvviso promemoria che qui c'era qualcuno sull'orlo di diventare adulto e appena uscito dall'infanzia.

Laura resistette all'impulso di guardarlo con disprezzo, reprimendo la sua frustrazione per il fatto che nascondesse qualcosa e sperando che il suo superiore riuscisse a tirar fuori le informazioni di cui avevano così disperatamente bisogno.

«Okay», disse Kay bruscamente mentre girava un'altra fotografia. «E questa donna?»

Adrian diede un'occhiata all'immagine di Helen Taylor e sbatté le palpebre. Si agitò sulla sedia, entrambe le mani strette tra le gambe, poi alzò le spalle.

«Rispondi alla domanda, Adrian», scattò Kay. «Posso tenerti qui per ventiquattro ore. Trentasei se il mio ispettore capo investigativo lo approva, e credimi, lo farà. Due uomini sono morti, e tu sei il nostro unico sospettato. Inizia a parlare.»

L'adolescente tirò su col naso. Evitava accuratamente di guardare suo padre, il cui sguardo lo trafiggeva, una furia silenziosa che trasudava dall'uomo corpulento.

Kay si rivolse all'avvocato. «Pensa che potrebbe essere prudente chiedere al signor Whitely di lasciare la stanza, nel caso in cui Adrian si sentisse più a suo agio a parlare con noi senza la sua presenza?»

Laura trattenne il respiro, sollevata di non essere

l'unica a percepire la tensione tra padre e figlio. Era sicura che Adrian sapesse qualcosa, ma Kay aveva ragione, non avrebbe parlato.

Non ancora.

L'avvocato si schiarì la gola e si appoggiò allo schienale della sedia finché non riuscì a vedere oltre Adrian fino a suo padre. «L'ispettrice potrebbe avere ragione, signor Whitely. Le dispiacerebbe?»

«Certo che mi dispiace, dannazione!» Whitely spinse indietro la sedia e puntò il dito verso Kay. «È mio figlio, maledizione, e lo state minacciando.»

«Signor Whitely», disse Kay, «se non tiene a freno il suo atteggiamento, in questo momento, non avrò altra scelta che allontanarla comunque da questa stanza. Adrian sarà portato in cella, e continueremo quando si sarà calmato. In alternativa, può fare come suggerisce l'avvocato di Adrian. Sta a lei decidere.»

Lo fissò con lo sguardo, i suoi lineamenti calmi mentre aspettava la sua risposta.

Whitely se ne stava in piedi con i pugni serrati come se fosse pronto a combattere e Laura abbassò la mano sul tavolo, le sue dita cercarono il pulsante di emergenza situato sotto la struttura metallica.

Alla fine l'uomo girò sui tacchi, bussò alla porta e lasciò la stanza, passando accanto all'agente in uniforme fuori senza voltarsi indietro.

Adrian emise un sospiro e si strofinò le mani sul viso. «Grazie, signore. Pensavo che stesse per dare in escandescenza qui dentro.»

Kay non si fermò per permettere all'adolescente di rilassarsi.

Invece, mise da parte le due fotografie e ne sbatté un'altra sul tavolo, quella la cui qualità dell'immagine Andy Grey aveva migliorato dalle telecamere di sorveglianza che ritraeva la figura avvistata accanto al camion di Carl Taylor.

«Chi è quest'uomo?»

Adrian armeggiò con il cordoncino della sua felpa, facendolo scorrere avanti e indietro sulle labbra mentre osservava la fotografia. «Non lo so.»

«È stato ripreso dalle telecamere mentre tagliava le gomme di quel camion parcheggiato sullo sfondo. Perché avrebbe dovuto farlo?»

«Non lo so. Non so chi sia.»

«Vediamo se questo può aiutarti a rinfrescare la memoria.»

Kay allungò la mano sotto la prima cartella, ne aprì una seconda e tirò fuori un'altra immagine.

Quella che mostrava Carl Taylor disteso su una barella.

«Oh, Gesù.» Adrian si ritrasse nuovamente sulla sedia. «Chi cazzo è?»

«Un uomo di nome Carl Taylor.» Kay ignorò il suo disagio e dispose una sequenza di quattro immagini, tutte raffiguranti il pacco di cocaina trovato a casa di Carl.

«Parlami di questo», disse, battendo il dito sulla foto più vicina. «Perché quasi un chilo di droga sarebbe stato nascosto nello scarico del giardino di un uomo morto?»

«Non lo so.» La voce di Adrian tremava mentre spostava lo sguardo da Kay al suo avvocato, e poi di nuovo indietro. «Onestamente, non lo so.»

Kay girò un'altra immagine che mostrava il corpo di Carl Taylor in situ sul sedile posteriore dell'auto. «Vorrei sapere perché quest'uomo prima è stato lasciato morire assiderato nel retro del suo camion delle consegne, per poi essere spostato e abbandonato nel retro di un'auto presso l'autosalone di Mike O'Connor.»

«Cosa?»

Adrian si chinò in avanti, con la fronte aggrottata mentre osservava più da vicino la fotografia.

«Conosci Mike O'Connor?»

L'adolescente rimase in silenzio, mentre il timer digitale sulla parte anteriore del registratore avanzava nel silenzio che si prolungava.

Alla fine, si mosse sulla sedia e fece cenno al suo avvocato prima di sussurrargli qualcosa all'orecchio.

Laura osservò l'avvocato mormorare qualcosa sotto voce e poi rivolgere la sua attenzione a Kay.

«Il mio cliente desidera collaborare, ma vuole che sia messo a verbale che non ha nulla a che fare con l'omicidio di questi due uomini.»

«Va bene», disse Kay. «Sentiamo allora, Adrian.»

«Non so niente, ok?» Il ragazzo si raddrizzò sulla sedia. «Sono solo un fattorino.»

Laura lanciò un'occhiata a Kay, con il cuore che le batteva forte.

L'ispettrice strinse gli occhi. «Un fattorino? Da quando?»

«È solo part-time, tipo. In nero. Ecco perché non l'ho messo su quel CV che avete.»

«Da quanto tempo?»

«Circa quattordici mesi, credo.»

«Per chi?»

«Una società di catering. Cibo da asporto e roba del

genere. Sa...quelle app per il cibo che si scaricano sul telefono. Loro cucinano tutti quei pasti, e io e altri li consegniamo. Siamo un gruppo con i motorini, poi alcuni degli altri hanno le auto. Soldi facili, no?»

«Dove si trova?» disse Kay. «Da dove ritiri il cibo?»

«Gestiscono la cucina in un posto vicino a Sandling. Fanno pizze, cibo asiatico, hamburger, cose del genere. Qualsiasi cosa venga ordinata, in pratica.»

«Come conosci Mike O'Connor? Hai comprato il tuo motorino da lui?»

«Nah.» L'adolescente sbuffò. «Lavoravo per lui. In un certo senso.»

«All'officina?»

«No, nell'ultimo posto. Il ristorante elegante che aveva.» L'adolescente si agitò sulla sedia. «Beh, non proprio al ristorante. Ci chiamavano per aiutare con il catering ogni tanto.»

«Chi è "noi"?»

«Alan, lui è il mio capo in cucina, e alcuni degli altri fattorini. Davamo una mano.»

Kay incrociò le mani sul tavolo e lo fissò. «È stato Alan a dirti di sorvegliare Helen Taylor?»

«Credo di sì. Cioè, non lo so. Ho solo ricevuto un messaggio con una sua foto che mi diceva di non andare al lavoro quel giorno ma di andare a un indirizzo a Sittingbourne e di controllare dove lavorava e poi mandare un messaggio quando se ne fosse andata.»

«Hai conservato il messaggio?»

«No, l'ho cancellato.»

«Quindi, come facevi a sapere chi lo aveva mandato?»

«I-Io ho solo supposto che fosse Alan, ecco. Cambia

sempre numero di telefono.» Una goccia di sudore scivolò sulla fronte dell'adolescente e lanciò un'occhiata all'avvocato d'ufficio. «Questo è tutto quello che so, lo giuro. Non ho niente a che fare con il tizio morto nell'auto. Non so nemmeno chi sia, ok? Non so cosa sta succedendo.»

Kay allungò la mano e toccò la fotografia di Carl Taylor.

«Quest'uomo, Adrian, è il marito della donna che ti è stato detto di sorvegliare. Ora capisci perché sei qui?» Fece una pausa, aspettando che la consapevolezza colpisse il ragazzo.

Quando accadde, lui impallidì, e un sospiro senza fiato gli sfuggì dalle labbra.

«Oh, merda.»

CAPITOLO 35

Un sole tardo pomeridiano filtrava raggi macchiettati sulle scrivanie dei suoi colleghi quando Kay entrò nella sala operativa mezz'ora più tardi, con la schiena rigida per essere stata seduta sulla dura sedia di plastica mentre Adrian Whitely rilasciava una dichiarazione formale.

Lasciando Laura a lavorare con il sergente di custodia per organizzare il rilascio del ragazzo in attesa di ulteriori indagini, diede un colpetto sulla spalla di Barnes mentre passava.

La frustrazione offuscava i suoi pensieri mentre si avvicinava alla lavagna.

Lasciò che le conversazioni nella sala operativa le scivolassero addosso mentre scorreva con lo sguardo le fotografie appuntate sulla bacheca di sughero accanto alla lavagna, mentre Barnes appendeva una nuova fotografia di Adrian Whitely vicino alla parte superiore.

Entrambi avevano aggiunto appunti alla lavagna nel corso della settimana, le lettere maiuscole ordinate preferite da Barnes contrastavano con la sua scrittura corsiva mentre avevano riassunto le azioni chiave intraprese fino ad ora.

«Com'è andata, capo?» disse lui.

«Le informazioni di Adrian Whitely su Mike O'Connor danno un'angolazione diversa all'indagine, ma non ha fornito le risposte di cui abbiamo bisogno sul perché il corpo di Carl sia stato lasciato in un'auto rubata nel piazzale della sua officina. Né spiega perché due autisti di consegne abbiano perso la vita congelando nel retro del loro veicolo.»

«O perché uno di loro fosse in possesso di cocaina per un valore di trentamila sterline.»

«Magari è stato un affare di droga andato storto?» mormorò mentre camminava sul tappeto, con gli occhi fissi sulla lavagna. «O se avessero visto qualcosa che non avrebbero dovuto vedere?»

Si voltò al suono del suo nome, e vide Gavin che si affrettava verso di lei.

«Ho altre informazioni sul servizio di catering dove lavora Adrian» disse. Si fece strada tra le sedie di due assistenti amministrative e si avvicinò alla lavagna. «L'indirizzo postale è una casella postale qui in città. Operano da un'unità industriale con un indirizzo a Sandling, però.»

«Sai da quanto tempo è operativa?»

«È spuntata circa due anni fa quando le app di consegna cibo hanno iniziato a prendere piede da queste parti, secondo le informazioni sul sito web. Lavorano per le app e forniscono anche servizi aggiuntivi per i locali di cibo da asporto e altre attività che necessitano di servizi alimentari ad hoc durante i periodi di punta come le festività pubbliche.»

«C'è qualcosa sul sito del registro delle imprese che potrebbe aiutarci? Ad esempio il cognome di Alan se è un direttore?»

«Niente, capo, non appare in una ricerca lì.»

«Qualche indicazione su chi potrebbero essere i loro clienti?»

Gavin annuì e passò a un'altra pagina del suo taccuino. «Alcune delle grandi catene di fast food della zona... pizzerie, hamburger, cose del genere... anche se questo non era sul loro sito web. Ho dovuto scavare un po' per scoprirlo.»

«Immagino che le catene non vogliano che i loro clienti sappiano che stanno esternalizzando il lavoro» disse Barnes.

«Vero. Sembra che questa azienda potrebbe star sfruttando i nomi dei marchi.» Kay fece scorrere lo sguardo sugli appunti sulla lavagna e aggrottò la fronte. «Quali sono i nomi delle persone che possiedono il vecchio ristorante di Mike e Ann?»

«Un attimo.» Gavin sfogliò ancora una volta i suoi appunti. «Ecco: Tom e Zoe Peters.»

«Pensi che potrebbero aver continuato a usare questa stessa azienda?» disse Barnes.

«È qualcosa che dovremo esaminare» disse Kay. «E per quanto riguarda HOLMES2, Gav, ci sono segnalazioni riguardo l'azienda?»

Gavin aggrottò la fronte. «Non c'è nulla che suggerisca che ci siano stati problemi con l'azienda prima, capo, ma...»

«... Se chiunque sia questo Alan ha fatto fare tutto il lavoro a ragazzi come Adrian, allora è riuscito a mantenere un basso profilo» disse Kay, e fece cenno a Laura di avvicinarsi mentre entrava nella sala operativa, prima di spostarsi verso le mappe distese sulla scrivania accanto alla lavagna.

Spostando da parte copie di immagini di telecamere di sorveglianza e staccando delicatamente i post-it che nascondevano i contorni e i nomi dei luoghi, batté il dito su una strada secondaria che costeggiava l'autostrada M20.

«Ok, Gav, dov'è questa attività di catering qui?»

Il suo collega si sporse in avanti, indicando una strada senza uscita sulla sinistra. «Proprio qui. Ci sono solo circa sei unità industriali.. quelle con un piccolo spazio di magazzino sotto e uffici sopra.»

«Devono aver convertito il magazzino in cucine commerciali, allora.» Kay si raddrizzò. «Gavin, leggi la dichiarazione di Adrian Whitely per avere un contesto, ma voglio che tu lavori con Laura per indagare su questa attività di cucina dove ha lavorato negli ultimi quattordici mesi. Voglio sapere tutto sul modo in cui opera, e in particolare sul proprietario, Alan, Adrian non conosce il suo cognome.»

«Nessun problema.»

«Grazie.» Kay controllò l'orologio e spinse indietro la sedia. «Si sta facendo tardi, quindi fate in modo di avere più materiale possibile entro il briefing mattutino delle otto. Dov'è l'attività di catering in relazione al vecchio ristorante di Mike e Ann?»

«Qui» disse Gavin, e tracciò con l'indice un percorso tortuoso. «Non lontano, quindi avrebbe senso se lo stessero usando per un servizio di asporto o per il catering di eventi più grandi. E guarda, potrebbero farlo evitando le strade principali.»

«Interessante.»

«Cosa vuole fare, capo?» disse Barnes. «Dovremmo interrogare di nuovo Mike e Ann O'Connor?»

«No, non finché non sapremo con cosa abbiamo a che fare, dato quello che è successo a Carl e Will. Abbiamo bisogno di ulteriori informazioni di base mentre Gavin fa la sua ricerca.» Kay raccolse le chiavi dell'auto dalla scrivania e le consegnò al suo collega.

«Ma andiamo a fare due chiacchiere con i nuovi proprietari del ristorante, va bene?»

CAPITOLO 36

Kay si fermò accanto all'auto di servizio e si prese un momento per ammirare l'ex casa parrocchiale classificata come edificio di interesse speciale che ospitava la precedente attività di Mike e Ann O'Connor.

Posizionato in cima a un terrapieno erboso, l'edificio era alto due piani con un paio di alti comignoli in mattoni che spuntavano da entrambi i lati di un tetto di ardesia. Un cartello accanto al parcheggio indicava che si poteva accedere al ristorante tramite otto gradini in pietra o una rampa in cemento che risaliva dal piazzale asfaltato.

Mentre camminava accanto a Barnes su per gli ampi gradini, Kay notò un'ampia terrazza in pietra che si estendeva per tutta la lunghezza della facciata del ristorante, con sei tavoli rotondi in legno apparecchiati per coppie o gruppi di quattro persone distribuiti lungo tutta la sua lunghezza.

Una coppia che condivideva una bottiglia di vino rosso al tavolo più lontano li osservò avvicinarsi, poi tornò alla propria conversazione mentre la donna si scostava i capelli e rideva, con il suo accompagnatore che sorrideva indulgente.

Kay si fermò davanti all'ampia porta di quercia che conduceva all'edificio, con l'invitante interno fresco oltre uno zerbino in fibra di cocco accompagnato da una grande ciotola di ceramica per l'acqua dei cani e un cartello che mostrava una cortese richiesta di lasciare gli animali all'esterno.

Una lavagna accanto alla porta accoglieva i clienti con l'elenco delle specialità del giorno.

«9,99 sterline per una zuppa?» mormorò Barnes sotto voce. «Dovremmo arrestarli per rapina in pieno giorno».

«Buona fortuna a far passare questa accusa alla Procura». Kay gli diede una gomitata nelle costole e lo spinse dentro. «Comportati bene, altrimenti dirò a Pia che la porterai qui per il suo compleanno».

Lui aprì la strada, borbottando a bassa voce, e dopo aver attraversato un corridoio con pannelli di legno alle pareti, Kay si ritrovò in una sala di ricevimento dell'antica canonica che era stata trasformata in uno spazio accogliente per gli ospiti in attesa di un tavolo.

I cornicioni originali in gesso erano stati recentemente dipinti di bianco sporco, e una delicata tonalità verde copriva le pareti. I suoi tacchi risuonarono sul pavimento in parquet fino a quando non raggiunse un sottile tappeto decorato che conduceva al banco della reception.

Una giovane donna apparve attraverso una porta aperta sulla destra, sorridendo mentre teneva in mano un paio di menu rilegati in pelle.

«Buon pomeriggio, posso...»

Kay mostrò il suo distintivo. «Ispettrice Hunter, e il

mio collega sergente Barnes. Potremmo parlare con il signor e la signora Peters, per favore?»

La donna rimase a bocca aperta, poi posò i menu sul banco. «Sono entrambi in cucina al momento, si stanno preparando per il servizio serale».

«È urgente».

Arrossendo, la donna annuì prima di affrettarsi via.

Barnes controllò l'orologio dopo cinque minuti. «Sono le quattro e mezza. Quanto tempo gli serve per prepararsi?»

«Insistiamo sempre sul preparare il cibo il giorno stesso in cui viene servito, detective. Significa un po' di lavoro extra, ma ne vale la pena».

Kay si voltò al suono della voce e vide un uomo di grossa statura entrare nella stanza dal corridoio oltre l'area della reception.

La sua altezza lo costrinse a chinarsi sotto lo stipite della porta prima di porgere la mano. «Sono Tom Peters. Zoe ha le mani occupate in cucina al momento, ma se posso aiutarvi mentre lei finisce...»

«Grazie, signor Peters. Ha un posto privato dove potremmo fare due chiacchiere?»

«Certo. Perché non venite nel ristorante? I primi ospiti non saranno qui prima delle sei e un quarto».

Detto questo, girò sui tacchi e li condusse attraverso il corridoio fino a una sala da pranzo che Kay capì si estendeva dalla parte anteriore della proprietà fino al retro.

Le porte decorative in vetro sul retro della sala si affacciavano su un prato che scendeva verso un fiume, con il paesaggio oltre che si immergeva nel sole del tardo pomeriggio.

«Avete un bel posto qui, signor Peters».

Lui scrollò le spalle. «Grazie. Aveva bisogno di alcuni lavori quando l'abbiamo preso, ma ci siamo quasi».

Kay si sedette al tavolo accanto alla finestra che lui indicò e attese mentre Barnes tirava fuori il suo taccuino. Ammirò le posate che erano state lucidate fino a raggiungere un'alta brillantezza, poi si appoggiò allo schienale della sedia, attenta a non sgualcire il tovagliolo di poliestere appena piegato davanti a lei.

«Signor Peters, siamo nel bel mezzo di un'indagine per omicidio e speriamo che lei possa aiutarci con le nostre ricerche», iniziò, «con particolare riferimento a Mike e Ann O'Connor che le hanno venduto questo posto l'anno scorso».

Peters si strofinò il mento e si sporse in avanti, raddrizzando un piccolo mazzetto di fiori in un vaso di vetro al centro del tavolo. «Si tratta dell'uomo trovato morto nell'officina di Mike di cui abbiamo sentito parlare? Cosa vuole sapere?»

«Ha parlato con Mike o Ann O'Connor dopo la vendita?»

«No, non c'è stato motivo, in realtà. Una volta fatto l'inventario il giorno del passaggio di consegne, è praticamente finita lì, eravamo pronti per l'apertura quella sera stessa».

«Ci sono stati problemi durante l'acquisto del ristorante che le hanno dato motivo di preoccupazione?»

«Peters scosse la testa. «Non che io ricordi. Voglio dire, ogni proprietario ha il suo modo di fare le cose. Abbiamo apportato alcuni cambiamenti immediati in base a ciò che io e Zoe volevamo ottenere da questo posto a lungo termine, e altri cambiamenti sono stati più graduali, come il rinnovamento dell'arredamento qui dentro. C'è sempre il rischio quando si rileva un locale di poter scontentare i clienti abituali, quindi è meglio andarci piano all'inizio. Comunque, è molto più facile con un posto come questo che, diciamo, con un pub già avviato».

«Dove eravate prima?»

«Avevamo un hotel a Totnes». Fece un piccolo sorriso. «Questo però è migliore, almeno i clienti tornano a casa alla fine della giornata. È sempre stato il sogno di Zoe avere un ristorante tutto suo, e la vendita dell'hotel è andata in porto rapidamente, quindi abbiamo deciso di buttarci».

«Avete avuto problemi qui da allora?»

«No, niente affatto. Semplicemente non attira quel tipo di clientela, suppongo». Peters aggrottò la fronte. «Un paio di fornitori di Mike e Ann non erano entusiasti del fatto che avessimo smesso di usarli e hanno cercato di creare qualche piccolo problema, insultandoci sui social media e lasciando recensioni false, cose del genere, ma hanno smesso presto una volta che hanno capito che non faceva alcuna differenza. Il nostro servizio ai clienti parla da sé».

«Chi...» Kay si interruppe mentre una donna robusta appariva sulla porta del ristorante e, notando i tre seduti al tavolo in fondo, si avvicinò asciugandosi le mani sul grembiule.

«Scusate l'attesa», disse affannata, tirando fuori una sedia accanto a Peters e accomodandosi con evidente fatica. «Uno dei nostri lavapiatti ha chiamato mezz'ora fa per dire che era ammalato, quindi là fuori è il caos. Sono Zoe, comunque».

«Grazie per aver trovato il tempo di parlare con noi», disse Kay. «Stavo per chiedere a suo marito dei fornitori che, secondo lui, stavano lasciando recensioni negative sull'attività, chi erano?»

«Oh, loro». Zoe ridacchiò. «Mike e Ann... negli ultimi anni in cui sono stati qui... hanno deciso di risparmiare qualcosa, diciamo. Voglio dire, niente di illecito, sta diventando sempre più comune, e diciamocelo, intendevano vendere comunque».

Barnes alzò lo sguardo dal suo taccuino. «Di che tipo di risparmio stiamo parlando? Salute e sicurezza?»

«Dio, no. Solo sul fronte alimentare. Usavano un'azienda dall'altra parte di Maidstone per fornire il servizio di asporto in stile ristorante e il catering per eventi, che era una parte della loro attività».

«Come si chiamava l'azienda?» disse Kay, sbattendo le palpebre quando Peters glielo disse. «E lei dice che non li ha mai utilizzati?»

«Quando abbiamo rilevato l'attività, abbiamo rescisso immediatamente il contratto con i fornitori di catering», disse Peters. «Non l'hanno presa bene, sono persino arrivati a mandare qualcuno qui per parlare».

Kay si raddrizzò. «Sta dicendo che siete stati minacciati? L'avete denunciato?»

«No, non l'abbiamo denunciato». Peters alzò le spalle. «Non era nulla che non potessimo gestire, e poi… abbiamo fatto installare telecamere di sorveglianza il giorno successivo al nostro arrivo, quindi se qualcuno avesse tentato qualcosa lo avremmo saputo».

«E i vostri clienti? Non si sono lamentati del cambiamento?»

«Abbiamo perso un po' di soldi all'inizio quando abbiamo riscattato e chiuso quella parte dell'attività, ma ne è valsa la pena sul lungo termine», disse Peters.

Zoe annuì al commento del marito. «Preferiamo fare le cose da soli, dobbiamo ai nostri clienti trasparenza riguardo alla provenienza del nostro cibo. Se pensassero che appaltiamo il lavoro che credono avvenga in quella cucina, sarebbero mortificati. Sono sorpresa che Mike e Ann l'abbiano fatto per così tanto tempo senza che nessuno lo scoprisse, a essere sincera».

Kay socchiuse gli occhi. «Ma Ann ha vinto premi per il servizio di catering e asporto, non è vero? Non era questa la base di quel libro di cucina che ha pubblicato, qualcosa sui pasti veloci per persone indaffarate?»

Zoe guardò il marito prima di tornare a Kay, con un luccichio malizioso negli occhi.

«È probabilmente il motivo per cui il suo contratto editoriale non è stato rinnovato. Hanno finalmente scoperto che non sa cucinare».

CAPITOLO 37

Kay osservò il cottage da cartolina incastonato in mezzo a un grazioso giardino dietro una siepe di ligustro intrecciata con caprifoglio, con la mano sulla maniglia della portiera.

«Va bene, prima di entrare, c'è qualcosa che devo sapere?»

Laura si mosse sul sedile del conducente, estrasse le chiavi dal quadro e sbirciò sopra gli occhiali da sole verso la proprietà.

«Deve esserle costata tre quarti di milione, credo, e aspetta di vedere l'interno. Pavimento in pietra originale. Il soggiorno è fanta...»

«Intendevo su Ann O'Connor.»

Le labbra della collega si incurvarono. «Scusa, capo. Lo intendo davvero, però. È bellissima dentro. Ann, invece... ho pensato a lei da quando mi hai chiamato ieri sera e sebbene sembri avere successo esteriormente, credo sia una di quelle persone che ha paura di poter perdere tutto in un attimo.»

Schioccò le dita.

«Intendi che sta resistendo a fatica?» disse Kay.

«Sì.»

«Andiamo a vedere cosa ha da dire su questa società di catering, allora. Forse può spiegare perché hanno minacciato i Peters dopo che hanno comprato il ristorante.»

Kay prese una cartella color manila dal vano piedi e scese. Controllando il traffico sulla stradina, attraversò la strada e seguì la collega attraverso un cancello nella siepe lungo un sentiero che aveva bisogno di essere ripulito dalle erbacce.

Per quanto il giardino fosse stato curato nei minimi dettagli, le crepe cominciavano a farsi vedere.

Si fermò mentre la collega suonava l'elaborato campanello in ferro fissato al muro accanto alla porta.

Dopo aver riportato Barnes alla stazione, aveva intercettato Laura mentre lasciava la sala operativa per la giornata e l'aveva convinta a salire su un'auto di servizio.

Considerando che la giovane detective aveva già incontrato e interrogato Ann O'Connor la settimana precedente, e desiderosa di coinvolgere la donna senza dover costruire un rapporto da zero, era contenta che Laura avesse colto al volo l'opportunità di visitare nuovamente la casa della donna.

Ora, alzando lo sguardo, Kay notò spesse ragnatele sotto il tetto di paglia e la vernice che si staccava dal telaio in legno della finestra alla sua destra.

La sua collega poteva essere innamorata del posto, ma l'impressione di Kay era quella di un'imprenditrice che un tempo aveva riscosso successo che ora viveva al di sopra delle proprie possibilità.

Si chiese quanto potesse durare.

Voltandosi mentre la porta si apriva, ascoltò Laura che faceva le presentazioni.

Il viso di Ann O'Connor era segnato, con i lineamenti di una donna che aveva trascorso troppo tempo al sole negli anni, la pelle del collo attorcigliata e cadente. Nonostante il trucco pesante, Kay percepiva lo stress che trapelava dagli occhi della donna.

«Non capisco perché avete bisogno di parlare di nuovo con me,» disse a Laura, spostandosi di lato e facendole entrare con un gesto. «Mike non vi ha spiegato che non ho niente a che fare con la sua attività?»

«Si tratta del ristorante,» disse Kay. «Ho alcune domande che vorrei fargliele prima di parlare di nuovo con suo marito.»

Ann inarcò un sopracciglio, poi fece un leggero cenno con le spalle e indicò il soggiorno. «Entrate, allora. Anche se non sono sicura quale aiuto possiate trarne dopo tutto questo tempo. È passato un anno da quando abbiamo venduto ai Peters, dopotutto.»

Non aspettò di vedere se la seguivano e attraversò il pavimento in pietra a piedi nudi prima di accomodarsi su uno dei divani a due posti della stanza, tirando un cuscino in grembo e armeggiando con una cucitura mentre Kay si sedeva di fronte.

Laura rimase accanto al camino, fuori dalla visuale di Ann, ma posizionandosi in modo da poter osservare le reazioni della donna alle domande di Kay.

«Abbiamo capito che avete appaltato il lato catering del ristorante a un'altra società,» iniziò Kay. «Quale era?»

Ann sbuffò. «Non era una società di per sé. Più che altro un uomo tuttofare con alcuni adolescenti pieni di brufoli che lavoravano per lui da qualche parte fuori Sandling. Non c'era quasi mai. Ogni volta che chiamavo, rispondeva sempre uno dei lavoratori.»

«Che tipo di accordo avevate con loro?»

«Era tutto regolare.» La donna spinse via il cuscino e mise i piedi sul pavimento, con gli occhi imploranti. «Mike registrava tutte le vendite e le ricevute e tutto quanto nel modo corretto. Lo facevamo sempre quando pagavamo in contanti, molte attività alimentari non lo fanno, sa. Può chiedere al nostro commercialista.»

«Pagavate i fornitori del catering in contanti?»

«Sì.»

«Perché?»

Ann strinse le spalle. «È così che lui voleva.»

«Chi? Il proprietario o Mike?»

«Il proprietario, Alan Trentithe.»

Kay attese mentre Laura annotava il nome nel suo taccuino, poi rivolse nuovamente la sua attenzione ad Ann.

«Chi ha contattato Alan per fornire il servizio di catering al ristorante?»

«Oh, non siamo stati noi… Alan è venuto da noi.» La fronte di Ann si corrugò ancora una volta. «Dev'essere stato un paio d'anni fa, almeno. Ha detto che stava appena iniziando e cercava un locale di alta qualità con cui collaborare. Ha detto che voleva cambiare la reputazione dei takeaway locali e offrire qualcosa a una clientela più esigente. Naturalmente, questo era perfetto per noi.»

«E cosa è successo quando avete venduto il ristorante?»

«Che intende?»

«Abbiamo capito che Tom e Zoe Peters non erano interessati a continuare quell'accordo con Trentithe. Come l'ha presa?»

Ann si ritrasse come se fosse stata colpita. «Come fate a saperlo? Zoe ha detto qualcosa?»

Kay non disse nulla, e mantenne lo sguardo sulla donna.

Alla fine, Ann sospirò e scosse leggermente la testa. «Se l'avessi saputo all'epoca... Alan non l'ha presa bene. Disse che stavamo facendo un errore a vendere l'attività e che l'avrebbe resa vantaggiosa per noi se fossimo rimasti. Naturalmente, non eravamo interessati. Credo che io e Mike sapessimo che il nostro matrimonio era finito, pensavamo solo che se avessimo lasciato il ristorante e avessimo trascorso del tempo insieme avremmo potuto farlo funzionare.»

«Alan vi ha minacciato?»

«Non direi *minacciato*. Si è arrabbiato, sì. Suppongo fosse frustrato, voglio dire, stava andando molto bene con noi, con il servizio di catering per eventi...»

«E il servizio da asporto», disse Kay.

Ann arrossì. «Sì. Anche quello. Ovviamente, tutto questo si è ritorto contro di me, no?»

«Cosa intende?» Kay mantenne un tono leggero, osservando il viso della donna per cogliere una reazione.

«Immagino che ormai verrà tutto a galla. Ho usato molte delle ricette dei piatti che offrivano nel mio primo libro di cucina, vede. Certo, ho dato loro il mio tocco personale, non si può registrare il copyright su un'idea, e Alan non aveva mai pensato di metterle per iscritto, figuriamoci di pubblicarle. Quando il libro è uscito, la vendita del ristorante era già stata concordata e Tom e Zoe stavano per subentrare». Strinse le labbra. «Suppongo che non le abbiano detto che hanno avuto i tre migliori mesi con quell'attività quando è uscito il libro? Lo so, io faccio tutto il lavoro, e qualcun altro raccoglie i benefici».

Kay ignorò la lamentela autocommiserativa e invece aprì la cartellina manila.

«Cosa ha detto Alan del libro?»

«Non lo so, non lo abbiamo più sentito dopo che abbiamo lasciato il ristorante. Immagino che abbia altri clienti e abbia semplicemente continuato a lavorare con loro».

Kay estrasse due fotografie dalle pagine all'interno, poi le porse. «Riconosce uno di questi due uomini?»

«Chi sono?» Ann si allungò verso un tavolino accanto al divano e indossò un paio di occhiali con montatura metallica.

«Speravamo potesse dircelo lei».

«Sono immagini di telecamere di sorveglianza?»

«Se può rispondere alla domanda, per favore».

Un silenzio calò sulla stanza, interrotto solo dal rumore di Ann O'Connor che passava da una fotografia in formato A4 all'altra.

«Hmm», disse, sollevando una copia tratta dalla telecamera di sorveglianza del negozio di antiquariato. «Questo sembra Barry».

«Barry chi?»

«Non conosco il suo cognome. Era solito presentarsi ogni lunedì per ritirare i contanti di Alan».

«Che macchina guidava?»

«Dio, una macchina malridotta. Non ricordo la marca o il modello». Ann aggrottò la fronte, poi il suo viso si illuminò. «Ricordo però che era color bordeaux».

CAPITOLO 38

«Come diavolo è possibile che non sapevamo di questo Barry, proprietario dell'auto bordeaux?»

Kay marciò nella sala operativa, ignorando le teste che si voltarono al suo interrogativo concitato, e si diresse a grandi passi verso il fondo della stanza.

Una freschezza persisteva nell'aria delle prime ore del mattino, mentre dentro il suono di clacson e freni idraulici provenienti dai veicoli più grandi filtrava attraverso le finestre anteriori che si affacciavano sulla strada principale fuori dalla stazione di polizia cittadina. Il fetore di chicchi di caffè bruciati si mescolava con il grasso delle colazioni consumate in fretta e furia, e una certa stanchezza traspariva nei suoi colleghi mentre li superava rapidamente.

Camminò avanti e indietro sulle sottili piastrelle di moquette davanti alla lavagna, fissando con sguardo severo gli appunti che coprivano la superficie lucida prima di voltarsi di nuovo verso la stanza.

«Andiamo, uno di voi deve aver scoperto qualcosa,

sicuramente. Sono passate più di dodici ore da quando abbiamo interrogato Adrian Whitely e Ann O'Connor. Avete tutti letto le loro dichiarazioni.»

Parker si affrettò verso di lei, con il cellulare in mano.

«Ho parlato con la donna che ha denunciato il furto dell'auto, capo. Dice di averla comprata in contanti da un tizio dodici mesi fa. Le ha detto che non si era preoccupato di immatricolarla perché l'aveva avuta solo per pochi giorni e aveva cambiato idea sul tenerla.»

Kay alzò gli occhi al cielo. «E non ha pensato che fosse sospetto?»

«Ha detto che all'epoca era al verde e aveva solo bisogno di un'auto per andare a lavorare in ospedale, capo.»

«E il numero di telefono del tizio da cui l'ha comprata? Ce l'ha ancora?»

«Sì, ma è inattivo, capo. Ho controllato ed era un vecchio numero prepagato, non un abbonamento; quindi, non riesco a trovare un suo indirizzo nemmeno in quel modo.»

«Va bene.» Kay sospirò. «Gavin, cosa avete scoperto tu e Laura su questa società di catering?»

«Il contratto d'affitto è stato stipulato da Alan Trentithe tramite un'agenzia commerciale locale due mesi prima che iniziasse a gestire l'attività dall'unità industriale,» disse il detective. «Abbiamo interrogato il direttore dell'agenzia ieri sera ma non è stato lui a occuparsi dell'affitto; il tizio che se ne occupò si è ammalato l'anno scorso ed è morto, quindi il direttore può basarsi solo sulla documentazione in archivio.»

«C'è qualcosa in quei documenti che possa aiutarci?»

«Solo un elenco di fornitori che l'agenzia ha suggerito ad Alan Trentithe per aiutarlo con la ristrutturazione,» disse Laura. «E solo uno di questi era valido, la società che ha fornito l'arredamento per ufficio. Il proprietario ha detto che non ricorda di aver avuto problemi, e il lavoro è proceduto secondo programma. A parte questo, il contratto stesso non ci aiuta. Trentithe ha usato una casella postale per tutta la corrispondenza relativa all'affitto.»

Gavin alzò la mano. «Capo, abbiamo ricontrollato i dettagli dei percorsi che Carl e Will facevano durante i loro giri di consegna nel caso avessimo tralasciato qualcosa in precedenza. Non appare sui tachigrafi che ci sono stati inviati in relazione a quei conducenti, ma questo posto si trova ai margini del percorso di consegna di Bonnie Hopkins.»

«È una coincidenza troppo grande, capo,» disse Barnes, facendo ruotare gli occhiali da lettura tra le dita. «Soprattutto in base a quello che ci ha detto Adrian.»

«Pensavo esattamente lo stesso.» Kay mise le mani sui fianchi e soffiò la frangia via dagli occhi. «Ok, Barnes, organizza un mandato di perquisizione per l'unità industriale e chiederemo a Sharp di firmarlo. Parker, ho bisogno che tu collabori con Hughes e organizzi il supporto degli agenti in uniforme affinché si uniscano a noi presso l'unità industriale. Le nostre priorità sono interrogare formalmente Alan Trentithe, e questo Barry se lo troviamo lì, e trovare ulteriori prove a sostegno della nostra teoria che Carl Taylor e Will Nivens fossero in qualche modo collegati al posto.»

Fece una pausa e si prese un momento per posare lo sguardo sui volti attenti della sua squadra. «Non corriamo rischi in questo caso. Voglio giustizia per Carl e Will ma non voglio che nessuno di voi metta a rischio la propria vita, è chiaro?»

Un brusio di mormorii accolse le sue parole.

«Bene, mettiamoci al lavoro.»

CAPITOLO 39

Kay abbottonò la giacca e osservò l'insegna sopra la saracinesca del capannone industriale.

L'intonaco beige si staccava dalle pareti esterne, un effetto condiviso dalle proprietà vicine che sembravano altrettanto fatiscenti e trascurate.

Due veicoli erano parcheggiati davanti a una solida porta metallica che fungeva da ingresso pedonale alla proprietà: una berlina a quattro porte di un paio d'anni fa e un furgone commerciale. L'auto era stata lucidata a fondo, mentre il furgone consumato dagli anni riportava graffi e ammaccature come un relitto di guerra.

Una fila di cinque motorini costeggiava un muretto basso che separava l'edificio dalla strada, e un gruppo di adolescenti imbronciati con magliette con logo aziendale la osservava mentre lei esaminava i dintorni.

La grande saracinesca che portava al magazzino era di un alluminio grigio opaco ammaccato e, mentre dava un'occhiata alle altre cinque unità che circondavano il piazzale di cemento crepato, pensò che i costruttori

225

originali avessero trovato i materiali più economici possibili durante la fase di costruzione.

Sembrava che l'intero posto potesse crollare da un momento all'altro.

«Questa è l'ultima volta che ordino cibo d'asporto se viene da un posto così», borbottò Barnes, consegnandole il mandato di perquisizione firmato.

«È per questo che continuiamo a sostenere quello vicino a casa», disse Kay. «Problemi con la documentazione?»

«No, Sharp ha detto che vuole un aggiornamento non appena avremo finito qui. A quanto pare, il Commissario Capo vuole rilasciare una dichiarazione ai media nel momento in cui troveremo qualcosa che faccia progredire l'indagine. Qualcosa riguardo alla necessità di una buona notizia questa settimana».

«Fantastico. Nessuna pressione, quindi».

«Esatto».

Lei lesse velocemente il testo del mandato di perquisizione, mentre il suo battito cardiaco accelerava. «Questo non ci permette di fare molto, Ian. Sarà poco più di un'occhiata superficiale».

«Mi dispiace, capo. È tutto quello che Sharp ha voluto autorizzare per il momento. Ha detto che, se troviamo qualcosa che giustifichi una perquisizione più dettagliata, allora riconsidererà la cosa...»

«E nel frattempo, se stanno infrangendo la legge, avranno il tempo di nascondere qualsiasi prova». Sospirò e ripiegò i fogli. «Va bene, è così e basta. Andiamo avanti. Gli agenti in uniforme possono interrogare i fattorini qui fuori».

Attraversarono il piazzale di cemento, e Kay premette il pulsante del citofono accanto alla porta singola cercando di reprimere la frustrazione che si stava infiltrando nei suoi pensieri.

Sapeva che la richiesta di un mandato di perquisizione era un atto di disperazione, ma nonostante tutto il lavoro che la sua squadra aveva svolto nell'ultima settimana, avevano bisogno di una svolta.

Se non avessero trovato qualcosa per far progredire l'indagine prima che si verificasse un altro crimine importante, avrebbe perso metà delle sue risorse e le persone rimaste si sarebbero risentite per la mancanza di progressi.

Un pesante chiavistello scattò dall'altro lato della porta metallica che si aprì rivelando un uomo di media altezza che indossava un completo grigio ben tagliato.

La sua bocca si aprì alla vista degli agenti in uniforme riuniti dietro di lei.

«Posso aiutarla?»

«Ispettrice capo Kay Hunter», disse lei, porgendogli il mandato di perquisizione. «Abbiamo l'autorizzazione per perquisire questi locali in relazione a un'indagine per omicidio, e confido nella sua piena collaborazione, signor...?»

«Trentithe. Alan Trentithe».

«Proprio la persona con cui speravo di parlare», disse varcando la soglia mentre recitava l'avvertimento formale per l'interrogatorio.

Un corridoio stretto e tozzo conduceva a una rampa di scale, mentre una porta alla sua destra era aperta e portava all'area del magazzino.

Fece segno a Barnes di dirigersi verso la porta aperta e si spostò per far passare quattro agenti in uniforme che si affrettarono dal piazzale per raggiungerlo, aprendosi a ventaglio mentre entravano nel magazzino illuminato.

Il suono delle loro voci arrivava fino al punto in cui lei aspettava accanto a Trentithe mentre impartivano ordini a un gruppo di tre lavoratori che osservavano, sbalorditi dal repentino corso degli eventi.

Sbirciò attraverso la porta e vide una donna e due uomini, tutti vestiti con divise da chef, in piedi accanto a lucidi fornelli a gas, con le fronti imperlate di sudore per il calore che emanava dall'interno della stanza cavernosa.

Una densa miscela di aromi filtrava dallo spazio, un mix di spezie che si contendevano l'attenzione tra aglio e cipolla.

«Bene, signor Trentithe», disse. «Andiamo di sopra a fare due chiacchiere?»

«Immagino di sì». Fece spostare il personale da un lato mormorando rassicurazioni secondo cui non c'era nulla di cui preoccuparsi, poi si girò e guidò il cammino su per la scala d'acciaio, con le suole delle sue costose scarpe di pelle che risuonavano sul metallo.

Mentre lo seguiva, Kay esaminò i certificati che ricoprivano le pareti di intonaco, accreditamenti per salute e sicurezza, standard di sicurezza alimentare e altre documentazioni legali a supporto delle pratiche commerciali della società di catering.

Sembrava che ciò che avveniva all'interno dell'edificio fosse una priorità molto più alta per Trentithe rispetto allo stato della facciata esterna.

In cima alle scale, lui girò a destra.

Dopo aver fatto un cenno a una giovane donna dietro una scrivania della reception in un ufficio con facciata in vetro che sembrava non più grande del bagno al piano inferiore della casa di Kay, la fece entrare in un secondo ufficio nella parte anteriore dell'edificio con vista sul piazzale.

Trentithe girò intorno a una scrivania effetto quercia che dava su una finestra a doppi vetri ricoperta di sporcizia, grasso ed escrementi di uccelli, e si lasciò cadere su una sedia di pelle color cuoio con un sospiro mal dissimulato.

«Spero ci sia una spiegazione maledettamente buona per tutto questo», disse. «Tutti i miei dipendenti sono lavoratori regolari, e non abbiamo ricevuto lamentele. Che diavolo sta succedendo? Perché siete qui?»

«È tutto scritto nel mandato che sta tenendo in mano», rispose Kay.

Ignorò l'occhiata confusa che lui le lanciò e tirò fuori una delle sedie per i visitatori.

Era più comoda di quella che usava alla stazione di polizia.

«Le ricordo, signor Trentithe, che lei è attualmente sotto avvertimento formale».

«Non ho nulla da nascondere, e le posso assicurare che le accuse contenute in questo documento sono completamente false. È stato un competitor a fare queste false accuse?» chiese.

«Ho alcune domande», rispose Kay, ignorando la sua.

Trentithe piegò il mandato di perquisizione e lo posò sulla scrivania davanti a sé. «Prego, chieda pure».

«Da quanto tempo operate in questo capannone industriale?»

«Circa due anni. E non abbiamo mai avuto problemi, motivo per cui sono un po' confuso riguardo a…»

«Mi parli della sua attività», disse lei. «Questa cucina fantasma che gestisce…»

«Preferisco il termine "cucina virtuale"», spiegò lui. «È un po' più dignitoso, data l'alta qualità della cucina dei miei dipendenti, e si riferisce al modo in cui riceviamo gli ordini. Attraverso il cloud, vede, tramite applicazioni mobili».

«Le persone che lavorano qui…»

«Sono tutti collaboratori legittimi, ispettrice». Trentithe indicò con un cenno del mento un gruppo di tre schedari metallici accanto alla scrivania. «Se il suo mandato lo consente, può esaminare i loro documenti di assunzione. Altrimenti…»

Sollevò le mani in un gesto che diceva "cosa ci si può fare".

«Quando ha assunto per la prima volta Adrian Whitely?»

Trentithe si lasciò sfuggire una risata amara. «È qui perché mi ha accusato di qualcosa?»

«Risponda alla domanda, per favore».

«Adrian ha iniziato a lavorare qui poco più di tre anni fa».

«Cosa fa attualmente?»

«Lo stesso degli altri rider là fuori, ispettrice. È stato assunto per consegnare i nostri pasti ai clienti in modo tempestivo affinché il loro cibo arrivi ancora fumante».

«Svolge altri lavoretti per lei?»

«Non ho idea a cosa stia alludendo, ma no….Adrian ha un lavoro part-time per consegnare cibo, e nient'altro».

Kay decise di cambiare tattica. «Da quanto tempo conosce Carl Taylor?»

«Chi?»

Trentithe si sporse in avanti e sollevò nuovamente la prima pagina del mandato, scorrendo il testo con gli occhi.

«Carl Taylor. Ha consegnato recentemente il cibo surgelato che utilizzate per preparare i pasti di sotto».

Trentithe lasciò cadere la pagina, aggrottando la fronte. «No, non lo ricordo, né il nome. C'è una donna che fa le nostre consegne alimentari. Bonnie, credo si chiami. Perché vuole saperlo?»

«È stato trovato morto congelato nel bagagliaio di un'auto rubata la settimana scorsa. Il suo collega, un diciannovenne di nome Will Nivens, è stato scoperto, anche lui morto congelato, nel retro del loro camion frigorifero».

«È terribile». Trentithe rabbrividì. «Che brutto modo di andare all'altro mondo».

«Mi parli di Mike e Ann O'Connor», disse lei, sottolineando i loro nomi nel taccuino. «Ha avuto un diverbio con loro quando hanno venduto il loro ristorante?»

«Affatto», disse lui. «Avevamo un contratto per fornire loro servizi di catering, e quando hanno venduto senza la cortesia di comunicarmelo, il contratto è terminato».

«Era arrabbiato perché i nuovi proprietari non volevano proseguire con il contratto?»

«Non mi faceva alcuna differenza a quel punto, abbiamo altri contratti che ci tengono occupati, come ha visto dalla cucina di sotto».

«Come si è sentito quando Ann O'Connor ha pubblicato il suo libro con le ricette della sua azienda?»

Trentithe guardò lo schermo spento del computer e sospirò. «Non c'era molto che potessi fare al riguardo. Non avevo pubblicato nulla né messo per iscritto le ricette, oltre a quanto necessario per formare i nuovi cuochi, non pensavo ce ne fosse bisogno».

«Ha guadagnato una bella cifra a sei zeri dall'anticipo e dalle vendite successive», disse Kay sfogliando i suoi appunti, anche se conosceva i fatti a memoria. «Non le ha dato fastidio?»

«Sì, mi ha dato fastidio. Ma come ho detto, non potevo farci niente. Non ho certo denaro sufficiente per portarla in tribunale e scoprire se avessi diritto a un risarcimento».

«È per questo che ha scaricato il corpo di Carl Taylor presso l'azienda di suo marito? Per vendetta?»

«Non ho idea di chi sia questo Carl, e no, non ho scaricato il suo corpo presso l'azienda di Mike. Perché dovrei farlo?»

«Chi è Barry?»

«Ancora una volta, ispettrice, mi dispiace, non conosco nessun Barry. È un amico dei due uomini che sono morti?»

Kay osservò il volto dell'uomo in cerca di qualsiasi segno di tensione, e represse un sospiro che minacciava di sfuggirle.

Un colpo alla porta interruppe i suoi pensieri, alzò lo sguardo dal taccuino e vide Barnes in piedi nel corridoio esterno.

Lui scosse leggermente la testa e lei trattenne l'imprecazione che le venne in mente.

«Se è tutto, ispettrice Hunter?» disse Trentithe, spingendo indietro la sedia e indicando la porta. «Sono un uomo occupato, e ora devo spiegare ai miei dipendenti di sotto che questa sua *irruzione* era basata su accuse infondate. Ho una mezza idea di lamentarmi con i suoi superiori».

Appallottolò il mandato di perquisizione e lo gettò in un cestino dei rifiuti accanto a uno degli schedari.

Kay si alzò dalla sedia e uscì a passo deciso.

Sentì il rumore dei suoi passi sulla scala d'acciaio mentre lui la seguiva, e ignorò gli sguardi dei tre dipendenti che stavano sulla porta interna che conduceva nel magazzino, con le tute macchiate di cibo mentre guardavano alternativamente lei e Trentithe, con espressioni confuse sui loro volti.

«Tornate al lavoro», disse Trentithe, allontanandoli con un gesto. «Un malinteso, tutto qui. L'ispettrice Hunter se ne sta andando. Adesso».

Kay seguì Barnes attraverso la porta d'ingresso, poi si fermò e si voltò per scrutare attraverso la porta aperta del magazzino.

Due agenti in uniforme si facevano strada verso di lei passando accanto a una fila di sei grandi congelatori industriali a pozzetto, il più basso dei due fece una smorfia quando la superò.

«Mi dispiace, capo. Non c'era niente», disse sottovoce. «Anche i conducenti sono puliti».

Kay lanciò un'occhiataccia all'insegna sopra il magazzino mentre Alan Trentithe girava sui tacchi e rientrava a passo deciso, con la porta che si chiudeva alle sue spalle.

«Maledizione», mormorò.

CAPITOLO 40

«Come sta?» chiese Laura.

Gavin infilò il cellulare nella tasca della giacca e sospirò. «Non hanno trovato nulla, e Trentithe nega di sapere qualsiasi cosa riguardo alle due vittime. Kay dice che lei e Barnes devono partecipare a una riunione con Sharp per aggiornare il Commissario Capo. Vuole incontrarci prima del briefing pomeridiano, dopo che avremo parlato con Bonnie Hopkins. È già arrivata?»

«È appena arrivata.»

«C'è qualcuno con lei?» Raccolse il suo taccuino e i documenti necessari e bloccò lo schermo del computer.

«Le ho chiesto se voleva chiamare qualcuno, ma ha detto che non era necessario.»

Gavin tenne aperta la porta della sala operativa per la sua collega e poi la seguì verso le scale.

Rimase in silenzio quando raggiunsero il piano terra e attraversarono una porta di sicurezza dalla reception per entrare nel corridoio che conduceva alle sale per gli interrogatori.

Dopo aver concordato con Hughes alla reception di portare Bonnie Hopkins in una delle sale più grandi, notò che il sergente aveva lasciato aperta la porta della sala numero quattro.

Attraverso lo spiraglio, vide Bonnie che teneva un bicchiere d'acqua tra le mani mentre fissava il muro sopra l'apparecchiatura di registrazione, con il viso girato dall'altra parte.

Indossava una maglia nera con spalline sottili abbinata a una gonna lunga a motivi floreali che sfiorava il pavimento piastrellato, le unghie dei piedi che spuntavano dai sandali di pelle erano dipinte di un rosa shocking.

Bussò, poi aprì la porta per permettere a Laura di entrare nella stanza prima di lui e fece cenno a Bonnie di tornare a sedersi mentre lei si alzava.

«Signora Hopkins, grazie per essere venuta», disse, posando il taccuino e il cellulare sul tavolo prima di prendere posto di fronte a lei. «Registreremo questo interrogatorio, quindi dobbiamo leggerle una dichiarazione formale prima di iniziare, va bene?»

La donna annuì in silenzio, spostando lo sguardo verso la macchina di registrazione mentre Laura la preparava e recitava l'avvertimento con voce chiara che rimbombava sulle pareti.

Quando ebbe finito, Gavin aveva già dispiegato la mappa mostrata a Bonnie a casa sua la settimana precedente.

«Signora Hopkins, volevamo chiarire alcuni dettagli con lei riguardo al suo percorso e dove la porta», iniziò. «In particolare, siamo interessati all'azienda di catering per cui effettua consegne a Sandling.»

Bonnie si sporse in avanti mentre lui ruotava la mappa verso di lei. «Oh, quello è il posto di Alan.»

«Ci sono stati problemi lì negli ultimi sei mesi circa?»

«No, assolutamente niente», disse, bevendo un sorso d'acqua. «È fuori mano rispetto ad alcuni dei posti dove facciamo consegne. Non so se ci potrei lavorare. È molto rumoroso quando le cucine lavorano a pieno regime.»

«Conosce Alan Trentithe?»

«Non è spesso lì, ma quando c'è ride e scherza sempre». Bonnie sorrise raggiante. «È una delle persone più simpatiche sul mio percorso, a dire il vero.»

«È sempre lei a fare le consegne lì?»

«Quasi tutte le settimane, sì. A volte c'è una consegna extra il venerdì se pensano che avranno un fine settimana intenso o se c'è una festività in arrivo.»

Laura prese dalla cartella sotto il suo taccuino una fotografia aerea dei capannoni industriali di Sandling. «È questo il posto dove effettua le consegne?»

«Esatto. C'è un'insegna accanto all'ingresso, quindi non si può sbagliare.»

«Consegna forniture a qualche altra sede per Alan Trentithe?»

«No». Bonnie scosse la testa e spinse indietro la fotografia. «Se ha un altro edificio da qualche parte, io non ne so nulla. Non ho mai fatto consegne lì. Solo in questo posto.»

Gavin sospirò, raccolse le fotografie e la mappa, e spinse indietro la sedia mentre Laura concludeva formalmente l'interrogatorio e spegneva la macchina di registrazione.

«Grazie per il suo tempo, signora Hopkins. Le siamo

grati». Le porse uno dei suoi biglietti da visita e la accompagnò verso la porta della reception. «Se le viene in mente qualcos'altro che potrebbe aiutarci, mi chiama?»

«Certo». Bonnie annuì, infilando il biglietto nella tasca laterale della sua borsetta. «Spero che troviate chi ha fatto questo a Carl e Will, detective Piper. Erano bravissime persone, non avrebbero fatto male a nessuno.»

«Grazie». La osservò finché la donna non ebbe aperto la porta d'ingresso, poi si voltò verso Laura. «Che ne pensi?»

Laura sospirò. «Non ci è stata per niente d'aiuto, vero? Se…»

Un cellulare la interruppe, e Gavin lo estrasse dalla tasca prima di rispondere.

«Phillip? Sì, siamo di sotto. È appena andata via. Cosa?» Gavin allungò la mano per fermare Laura che stava andando a parlare con Hughes alla reception e scosse la testa. «Arriviamo subito.»

«Che succede?»

«Sala operativa, ora. Phillip ha trovato qualcosa.»

Si avviò di corsa lungo il corridoio e si diresse verso le scale, sentendo la porta chiudersi mentre Laura cercava di tenere il passo con le sue lunghe falcate, ma non voleva rallentare per lei.

Entrando nella sala operativa, si diresse dritto verso la scrivania di Phillip Parker mentre il detective abbassava il telefono, con un'espressione sorpresa sul volto.

«Siete stati veloci», disse. «Cosa…»

«Fammi vedere quei tachigrafi», disse Gavin, trascinando una sedia verso la scrivania di Parker e lasciandosi cadere su di essa prima di lanciare uno sguardo di scuse a Laura.

Lei scosse impercettibilmente la testa e prese la sua sedia prima di unirsi a loro, mentre Gavin spiegava ciò che Bonnie Hopkins aveva detto loro.

«Questi sono arrivati via email dieci minuti fa», disse Parker. «Ho chiesto al responsabile di Carl di fornire i registri del giorno in cui Carl ha percorso la rotta di Bonnie, dato che non era quella che faceva di solito, è l'unica anomalia nel suo programma dell'ultimo mese.»

Gavin prese i fogli stampati e li inclinò in modo che Laura potesse leggere le righe di dati contemporaneamente. «Cosa significa tutto questo?»

«Il tachigrafo in ogni camion contiene dati retrospettivi su ogni viaggio, incluse le coordinate GPS insieme all'ora, alla velocità e ad altre letture meccaniche». Phillip si sporse e fece scorrere il dito lungo il testo mentre parlava. «Poiché si tratta di camion refrigerati, tengono anche una registrazione costante della temperatura. Se qualcosa va storto e il cibo si rovina perché un'unità di refrigerazione si guasta, il deposito deve avere prove per la compagnia assicurativa.»

«Quindi...» Gavin alzò lo sguardo, incapace di nascondere la confusione nella sua voce. «Come ci aiuta esattamente?»

Parker sorrise e indicò con il dito le coordinate GPS a un terzo della seconda pagina.

«Carl non è andato direttamente dal cliente successivo ad Aylesford dopo aver visitato il posto di Alan Trentithe. Guarda, le coordinate mostrano che ha guidato verso nord oltre la M20, fermandosi all'unità industriale per cinque minuti e poi ha continuato lungo quella strada per circa un chilometro e mezzo. Si è fermato lì per mezz'ora, e poi è tornato al percorso programmato. La sosta di mezz'ora non era elencata tra le consegne di quel giorno».

«Sai dove è andato?» chiese Laura.

Phillip indicò con il pollice oltre la sua spalla. «Ero al telefono con il deposito quando siete arrivati. Ci manderanno un riepilogo delle bolle di consegna».

«Le ho!» Debbie si affrettò verso di loro e consegnò a ciascuno un documento di una pagina. «Sono appena arrivate via email, quindi le inserirò anche in HOLMES2».

Le sue parole scivolarono via mentre Gavin scorreva il testo con gli occhi. «A che ora il GPS di Carl lo ha localizzato in quella posizione oltre l'unità industriale, Phillip?»

«Alle tre e trenta».

Gavin batté il dorso della mano sulla linea della firma. «Sei scatole di cibo surgelato consegnate a Sandling il martedì pomeriggio alle tre e cinquantacinque. L'indirizzo dell'unità industriale di Trentithe è stato cancellato. C'è scritto solo Whites Lane. E guarda, è stato firmato da B Clements».

Laura spalancò gli occhi. «Pensi che potrebbe essere quel Barry che Ann O'Connor ha menzionato? Quello che era nelle immagini delle telecamere di sorveglianza che abbiamo ottenuto dal negozio di antiquariato?»

«Non lo so, ma considerando le informazioni del tachigrafo, vale la pena controllare, no?» Aprendo un app di mappe, Gavin digitò Sandling prima di passare alla vista satellitare e rimpicciolire la zona industriale, scrutando l'area circostante. «L'attività di Alan Trentithe è l'unico collegamento a tutto questo finora, giusto?»

«Non necessariamente», disse Laura. «Hai sentito Kay, non hanno trovato nulla».

«Potrebbe essere intenzionale», disse Parker.

«Esattamente. Forse l'unità industriale è una copertura. Tutto quel lato dell'attività è legittimo, ecco perché non hanno trovato nulla», disse Gavin.

«Ma cosa dire di Bonnie Hopkins? Ci ha detto che ha consegnato solo all'unità industriale di Trentithe, non altrove».

«Forse qualcosa è cambiato il giorno in cui Carl ha coperto il suo turno».

«O sta mentendo». Laura si voltò dando le spalle alla lavagna. «Dovremmo dare un'occhiata al posto prima che Kay ritorni? Voglio dire, potremmo avere ragione ma...»

«...Non sarebbe una bella figura presentarsi senza niente in mano due volte in un giorno, vero?» Gavin fece una pausa mentre dava un'ultima occhiata ai documenti sparsi sulle loro scrivanie. «Ok, andiamo a vedere».

«Prendo le chiavi della macchina».

«Debbie? Fammi un favore, registralo nel sistema così sanno dove siamo andati». Rabbrividì. «Non ho voglia di finire come Carl e Will, qualunque cosa troviamo».

CAPITOLO 41

«Perché pensi che Carl e Will siano stati uccisi?»

Laura fece delicatamente manovra con l'auto di servizio attorno a una mini-rotatoria accanto all'ingresso di un supermercato, accelerando mentre la strada si allargava.

L'area urbana lasciò il posto alla campagna, con le siepi che invadevano lo stretto marciapiede che si esauriva nell'arco di un altro mezzo chilometro, fino a quando le proprietà su entrambi i lati cedevano il posto a un panorama a tutto campo sul paesaggio del Kent.

Gavin scorreva le sue email mentre lei guidava, comunicando ad alta voce gli aggiornamenti da parte della squadra mentre lei cercava la svolta.

«Non lo so», disse infine, abbassando il telefono mentre lei azionava la freccia a sinistra. «Ma mi chiedo se Carl fosse l'obiettivo, e Will si trovasse semplicemente nel posto sbagliato al momento sbagliato».

Laura controllò lo specchietto retrovisore e rallentò un po'. «Ok, ecco la zona industriale dove erano Kay e

Barnes. Secondo Phillip dobbiamo proseguire per questa strada per altri cinque minuti. Sei pronto?»

«Sì». Gavin si sistemò sul sedile per guardarla. «Ma facciamo un patto, d'accordo? Se pensiamo di dover tornare indietro e aspettare rinforzi, lo facciamo. Niente atti eroici, ok?»

«Mi sembra giusto».

I suoi occhi si spostavano dalla strada tortuosa allo specchietto retrovisore mentre passavano davanti a diverse proprietà.

Si accostò sul ciglio della strada per far passare un trattore, sussultando quando una siepe di biancospino cresciuta a dismisura strisciò contro lo specchietto laterale, poi ingranò di nuovo la marcia e accelerò, con un nervosismo che le attanagliava il petto.

Mentre superavano la zona industriale, il suo sguardo si spostò sull'insegna sopra l'unità della società di catering di Alan Trentithe e si chiese se fosse lì in quel momento, a tenere d'occhio i suoi lavoratori o magari ad aspettarli in agguato alla loro prossima destinazione.

Nonostante la bravata della sua proposta a Gavin, si chiese se avrebbero dovuto aspettare che Kay e Barnes tornassero alla sala operativa prima di avventurarsi.

Senza il supporto dei suoi colleghi più esperti e di grado superiore si sentiva in pericolo, e combatté una fitta di paura che stava iniziando a minare la sua concentrazione.

La stradina si restringeva oltre le unità industriali e, a parte un gruppetto di cottage in pietra che si stringevano dietro una bassa staccionata di legno che si inclinava pericolosamente verso la strada, non c'era nessun altro in vista.

Mezzo chilometro più avanti lungo la stradina, fece deviare bruscamente l'auto verso il ciglio, la manovra improvvisa sollevò polvere e piccole pietre che bombardarono i passaruota.

Il petto di Gavin premette contro la cintura di sicurezza e il suo cellulare gli cadde dalle mani, rotolando nel vano piedi.

«Cristo santo, Hanway...»

Si sporse in avanti, frugò e localizzò il telefono sotto il sedile, borbottando a bassa voce.

Lei lo ignorò e guardò attraverso il parabrezza.

«Guarda».

Una pista nascosta si estendeva oltre la fine della strada asfaltata, fiancheggiata su entrambi i lati da spesse conifere e frassini. Un cancello metallico a cinque sbarre bloccava l'ingresso e una miscela di fango e pietre si riversava sulla strada davanti a loro.

La ruggine rodeva i bordi di un cartello che un tempo intimava di stare fuori, le lettere sbiadite a seguito dell'alternanza di diversi inverni e della luce solare intensa.

Dall'altro lato del cancello, la carcassa di un vecchio scuolabus era parcheggiata sotto gli alberi, priva di ruote e con la vernice coperta di ruggine e muschio.

Gavin socchiuse gli occhi guardando attraverso il parabrezza. «È questo il posto?»

«Non può non esserlo. Non c'è nessun altro posto dove andare, questa è la fine della strada». Si girò sul sedile per guardarlo, notando l'espressione determinata sul suo viso. «Dovremmo chiamare per chiedere dei rinforzi?»

«No», disse lui, «non preoccuparti, daremo solo un'occhiata veloce. Potremmo anche sbagliarci, dopotutto. Però parcheggia indietro vicino ai cottage».

Cinque minuti dopo, si avvicinarono al sentiero a piedi e Laura si fermò per scattare una serie di fotografie con il suo telefono nel caso in cui avesse dovuto registrarle in HOLMES2 al ritorno alla sala operativa.

Un tintinnio di metallo contro metallo raggiunse le sue orecchie dopo aver scattato un'immagine del cartello arrugginito e si girò per vedere Gavin che teneva in mano un lucchetto e una catena.

«Era aperto», disse, agganciandolo sopra la sbarra superiore del cancello e spingendolo per aprirlo.

Lei chiuse il cancello e osservò l'autobus abbandonato con un misto di disgusto e curiosità. «Quello è qui da un bel po'».

«Sì, ma queste tracce di pneumatici sono nuove, guarda». Gavin indicò una serie di linee incrociate che erano incise nel terreno, diversi segni di battistrada che smuovevano il terreno.

Si morse il labbro e seguì il collega che procedeva a passo svelto lungo il bordo destro della pista, assicurandosi di evitare di calpestare le tracce degli pneumatici.

Una parte di lei voleva trovare la svolta nelle indagini, l'altra metà stava combattendo il nodo allo stomaco che le ricordava che erano ad almeno trenta minuti di distanza da qualsiasi rinforzo se qualcosa fosse andato storto.

Su entrambi i lati della pista sterrata, allineati come una guardia d'onore malridotta, c'erano un misto di auto, furgoni e un vecchio camion militare Bedford in vari stati di degrado e marciume.

«Questo deve essere stato un deposito di rottami una volta», disse, mantenendo la voce bassa mentre i suoi occhi scrutavano i dintorni in cerca di qualsiasi segno di attività. «Mi chiedo perché non se ne siano sbarazzati...»

«Forse per scenografia», disse Gavin. «Un modo per far sembrare che non stia succedendo nulla qui intorno».

«Forse».

Il sentiero continuava oltre un capannone di ferro, svoltando a sinistra prima di allargarsi in un cortile sassoso ingombro di copricerchi di plastica abbandonati, carburatori arrugginiti e altre parti di veicoli.

All'estremità opposta e più vicino al ponte autostradale in cemento c'erano tre container di acciaio, con le porte rivolte verso il sentiero e risolutamente chiuse.

Il rombo del traffico riempiva l'aria, e Laura alzò lo sguardo per vedere una serie di camion articolati con scritte tedesche e ungheresi lungo i fianchi che sfrecciavano oltre le barriere di sicurezza rinforzate che costeggiavano l'autostrada. Una sirena solitaria passò sul lato opposto, un pietoso belato che svanì in lontananza nel giro di pochi secondi.

«Diamo un'occhiata in giro», disse Gavin.

Attraversò il lato sinistro del cortile, con le mani in tasca mentre si chinava per esaminare alcuni dei rottami abbandonati lungo i bordi, prima di avanzare nuovamente e scomparire dalla vista dietro i resti di un vecchio pick-up.

Laura deglutì, poi si fece strada tra i carburatori e le griglie dei radiatori abbandonate, lasciando scorrere lo sguardo sui veicoli.

Espirando, rivolse l'attenzione ai tre container,

chiedendosi se chiamare Parker e dirgli che le informazioni della società di consegne erano sbagliate, che non c'era niente qui fuori.

Il respiro le si bloccò in gola al suono di un motore di motocicletta in avvicinamento, e girò sui tacchi.

«Gavin! Sta arrivando qualcuno».

Sentì il rumore di passi di corsa e poi una maledizione soffocata e un clangore mentre il suo collega inciampava in un tubo di scarico.

«Qui». Le fece cenno, e lei corse ad unirsi a lui accanto a un bidone industriale pieno di scatole di cartone vuote, appiattite e schiacciate sotto il coperchio metallico sporgente.

Si accovacciò dietro di esso mentre un motorino entrava in vista, il conducente lottava per mantenerlo in equilibrio mentre zigzagava tra le buche e i solchi profondi.

Il respiro di Gavin le solleticò i capelli mentre sbirciavano oltre il bidone, e lei aggrottò la fronte quando il conducente fermò il motorino accanto ai due container più vicini.

Scese dalla moto e sollevò la visiera del casco prima di toglierselo, rivelando il volto coperto di acne di un adolescente.

Il conducente aprì poi un grande contenitore di plastica fissato sul retro del motorino, vi infilò la mano ed estrasse un set di borse di nylon schiacciate.

Lasciò che il coperchio ricadesse al suo posto sul contenitore e scosse le borse prima di avvicinarsi con passo lento al container più lontano rispetto al punto in cui

Laura si trovava e colpì con il pugno sulla superficie blu scuro sopra una maniglia metallica.

Laura non poté evitare un brusco respiro quando la porta si aprì e una nuvola di vapore fuoriuscì attraverso la fessura.

L'aroma di olio fritto, aglio e altro ancora si diffuse con il vento fino a dove si nascondevano, e sentì lo stomaco di Gavin brontolare in segno di protesta mentre una donna sulla trentina consegnava al ragazzo due scatole per pizza.

«Fortuna che non siamo in un'operazione di sorveglianza», sussurrò.

«Scusa. Aspetta, sta arrivando qualcun altro».

Allungò il collo in modo da poter vedere oltre lui e lungo il sentiero.

In effetti, un secondo motorino stava avanzando ondeggiando verso di loro, il conducente indossava un casco integrale con la visiera sollevata, con un'espressione determinata sul viso mentre cercava di mantenere l'equilibrio.

Un terzo conducente apparve prima che raggiungesse il cortile, e nel giro di pochi minuti Laura contò sei conducenti di motorini che si aggiravano davanti ai tre container.

«Questa è la vera cucina fantasma di Alan Trentithe», mormorò Gavin. «Questi sono tutti i rider delle consegne, vero? Questo è l'inizio del loro turno. Guarda, ecco che parte il primo».

Il motorino sfrecciò via, il conducente abbassò la visiera prima di raggiungere il sentiero per poi allontanarsi.

Laura riportò l'attenzione sui container sentendo un

grido provenire dal terzo container posizionato più indietro rispetto agli altri, in tempo per vedere la porta chiudersi.

Aggrottò la fronte, domandandosi se il grido fosse di avvertimento o altro, e poi emise uno sbuffo sorpreso quando la porta si aprì nuovamente e ne uscì un uomo robusto con un enorme sacco di patatine surgelate appoggiato sulla spalla sinistra.

Quando si girò per chiudere la porta dietro di sé, Laura diede un colpetto sul braccio di Gavin.

«Bingo», disse. «È il tizio che Ann O'Connor ha identificato attraverso le riprese delle telecamere di sorveglianza. È Barry».

CAPITOLO 42

«Dannazione, sapevo che avevamo ragione su di lui».

Barnes sbatté il palmo della mano contro il volante, poi allungò il braccio e si allentò la cravatta.

Si misero in scia dietro una volante della polizia in uniforme, con le luci lampeggianti che aprivano un varco nel traffico pomeridiano dirigendosi verso Sandling.

Kay trattenne il respiro e strinse i denti mentre Barnes sorpassava un autobus, poi chiuse gli occhi quando lui attraversò il primo semaforo senza alzare il piede dall'acceleratore.

Il suo collega continuava a borbottare sottovoce mentre il paesaggio sfrecciava oltre il finestrino, e lei allungò una mano per tenersi in equilibrio quando lui sterzò l'auto in un incrocio a sinistra.

Il suo stomaco protestò mentre l'auto scendeva in un avvallamento nascosto della strada, con Barnes che girava il volante con disinvoltura mentre affrontava le curve tortuose del vicolo e sfrecciava verso i capannoni industriali.

Frenò bruscamente, girando il volante a destra e facendo sobbalzare il veicolo sulla rampa di cemento rialzata che portava al parcheggio.

«La prossima volta guido io», mormorò lei mentre si fermava dietro la volante fuori dall'edificio appartenente alla società di catering di Alan Trentithe.

Gli occupanti della volante erano già scesi e stavano correndo attraverso l'ampia apertura delle porte del magazzino.

Le loro grida echeggiavano dall'interno dello spazio buio mentre radunavano i pochi lavoratori che aiutavano Trentithe a mantenere la finta parvenza di una società di catering attiva che operava dal capannone industriale, e poi Kay udì l'inconfondibile suono degli stivali di un agente che tuonavano su per la scala interna oltre la porta d'ingresso e si dirigevano verso gli uffici al piano superiore.

Fece un passo indietro e alzò lo sguardo verso la finestra del primo piano mentre l'agente entrava nel suo campo visivo, poi gemette quando l'uomo scosse la testa.

«Merda, siamo arrivati troppo tardi».

«Capo?» L'altro agente in uniforme chiamò dal magazzino. «C'è una porta sul retro, capo, conduce a un campo».

«Vai». Kay spinse Barnes in avanti prima di seguirlo, facendosi largo tra una serie di attrezzature da cucina.

Voltò il viso per evitare una fila di quattro friggitrici, mentre il calore di due fornelli a gas e l'acqua bollente nelle pentole le schizzava sulla pelle mentre passava, e cercò di non scivolare su una chiazza d'olio che copriva il pavimento di cemento verniciato.

L'agente che l'aveva chiamata teneva una mano sul braccio di un uomo robusto in divisa da chef e indicava verso una porta aperta.

«È un'uscita di emergenza, capo. Ho visto qualcuno passare di lì mentre stavo arrestando questo».

Barnes stava già attraversando la porta, e Kay inspirò a pieni polmoni un'aria più fresca quando si ritrovò in uno spazio di cemento grezzo invaso dalle erbacce sul retro dei capannoni industriali.

Largo solo pochi metri, era fiancheggiato da grandi bidoni metallici che sollevarono un'ondata di mosche quando vi passarono accanto in fretta.

Oltre il cemento, un ampio campo giaceva spoglio e separato dai capannoni da una recinzione di legno con tre traverse tra ogni palo.

Una piccola nuvola di polvere si sollevò dal centro del pascolo incolto, e lei socchiuse gli occhi per vedere Alan Trentithe che si allontanava barcollando, il suo avanzare ostacolato da grossi blocchi di fango secco, rovi attorcigliati e radici d'albero che avevano invaso il recinto.

Barnes sospirò. «Immagino che tu voglia che io...?»

Kay guardò oltre la sua spalla al suono delle sirene per vedere una seconda volante fermarsi con una frenata davanti al capannone industriale, poi si voltò verso il collega con il sorriso più dolce che potesse fare in quelle circostanze. «Se non ti dispiace. Sarà già sparito prima che arrivino qui».

Il detective più anziano sospirò, poi quasi inciampò facendo un mezzo salto oltre la recinzione di legno e si precipitò attraverso il campo per inseguire Trentithe.

Pochi istanti dopo, fu raggiunta dai due nuovi arrivati.

Tim Wallace le fece un cenno di saluto prima di rivolgere la sua attenzione all'inseguimento in corso, mentre il suo collega aggiornava via radio la centrale operativa.

Barnes aveva quasi raggiunto Trentithe all'estremità opposta del campo, e lo sentirono gridare all'uomo di fermarsi.

«Non se la cava male per avere quell'età, vero, capo?» disse Wallace, riparandosi gli occhi.

Kay sbuffò. «Credo che la dieta che Pia gli ha imposto stia funzionando».

«Pensi che lo prenderà?»

«Se non ci riesce, ci sono sentieri che portano fuori da questo campo?» disse Kay.

Wallace scrutò lo schermo del suo telefono. «Non ne vedo. Credo che questa zona sia stata recintata dai costruttori che possiedono il terreno in attesa di assicurarsi il finanziamento necessario. Solo che non è mai successo».

«Eccolo. Ci sta provando».

Kay alzò lo sguardo dal telefono di Wallace al commento eccitato del suo collega in tempo per vedere Barnes lanciarsi contro Trentithe, le sue mani afferrarono la camicia dell'altro uomo mentre rotolavano a terra.

Si alzò sulle punte dei piedi, allungando il collo per vedere oltre l'erba alta e i tronchi d'albero tagliati. «Non vedo un accidenti. Sta bene?»

Un movimento sul fondo del campo attirò la sua attenzione, e fece un sospiro quando Barnes riapparve prima di trascinare Trentithe in piedi e riportarlo verso la recinzione.

Kay fulminò l'uomo con lo sguardo mentre Barnes

recitava l'avvertimento formale, poi osservò mentre Trentithe veniva ammanettato e portato via da Wallace, che lo fece salire sul retro della volante.

Si voltò mentre Barnes si piegava in avanti e si spazzolava i pantaloni, emettendo un gemito mentre si raddrizzava.

«Stai bene?» disse lei, allungando una mano mentre lui barcollava.

Lui fece una risata strozzata.

«Sì, ma come dice il proverbio, sto diventando troppo vecchio per queste stronzate».

CAPITOLO 43

Kay si trovava in piedi tra l'erba alta al bordo della strada sterrata e si proteggeva gli occhi dal sole del tardo pomeriggio.

Una squadra di sei investigatori della scientifica era scesa sui container da trasporto un'ora prima, brontolando sottovoce per dover trasportare tutte le attrezzature dai furgoni.

Tutti i veicoli erano parcheggiati sulla strada, e l'ingresso al sentiero era bloccato con un cordone transennato sorvegliato da un giovane agente di polizia.

Il cortile non aveva avuto sorte migliore ed era ora delimitato e diviso in diversi quadranti all'interno dei quali la squadra di investigatori forensi di Harriet camminava avanti e indietro a testa china con gli appunti alla mano.

I container e i detriti circostanti di un'attività in disuso venivano ora analizzati pezzo per pezzo dal gruppo, le loro voci sommesse giungevano fino a dove Kay attendeva.

Al centro del cortile, Barnes e gli altri detective stavano gradualmente interrogando una fila di dieci cuochi venuti fuori da due dei container, i volti dei lavoratori erano assonnati e madidi di sudore, molto confusi per l'improvvisa interruzione della loro routine quotidiana.

Gli agenti in uniforme stavano raccogliendo le dichiarazioni dei giovani rider mentre sui loro motorini venivano effettuati tamponi e test per ricercare tracce di droga da un secondo gruppo della scientifica che esaminava metodicamente le borse per le consegne in nylon e i bauletti.

Il terzo container si era rivelato un magazzino con tutti gli ingredienti necessari per i vari piatti da asporto in preparazione, ed era attrezzato con congelatori a pozzetto di dimensioni industriali e scaffalature in alluminio impilate dal pavimento al soffitto con prodotti secchi.

Alla sua destra, una figura solitaria sedeva sul sedile posteriore di una delle auto della pattuglia, il suo sguardo furioso mentre fissava Kay attraverso il vetro.

Lei lo ignorò e abbassò lo sguardo sul cellulare quando emise un *ping*.

Sollievo misto a un senso di eccitazione la pervase mentre leggeva il breve messaggio di Debbie: Alan Trentithe era in custodia, insieme a quattro dei suoi operai dell'unità industriale.

Tutti loro si trovavano ora alla stazione di polizia di Maidstone, in attesa del suo ritorno.

Una seconda notifica precedeva un messaggio di congratulazioni sobrio da parte di Sharp, per la svolta che la sua squadra aveva ottenuto.

Come lei, sembrava che stesse sospendendo il giudizio finché tutti i sospettati non fossero stati formalmente interrogati.

L'uomo identificato come colui che aveva tagliato le gomme del camion di Carl Taylor la fulminò con lo sguardo mentre lei si avvicinava all'auto della pattuglia, infilando il telefono in tasca.

«Allora», disse all'agente in uniforme in piedi accanto alla portiera del conducente. «Cosa ha avuto da dire finora?»

«Non molto, capo. Dice che vuole un avvocato.»

«Ha fornito il suo nome completo?»

«I documenti nel suo portafoglio e una vecchia patente UE lo identificano come Barry Clements. L'ho comunicato via radio al quartier generale e dicono che ha alcune accuse di aggressione e percosse risalenti a tre anni fa, nient'altro da allora.»

«Ha mantenuto un profilo basso, eh?»

«O questo, o è riuscito a evitare di farsi beccare.»

Kay guardò l'uomo sul sedile posteriore che ora aveva distolto lo sguardo da lei, poi abbassò la voce. «Ok, portalo alla stazione. Tienilo però fuori dalla vista di Trentithe.»

«Lo farò, capo.»

Lo ringraziò, poi girò intorno all'area che gli investigatori della scientifica avevano delimitato all'interno del cordone interno e si diresse verso Gavin e Laura che erano in piedi, con i volti rapiti mentre i container venivano meticolosamente smantellati.

«Di chi è stata l'idea di tutto questo, quindi?» disse avvicinandosi.

Laura scalciò una pietra mentre Gavin si schiariva la gola.

«Ehm, è stata...»

«Nostra», disse Laura. Il suo viso divenne scarlatto. «Volevamo solo assicurarci di interpretare correttamente ciò che abbiamo visto dalle informazioni del tachigrafo prima di dare l'allarme, capo.»

«L'ultima cosa che volevamo era presentarci qui e non trovare nulla», disse Gavin. «Conoscevamo i pericoli però, capo, per questo Debbie l'ha registrato nel sistema e noi abbiamo chiamato non appena Laura ha riconosciuto Barry dalle immagini della telecamera di sorveglianza.»

Kay li scrutò entrambi, chiedendosi fino a che punto si sarebbero spinti se non fosse stato per quel momento di lucidità che aveva portato a quella telefonata, e ricordandosi di un precedente agente detective con una simile vena di impulsività e determinazione.

Senza dubbio avevano trascorso il tempo intercorso dalla richiesta dei rinforzi a decidere cosa dirle, ma non poteva trovare difetti in un lavoro ben fatto.

Un sorriso si formò sulle sue labbra prima che scuotesse la testa e si voltasse per guardare Barry Clements mentre veniva portato via. «Ottimo lavoro, entrambi. Assicuratevi solo di non tralasciare nulla quando scriverete i vostri rapporti. Ora che abbiamo quei due in custodia, voglio essere sicura che le accuse reggano. Non voglio che la Procura metta in discussione i nostri risultati.»

Gavin raddrizzò le spalle. «Assolutamente, capo. Grazie.»

«Va bene. Meglio che iniziate, allora. Assicuratevi di aggiornare Barnes non appena tornate alla sala operativa. Lui gestirà quella parte fino al mio ritorno.»

Li guardò incamminarsi lungo il sentiero, poi sollevò

una mano in segno di saluto quando Harriet Baker si avvicinò dal primo container.

Dopo essersi chinata sotto il nastro teso tra due paletti di ferro conficcati nel terreno duro, il capo della scientifica si tirò indietro il cappuccio protettivo dai capelli e si sfilò i guanti.

«Come procede?» disse Kay, reprimendo l'impulso di scivolare sotto il nastro e andare a vedere di persona invece di dover camminare avanti e indietro in attesa di risposte.

«Lentamente.» Harriet si voltò a guardare i container e arricciò il naso. «Dovrete segnalare questo posto all'Agenzia per gli Standard Alimentari in ogni caso. Dio solo sa quando sono stati ispezionati l'ultima volta per l'igiene.»

«Ci sono regole diverse per posti come questo perché non servono cibo al pubblico in loco», disse Kay. «Ma capisco cosa intendi. Farò fare una telefonata da uno dei miei domani mattina. E riguardo la mia indagine, qualcosa che colleghi questo posto agli omicidi?»

«No, ma siamo solo a metà dell'esame quindi non preoccuparti ancora.» Harriet indicò una coppia di tecnici della scientifica che stavano tirando fuori altre attrezzature dal retro del furgone. «Stiamo preparando le luci nel caso dovessimo lavorare fino a tardi. Se è questo che serve...»

Si interruppe quando sentì un grido dall'altro lato del cortile e Kay si voltò per vedere uno degli altri tecnici della scientifica che alzava la mano.

Chiamò di nuovo, e fece un cenno.

«Sembra che Charlie abbia trovato qualcosa», disse Kay.

«E a quanto pare dovrai indossare la tuta protettiva dopo tutto», rispose Harriet. «Andiamo».

Una volta che Kay ebbe indossato la tuta protettiva, i copriscarpe e i guanti, si mise in fila dietro la responsabile della Scientifica.

Harriet guidò il percorso lungo il sentiero delimitato, zigzagando tra i veicoli e i macchinari abbandonati finché non si trovarono accanto al terzo container e riuscirono a vedere attraverso le porte i grandi congelatori a pozzetto accanto ai quali Charlie si trovava.

«Cos'hai trovato?» chiese Harriet.

Gli occhi di Charlie si incresparono sopra la sua maschera protettiva. Fece loro cenno di entrare, poi indicò con un cenno del capo l'enorme congelatore a metà del container.

«Credo che qui facessero molto più che cucinare cibo, capo».

Kay esaminò i sacchetti di verdure surgelate, patatine e altro, poi trattenne un colpo di tosse sorpreso alla vista di una decina di pacchetti di forma rettangolare simili a quello trovato nello scarico del giardino di Carl Taylor.

«Penso che farebbero meglio a dire ai loro clienti che stasera non ci sarà cibo nel menù», disse. «Finché non scopriamo che diavolo sta succedendo qui».

CAPITOLO 44

L'oscurità avvolgeva il cielo fuori dalle finestre quando Kay tornò nella sala operativa.

Dopo aver telefonato a Adam per fargli sapere che non prevedeva di tornare a casa prima di mezzanotte, ringraziò Laura per la tazza di caffè che la detective le mise sotto il naso e si servì una fetta di pizza dalla selezione che Debbie aveva ordinato per tenerli in forze.

Osservò i condimenti vegetali con un rinnovato interesse, chiedendosi chi avesse cucinato quel cibo e se anche loro stessero lavorando in condizioni simili a quelle sopportate dai lavoratori di Alan Trentithe.

«Vengono dal locale in fondo alla strada» disse Debbie mentre passava accanto alla sua scrivania. «Non preoccuparti, ci sono andata a piedi con Parker per prenderle».

Kay sorrise. «Grazie. Avevo bisogno di qualcosa per tirare avanti».

«Abbiamo pensato che potesse servire a tutti». Debbie indicò con un cenno del capo il tavolo accanto alla lavagna. «Prendine ancora, ce n'è in abbondanza. Beh, almeno finché Gavin non torna su dalla sezione di custodia...»

Kay non ebbe bisogno di pensarci ulteriormente: il suo stomaco brontolò mentre si leccava le briciole dalle dita, e si affrettò verso il punto in cui Barnes se ne stava in piedi con una fetta di pizza con il salame in mano mentre osservava gli appunti sulla lavagna.

«Fa venire fame quella cosa della corsa», disse lui tra un boccone e l'altro.

Lei notò le macchie d'erba e lo sporco che gli si erano attaccati sul retro della camicia e sorrise. «Presumo che tu ne abbia una di ricambio da indossare per gli interrogatori?»

«Nel mio armadietto di sotto. Mi cambierò tra un attimo». Prese un sorso da una lattina di bibita prima di reprimere un rutto, e si diede un colpetto sul petto. «Quando vuoi iniziare?»

«C'è del cibo?»

Si voltarono al suono della voce di Gavin un momento prima che si unisse a loro, servendosi con entusiasmo due fette con un tovagliolo di carta.

«Ci mangiamo queste, e poi iniziamo con gli interrogatori», disse Kay, pulendosi le mani con un fazzoletto e lanciandolo nel cestino più vicino. «Presumo che entrambi abbiano una rappresentanza legale?»

«Gli avvocati sono arrivati venti minuti fa, capo», disse Laura, «e Hughes li ha accompagnati dai loro clienti».

«Grazie».

«Chi interroghiamo per primo, capo?» disse Barnes.

«Alan Trentithe, credo. Vediamo cosa ha da dire

considerando che ci ha mentito spudoratamente quando l'abbiamo interrogato stamattina». Kay diede un colpetto sul braccio a Gavin mentre prendeva una terza fetta di pizza. «Ti voglio presente all'interrogatorio di Barry Clements, quindi assicurati di potermi fornire un controllo completo del suo background entro un'ora, d'accordo?»

«Sarà fatto, capo».

«Laura, puoi fare da intermediaria durante questi interrogatori nel caso in cui dovessimo approfondire qualcosa che uno di loro dice? Vorrei mantenere il ritmo, Sharp non mi ha ancora risposto riguardo l'estensione del tempo di custodia per questi due, e non voglio correre rischi».

La detective annuì. «Nessun problema».

«Okay, Barnes, se sei pronto, andiamo a vedere cosa ha da dire il nostro signor Trentithe, ti va?»

CAPITOLO 45

Kay notò con soddisfazione che i lineamenti di Alan Trentithe sembravano tanto stropicciati quanto la camicia e i pantaloni che indossava.

Le maniche erano sporche di terra nel punto in cui lui e Barnes erano rotolati a terra, e uno strappo nel tessuto sopra il polsino sinistro rivelava un graffio dall'aspetto infiammato che sembrava essere stato disinfettato dal sergente di custodia all'arrivo dell'uomo alla stazione.

Un cerotto di garza bianca copriva una zona sul dorso della sua mano.

Accanto a lui, un uomo estremamente magro con i capelli neri lisciati all'indietro sopra le orecchie alzò gli occhi grigio chiaro verso di lei e annuì a mo' di saluto.

«Mi devi un vestito nuovo», ringhiò Trentithe mentre Barnes prendeva posto.

Entrambi i detective ignorarono il commento.

Kay attese che il sergente avviasse l'apparecchiatura di registrazione e recitasse l'avvertimento formale, poi fece un respiro profondo mentre apriva una cartella ed estraeva un fascio di fogli pinzati.

«Sono presenti all'interrogatorio l'ispettrice detective Kay Hunter, il sergente detective Ian Barnes, Alan Trentithe e...?»

«Spencer Verdy, avvocato del signor Trentithe», disse l'uomo, facendo scivolare un biglietto da visita sul tavolo.

«Bene». Kay piegò una pagina del primo documento e incrociò le mani sopra di esso. «Mi riferisco alle dichiarazioni che lei ha rilasciato sotto avvertimento formale a me questa mattina, signor Trentithe. Molte cose sono cambiate da allora, non è vero? Vuole spiegarsi?»

«Il mio cliente desidera esprimere il suo shock per la piega presa dagli eventi questo pomeriggio», disse Verdy, con una voce sottile quanto la sua figura eterea. «Non ha nulla a che fare con la gestione quotidiana delle cucine temporanee, e non sa nulla dei presunti traffici che vi avvengono».

Kay osservò la palpebra inferiore sinistra di Trentithe contrarsi, poi guardò il suo avvocato.

«Bel tentativo. Il signor Trentithe qui presente è l'unico firmatario per l'acquisto dei container». Spinse la documentazione attraverso la scrivania verso i due uomini, osservando con soddisfazione come Trentithe si strofinasse il lato del naso e scrutasse la pagina. «Abbiamo utilizzato i numeri delle targhe di approvazione della Convenzione sulla sicurezza dei container ancora fissate al lato dei container per rintracciare l'azienda da cui li ha acquistati tre anni fa. Sono stati molto disponibili. Ci hanno anche detto quanto ha pagato in contanti e ci hanno fornito una copia della bolla di consegna. Il sergente detective Barnes qui presente ha parlato con l'autista di gru un'ora fa, ricorda ancora quel lavoro. Dice che è stato un incubo far scendere il suo camion lungo quella strada. È convinto che le sospensioni non siano più state le stesse. Come va con la memoria, Alan?»

«Nessun commento».

Kay gli strappò i documenti di mano e sostituì la documentazione con una foto segnaletica dell'uomo che in quel momento stava fissando le pareti della sala interrogatori numero uno. «Mi parli di Barry Clements».

«Il mio cliente ha assunto il signor Clements per supervisionare il lavoro supplementare che opera da una cucina virtuale temporanea che è stata allestita per far fronte a una domanda crescente». Verdy lanciò un'occhiata di traverso al suo cliente prima di continuare. «Il signor Clements ha la totale responsabilità di quel ramo dell'attività. Come le abbiamo detto, il mio cliente non ha nulla a che fare con la gestione quotidiana...»

«Oh, mi risparmi queste stronzate», scattò Kay. «Cosa è successo, Alan? Carl Taylor ha scoperto per caso cosa stavate veramente cucinando tu e Barry in quei container?»

Barnes si sporse in avanti e fece scivolare un sacchetto trasparente per prove verso Trentithe. «Questo è stato trovato nello scarico del giardino della casa di Carl. La confezione è identica ad altre trovate in un congelatore rapido all'interno di uno dei container che appartengono a lei, Trentithe. Cocaina».

«State usando quegli adolescenti per trafficare droga?» disse Kay. «È questo che Carl ha scoperto tre settimane fa quando ha fatto una consegna lì? L'ha rubata e voi l'avete scoperto? È per questo che avete ucciso lui e Will Nivens?»

«Non li ho uccisi io», disse Alan, sollevando il mento e fissandola con rabbia. «Non ho niente a che fare con tutto ciò, gliel'ho detto. Chieda a Barry».

Kay raccolse la documentazione, chiuse la cartella manila e si alzò in piedi.

«Ho intenzione di farlo».

CAPITOLO 46

Barry Clements era un bruto dall'aspetto orribile.

La pelle butterata gli copriva la mascella, e il suo naso sembrava come se tutta la cartilagine avesse ceduto anni fa.

Kay abbassò lo sguardo sulle sue mani carnose mentre girava un anello d'oro attorno al mignolo, e dedusse che aveva un passato da pugile, o qualche tipo di combattimento, a giudicare dal suo casellario giudiziario.

Indossava ancora la felpa grigio chiaro macchiata di grasso e i pantaloni da jogging neri con cui era stato arrestato, e lei arricciò il naso al fetore di grasso stantio da friggitrici e odore corporeo che riempiva la stanza.

Secondo le informazioni di base che Gavin le aveva fornito prima di entrare nella sala interrogatori, Clements aveva un elenco di accuse che erano iniziate quando aveva diciannove anni, e che si era interrotto tre anni fa.

Mentre il suo collega recitava l'avvertimento firmale e introduceva i presenti ai fini della registrazione, lei scorse con lo sguardo l'elenco delle multe, gli ordini dei servizi sociali e i periodi in varie prigioni della costa meridionale quando l'uomo aveva esaurito la pazienza del sistema legale, poi si chiese cosa fosse cambiato, e perché.

«Da quanto tempo lavora per Alan Trentithe?» Appoggiò la giacca del suo tailleur sullo schienale della sedia di plastica prima di incrociare le braccia sul petto e fulminava l'uomo con lo sguardo. «Allora?»

Lui strinse le spalle, un gesto accompagnato da una smorfia scorbutica della bocca.

«Risponda alla domanda, Barry», disse Kay.

Osservò l'avvocato accanto a lui, riconoscendolo come uno dei soliti avvocati d'ufficio disponibili per i clienti che non avevano una propria rappresentanza legale.

Henry Franks aveva un'espressione annoiata e giocherellava con il cappuccio della sua penna stilografica, le linee che gli striavano le guance e il contorno occhi mostravano tutti i suoi sessantaquattro anni.

Un'aria di stanchezza trapelava dall'uomo, come se la situazione del suo cliente fosse fin troppo familiare, e lei si chiese se i suoi occhi iniettati di sangue fossero un'indicazione delle lunghe ore di lavoro, o un problema di salute sottostante causato dallo stress.

Franks si rivolse al suo cliente e agitò una mano con impazienza verso di lui. «Il signor Clements aiuta Alan Trentithe di tanto in tanto, in base alle necessità. Non è un accordo permanente».

Clements aggrottò le sopracciglia davanti a quelle parole, poi alzò il mento. «Faccio solo quello che mi viene detto, tutto qui».

«Oh, parla». Kay abbassò le braccia sul tavolo e prese la cartella che Gavin le porgeva. Estrasse copie delle fotografie catturate dalla telecamera di sorveglianza fuori dal negozio di antiquariato e girò ciascuna verso i due uomini. «Perché ha squarciato le gomme del camion di Carl Taylor dieci giorni fa, signor Clements?»

L'uomo tirò su col naso, poi se lo pulì con la manica sporca della felpa grigio chiaro. «Alan mi ha detto di farlo».

«Quando?»

«Giovedì sera».

«Le ha detto perché?»

«No».

«Conosceva Carl Taylor?»

«L'ho visto in giro una volta o due».

«Dove?»

«Qua e là».

«Ha mai visto Carl a Sandling, vicino ai container?»

Un silenzio di pietra accolse la sua domanda, e lei riprese le fotografie mentre osservava gli occhi dell'uomo che si spostavano verso la cartella aperta nelle mani di Gavin.

«Risponda alla domanda, signor Clements. Ha mai visto Carl Taylor vicino ai container?»

«Una volta, forse».

«Quando è stato?»

«Non mi ricordo».

«Beh, si sforzi di più».

«Potrebbe essere stato tre settimane fa. Forse un po' prima».

«Cosa stava facendo lì?»

«Consegnava cibo».

«Quanto spesso lo fa?»

«Non lo fa, di solito. Quella è stata la prima volta che l'ho visto. Non è più tornato da allora».

«Beh, non mi sorprende, signor Clements. È stato trovato morto congelato nel bagagliaio di un'auto lo scorso lunedì mattina».

Gavin si sporse e mise una fotografia diversa sul tavolo davanti all'uomo e al suo avvocato. «Più precisamente, è stato trovato in *questa* auto, che una volta apparteneva a lei».

«Non la riconosco».

«Dov'era domenica scorsa tra le sei di sera e le quattro del mattino successivo?» disse Kay.

«Non ricordo».

«Forse posso rinfrescarle la memoria». Batté un dito sulla fotografia. «Stava rubando questo veicolo dalla donna a cui l'aveva venduto l'anno scorso. Lei aveva ancora una chiave, vero? Una copia extra, che le ha permesso di usarla per trasportare il corpo di Carl dal camion frigorifero e lasciarlo presso l'attività di Mike O'Connor. Perché?»

Kay sentì il suono distinto di Clements che digrignava i denti prima che passasse una mano sulla mascella e un silenzio calasse nella stanza.

«Signor Clements, attualmente possiamo trattenerla qui per l'interrogatorio per altre ventuno ore», disse, e indicò le fotografie. «Date le prove a disposizione, il mio ispettore capo investigativo sarà ben disposto a prolungare di altre dodici ore se necessario. Nel frattempo, la mia squadra continua a smantellare quei container e gli uffici di Alan

Trentithe. Tutta la cocaina trovata nei congelatori del suo posto di lavoro è stata sequestrata. Sono sicura che troveremo anche le sue impronte digitali».

Gavin sollevò il lembo della cartella manila, guardò i suoi appunti ed emise uno sbuffo di disprezzo. «Finora, ritengono di aver trovato più di quattrocentomila sterline di roba. Non posso immaginare quanto saranno felici i suoi acquirenti quando non arriverà».

«Non ha niente a che fare con me», disse Clements, con un ringhio che gli torceva il labbro. «È l'affare di Alan. Come ho detto prima, faccio solo quello che mi viene detto».

«Compreso l'omicidio di due innocenti autisti di consegne?» disse Gavin.

«Non ho ucciso nessuno dei due».

«Ma ha spostato il corpo di Carl e l'ha messo in questa sua vecchia auto prima di abbandonarlo fuori dal posto di Mike O'Connor», disse Kay.

Clements lanciò un'occhiata di lato al suo avvocato, poi si girò verso di lei. «Solo perché Alan mi ha detto di farlo».

«Oh, e tu hai semplicemente accettato, vero? Che informazioni ha su di lei, Barry? Dev'essere qualcosa di piuttosto grave se la fa correre in giro a disfarsi di cadaveri».

«Non doveva andare così. Siamo stati sfortunati quel giorno, tutto qui».

Il cuore di Kay sussultò. «Quale giorno? Il venerdì in cui avete ucciso Carl e Will?»

«Io non li ho uccisi», scattò lui. «No, il giorno in cui si

è presentato lui invece della solita donna che fa le consegne».

Gavin fece scivolare una fotografia di Bonnie Hopkins verso l'uomo. «Intende lei?»

«Sì». Barry emise una risata amara. «Se quel giorno fosse stata lei a fare la consegna, non ci sarebbe stato alcun problema».

CAPITOLO 47

«Non è colpa tua se ha mentito».

Kay scrutò attraverso il parabrezza la casa indipendente situata in un angolo appartato della strada senza uscita.

Un caldo bagliore filtrava attraverso le tende parzialmente tirate delle finestre al piano terra, intervallato da lampi di colori più vivaci provenienti da uno schermo televisivo. Sotto il lampione accanto alla siepe anteriore riusciva a vedere un prato ben curato circondato da arbusti fioriti nelle aiuole e una fioriera sotto il più grande dei davanzali frontali.

«Avrei dovuto capire che qualcosa non quadrava», disse Gavin, «ma lei ha negato di sapere che Trentithe avesse una seconda attività di cucina fantasma. Ci ha detto che consegnava solo all'unità industriale».

«Cosa hanno rivelato i suoi controlli sui precedenti?»

«Tutto pulito, niente che suggerisse un suo coinvolgimento con ciò che Trentithe sta tramando».

Kay si morse il labbro, poi spalancò la portiera e

strappò le chiavi dal quadro. «Va bene, vediamo cosa ha da dire a sua discolpa».

Si affrettò verso la porta d'ingresso e bussò con le nocche sulla superficie in PVC prima di suonare il campanello, determinata a far capire agli occupanti che aveva fretta e voleva risposte immediate.

L'ispettore capo investigativo Sharp non aveva ancora confermato la proroga del periodo entro il quale avrebbe potuto interrogare Trentithe e Clements, ed era fin troppo consapevole delle ore che scorrevano.

Ad aprire la porta fu un uomo vestito con una semplice maglietta nera e jeans, leggermente più alto di Kay e con un'espressione confusa.

Lei mostrò il suo distintivo. «Sua moglie è in casa, signor Hopkins?»

«Di cosa si tratta…»

«È urgente. Possiamo entrare?»

Hopkins si fece da parte, con la fronte aggrottata. «Sono le dieci e un quarto, detective. Non può aspettare fino a…»

«No, non posso. Dov'è sua moglie, per favore?»

«Cosa sta succedendo?» Bonnie Hopkins apparve sulla soglia di una porta alla sinistra di Kay, con in mano un bicchiere di vino rosso mezzo vuoto. La sua espressione cambiò da confusione a paura quando vide Gavin in piedi nel corridoio. «C'è qualche problema?»

«Vorremmo scambiare due parole, se non le dispiace, signora Hopkins», disse Kay. «Ora».

«Mamma?» Una giovane ragazza con lunghi capelli castani scese le scale, con gli auricolari appoggiati sulle spalle, il tono ansioso. «Perché ci sono i poliziotti qui?»

«Non è niente, Beth. Torna a letto. Sveglierai tua sorella, e domani hai scuola».

Bonnie si voltò di nuovo verso Kay. «Venite di qua».

Alzò la mano per impedire al marito di seguirla, poi li condusse attraverso la cucina sul retro della casa e chiuse la porta che dava sul corridoio. Fatto ciò, si voltò per affrontare Kay.

«Cosa volete?»

«Voglio che mi racconti di Barry Clements e dei container dove consegna cibo surgelato vicino a Sandling», disse Kay. «E poi, voglio che mi parli della droga in cui è coinvolto Alan Trentithe».

La donna prese il bicchiere, bevve l'ultimo sorso di vino e poi emise un sospiro tremante. «Immagino che prima o poi sarebbe venuto tutto a galla, soprattutto dopo l'omicidio di Carl e Will».

Kay notò la mano tremante della donna mentre posava il bicchiere accanto al lavello in acciaio inossidabile sotto la finestra, e aggrottò la fronte.

«Da quanto tempo lo sapeva?» disse. «Mesi? Anni?»

«Da circa sei mesi». Bonnie si appoggiò al piano di lavoro e trattenne le lacrime. «È tutta colpa mia se sono morti, vero?»

Gavin tirò fuori una delle sedie accanto al tavolo nell'angolo. «Perché non si siede e ci racconta dall'inizio?»

La donna annuì, poi si lasciò cadere sul sedile e appoggiò il gomito sul tavolo, con gli occhi bassi.

«Io... ho visto qualcosa lì. Dev'essere stato poco dopo Capodanno. Faceva un freddo terribile, il sentiero era ghiacciato. Stavo scaricando il camion accanto ai container. Ce n'è uno quasi sotto il ponte dell'autostrada, è lì che tengono tutte le scorte alimentari. Di solito, c'è qualcuno ad aiutarmi: Barry. Lui sta vicino alla porta del container mentre io gli passo le scatole. Di solito non entravo mai».

Si schiarì la gola, come se facesse fatica a far uscire le parole. «Quel giorno lui non c'era, una delle addette alla cucina stava fumando fuori e mi ha vista arrivare, così si è offerta di aiutarmi. Immagino che non sapesse che non dovevo entrare nel container e io non ci ho dato peso. Avevo freddo e volevo solo tornare in cabina e alzare il riscaldamento».

«Cosa è successo?» disse Kay.

«Abbiamo portato le scatole nel container e lei mi ha detto di mettere due di quelle che trasportavo in uno dei congelatori a pozzetto in fondo». Bonnie si asciugò le lacrime che ora le scorrevano sulle guance e tirò su col naso. «Ho aperto quello sbagliato per errore. Ho capito subito cosa c'era appena l'ho visto».

«Cosa ha visto?»

«Droga. Molti pacchetti di droga, come quelli che si vedono al telegiornale quando c'è una grande retata e la espongono per le telecamere».

«Cosa ha fatto?»

«Niente, per un momento. Ero troppo scioccata. Poi la donna è corsa verso dove mi trovavo, non so il suo nome, e ha sbattuto il coperchio. Mi urlava che avrei dovuto ascoltare, che ero stupida e che intendeva il congelatore dall'altro lato. Stavo uscendo dal container quando... non so... ho semplicemente *percepito* qualcuno in piedi dietro di me, ed era Barry. Pensavo che mi avrebbe uccisa. L'espressione sul suo volto...»

Kay intercettò lo sguardo scioccato di Gavin e fece un leggero cenno negativo con la testa. Ora che la donna stava parlando, non voleva interrompere.

«Mi ha accompagnata al camion», continuò Bonnie. «Ha detto che avevo due opzioni. O tacere su ciò che avevo visto, oppure si sarebbe assicurato che non avrei mai più rivisto la mia famiglia. Ha detto che stava solo conservando la droga per un amico, un favore, e che sarebbe sparita entro una settimana».

«Pensa che stesse mentendo e che Carl abbia visto la droga quando l'ha sostituita nel suo turno tre settimane fa?» disse Kay.

«Sì. Dev'essere andata così. Non so se sia riuscito a ottenere qualche prova di ciò che stava accadendo, ma qualunque cosa abbia fatto, devono averlo scoperto».

«Perché non ci ha raccontato tutto questo quando abbiamo parlato con lei la settimana scorsa?» disse Gavin.

«Non potevo.» Bonnie scosse la testa e distolse lo sguardo. «Speravo che avreste trovato qualcosa voi. E poi oggi, volevo davvero aiutarvi. Ma quando sono arrivata alla stazione di polizia e avete iniziato a parlarmi, ero troppo spaventata. È il mio giorno libero, capite, quindi pensavo che se vi avessi raccontato cosa stava succedendo, avrei potuto andare a prendere i bambini da scuola. Avrei potuto proteggerli se Barry o Alan avessero provato a fare qualcosa. Pensavo che, se io...non so....vi avessi dato una spinta nella giusta direzione, tutto questo sarebbe finito. Dopo quello che è successo a Carl e Will... mi sento sopraffatta. Non posso andare avanti così.»

Il viso della donna si accartocciò, con le lacrime che le rigavano le guance.

«Bonnie, ha ricevuto qualche forma di pagamento o di tangente da Alan Trentithe per mantenere il silenzio?» chiese Kay.

«No, niente di niente. Sapevano che non potevo dire nulla, come ho detto, sanno che ho due bambine e se avessi provato a dire qualcosa a voi della polizia avrebbero minacciato di ucciderle. Ero terrorizzata.» I suoi occhi si spostarono da Kay a Gavin, poi tornarono indietro. «Dovete credermi. Sono stata così spaventata che non l'ho nemmeno detto a Mark.»

«E i ragazzi sui motorini?» chiese Gavin. «Sono coinvolti?»

«Non lo so. Non ce ne sono molti durante il giorno quando arrivo io. Dovreste chiedere a uno di loro.» Le spalle di Bonnie si afflosciarono. «Credetemi, di questi tempi, faccio la mia consegna e me ne vado da quel posto il più velocemente possibile.»

CAPITOLO 48

I pensieri di Kay si unirono al sibilo scioccato che sfuggì a Gavin alla vista di Adrian Whitely.

L'adolescente aveva l'orbita oculare viola e gialla a causa di un gonfiore rabbioso che aveva reso livida tutta la guancia sinistra e fatto abbassare la palpebra mentre cercava di fissarli attraverso uno spiraglio della porta d'ingresso.

«Dov'è tuo padre?» disse Kay, sporgendosi per vedere oltre il ragazzo magro e lungo il corridoio ben illuminato. «Non c'è?»

«Al pub.» Adrian aggrottò la fronte. «Tornerà presto, però, quindi...»

«Non preoccuparti, saremo veloci.» Kay mise una mano contro la porta così che non potesse chiuderla. «Entriamo prima che i vicini si chiedano cosa stia succedendo.»

«Va bene.»

Il diciassettenne strisciò i calzini sul tappeto mentre li

faceva entrare in un soggiorno scarsamente decorato che puzzava di nicotina.

Persino il soffitto aveva una sfumatura giallastra e, mentre Kay osservava i modelli più recenti di televisore e apparecchiature audio abbinate su una parete, intuì quali fossero le priorità del padre.

Adrian si lasciò cadere su una poltrona logora che cedette sotto il suo peso e protese il mento, fingendo indifferenza.

«Cosa volete, allora?»

Kay recitò l'avvertimento formale, ricordando ad Adrian i suoi diritti, e aggrottò la fronte. «Chi ti ha colpito?»

«Che le importa?»

«È stato tuo padre a farti questo?»

«Era furioso dopo che ho parlato con voi. Mi ha detto che sono stato stupido a farmi coinvolgere. Ha detto anche che non pagherà un avvocato per aiutarmi, quindi non so cosa farò adesso.» Adrian scrollò le spalle, girando la testa. «Volevo solo guadagnare dei soldi per poter andarmene da qui. Via da lui.»

«Parlami di Barry Clements e Alan Trentithe,» disse Kay mentre Gavin prendeva il suo taccuino. «Cosa sta succedendo veramente in quella cucina fantasma?»

«Non posso dirvelo. Mi uccideranno se scoprono che ho parlato con voi.»

«Entrambi sono attualmente in custodia. Sto indagando sul loro coinvolgimento circa l'omicidio di due uomini. Quello che mi dirai ora potrebbe aiutarmi a metterli dentro per molto tempo.»

Osservò mentre l'adolescente aggrottava la fronte e poi

abbassava lo sguardo verso il tappeto malmesso, con il pomo d'Adamo che gli sobbalzava nella gola.

Le sue spalle si sollevarono quando sospirò, e lei trattenne il respiro nella speranza che volesse liberarsi di tutto ciò che doveva aver represso per mesi.

Aveva bisogno del suo aiuto più di quanto lui potesse mai immaginare.

«È iniziato con l'attività di catering circa tre anni fa,» disse Adrian, sporgendosi in avanti sulla sedia e appoggiando i gomiti sulle ginocchia. «Ho sentito da un amico che cercavano camerieri e altra gente per aiutare a servire il cibo agli eventi. Fornivano le uniformi e tutto il resto. Dovevo solo presentarmi, e ci pagavano in contanti. Di solito mi facevo dare un passaggio da uno degli altri che lavorava per loro all'epoca.»

«Come venivano organizzati gli eventi?» disse Kay. «Sai come trovavano i clienti?»

«Passaparola, credo. Soprattutto una volta che la gente sapeva cosa succedeva veramente durante quegli eventi.»

«Spiegati.»

Adrian alzò gli occhi verso di lei. «Tutti quei ricconi con le case enormi qui intorno che non hanno voglia di cucinare da soli quando organizzano una festa. Si rivolgono ai catering, giusto? Credo che Alan abbia intravisto un'opportunità. Tutti quei soldi, tutte quelle persone che se la spassavano. Non so quando è iniziato, ma quando ho iniziato a lavorare per lui aveva già lavori regolari. Clienti fissi. Una volta che la gente ha saputo che il catering offriva alcuni... extra opzionali, gli affari sono davvero decollati.»

«Stai dicendo che usava l'attività di catering per spacciare droga?»

«Sì.»

Kay sbatté le palpebre. «Conosci Mike e Ann O'Connor?»

«Sì, ma non li vedo da più di un anno o giù di lì. Credo che abbiano venduto il locale. Ho lavorato a un paio di eventi di catering che stavano facendo nel villaggio. Ann non voleva occuparsi di tutta la cucina da sola; quindi, hanno appaltato il lavoro ad Alan.» Un sorriso malizioso gli attraversò le labbra. «Non credo abbiano mai capito perché fossero così popolari, anche quando hanno vinto quel premio.»

«Quando è iniziata l'attività di cibo da asporto?»

«Subito dopo il lato catering, credo. Alan mi ha chiesto di passare a quello circa diciotto mesi fa. Ha detto che, secondo lui, stavano per perdere un importante contratto di catering; quindi, voleva concentrarsi su quel lato del business. Disse che sarebbe decollato e aveva bisogno di tutto l'aiuto possibile.»

Lei sospirò, incapace di contenere la frustrazione, e iniziò a camminare avanti e indietro sul tappeto. «Perché non ci hai detto tutto questo quando sei stato interrogato sul pedinamento di Helen Taylor?»

Adrian impallidì, perdendo la spavalderia. «N-non potevo. Avrei perso il lavoro.»

«Adrian, se incriminiamo Barry Clements e Alan Trentithe per gli omicidi di Carl Taylor e Will Nivens, *non* ci sarà più nessun lavoro. Capisci?» Kay si fermò davanti a lui, fulminandolo con lo sguardo. «Spacci droga quando consegni i pasti da asporto?»

Lui annuì, con la bocca all'ingiù.

«Guardi, volevo solo guadagnare abbastanza soldi per poter andar via da qui, ok?» Tirò su col naso, si asciugò rabbiosamente l'occhio e fece una smorfia per il dolore conseguente. «Non ho nessuna qualifica, quindi non è che andrò presto all'università. Voglio solo andarmene.»

La mascella di Kay si spalancò quando Adrian cominciò a piangere.

Si coprì il viso con il braccio, le guance rosse per l'imbarazzo mentre i singhiozzi scuotevano il suo corpo magro.

«Ho paura, va bene? Non posso andarmene. Verrebbero a cercarmi. Hanno detto che l'avrebbero fatto. Una volta che sei dentro, sei dentro. E mio padre mi ammazzerà quando lo scoprirà.»

Kay sentì un'auto fermarsi fuori mentre le luci blu lampeggianti si riflettevano sulle tende chiuse. «Avremo bisogno che tu venga in centrale con noi per rilasciare una dichiarazione formale, Adrian. Andiamo.»

Fece un passo indietro mentre Gavin aiutava l'adolescente ad alzarsi e lo conduceva verso la porta d'ingresso.

Adrian la chiuse con mano tremante, a testa china, mentre veniva poi accompagnato verso l'auto di pattuglia in attesa.

«Ehi! Che cazzo pensate di fare?»

Kay si voltò di scatto al suono della voce per vedere il padre di Adrian che barcollava verso di loro, con il pugno alzato in aria mentre aumentava il passo.

Fece un passo indietro mentre lui si avvicinava. «Sembra completamente ubriaco».

«Mi ucciderà».

«Hai un altro posto dove potresti stare dopo tutto questo?» chiese Kay, voltandosi verso Adrian.

«Mio nonno abita a Paddock Wood. Forse mi farà stare da lui, non lo so. Non gliel'ho mai chiesto».

Kay si girò e osservò mentre uno degli agenti in uniforme alzava la mano e si muoveva per impedire al padre di Adrian di avvicinarsi ulteriormente, poi diede al ragazzo una leggera spinta verso la casa.

«Chiederò ai ragazzi di accompagnarti da lui quando avranno finito con te e gli chiederemo di aiutarti per un po'. Vai a prendere qualche vestito mentre io faccio due chiacchiere con tuo padre. Vai».

CAPITOLO 49

Era ben oltre la mezzanotte quando Kay tornò nella sala interrogatori e fulminò con lo sguardo l'uomo davanti a lei.

L'atteggiamento sicuro di Alan Trentithe si era incrinato durante le ore trascorse dall'ultimo interrogatorio.

Accanto a lui, il suo avvocato appariva trasandato in un completo ormai sgualcito, il viso già stanco per la consapevolezza che il nuovo giorno stava per presentargli delle lunghe ore di lavoro.

Kay non perse tempo una volta che Barnes ebbe formalmente riavviato il processo di interrogatorio.

«Secondo le prove, supportate da due dichiarazioni testimoniali, signor Trentithe, lei ha utilizzato la sua attività per commerciare grandi quantità di cocaina, trarre profitto da questa fornitura illegale e riciclarne i proventi».

Trentithe sogghignò. «I testimoni sono bugiardi, detective Hunter. Non ho fatto nulla di illegale. Sono un uomo d'affari che opera in modo legittimo e un sostenitore di molte buone cause locali».

«Lei è stato sostenitore di molte più cose di quelle»,

disse lei. «Comprese estorsioni, corruzione, minacce ai suoi dipendenti e alle rispettive famiglie... Andava tutto bene finché non è arrivato Carl Taylor, vero? Ha rovinato tutti i suoi piani».

Osservò Trentithe stringere il pugno, e capì di aver toccato un nervo scoperto.

«Cosa ha fatto quando si è reso conto che lui aveva scoperto cosa stava realmente facendo con quella cucina fantasma? Lo ha minacciato prima, o ha fatto pedinare Helen Taylor da Adrian subito?»

Trentithe espirò. «Porca miseria. Sapevo che non avrei mai dovuto lasciare Barry a gestire il posto».

Accanto a lui, le sopracciglia di Spencer Verdy schizzarono fino alla sua frangia alla moda.

«Detective, qualsiasi cosa dica il mio cliente...»

«Stai zitto». Trentithe si rivolse a lui. «È troppo tardi ormai, quindi stai zitto».

Kay socchiuse gli occhi. «Quindi è tutta colpa di Barry, è così?»

«Lo è sempre». Trentithe si passò una mano sul viso. «Doveva tenere d'occhio le cose, soprattutto dopo che quella tizia aveva scoperto tutto. Pensavo avesse imparato la lezione».

«Chi ha dato la droga a Carl?» disse Barnes.

«Nessuno. Ce l'ha rubata un paio di settimane fa».

La penna di Kay si fermò sopra il taccuino. «Ha fatto cosa?»

Trentithe sollevò le mani. «Lo so, assurdo, vero? Barry pensava che potesse essere stato lui. Non era come la prima volta che Carl si è presentato al posto di Bonnie. Questa volta non c'era nessuno ad aiutarlo a scaricare, quindi nessuno che lo tenesse d'occhio. Uno dei lavapiatti della cucina, un ragazzo nuovo, gli ha solo detto dove mettere la roba. È stato solo quando Barry stava preparando la merce per la spedizione più tardi quel pomeriggio che si è reso conto che ne mancava una».

«Quindi è andato nel panico».

«Puoi scommetterci. È venuto subito da me all'unità e me l'ha detto».

«Cosa ha fatto lei?»

Trentithe tamburellò nervosamente con le dita sulla superficie scheggiata del tavolo prima di rispondere. «Gestisco un'attività, detective. Ho fatto quello in cui sono bravo, ho aspettato che Carl uscisse dal lavoro il giorno dopo, e gli ho proposto un accordo».

«Intende dire che lo ha minacciato».

Un lampo malvagio balenò negli occhi dell'uomo. «Oh, no, questo non funziona mai, minacciare direttamente le persone che ti hanno fatto un torto. No, è molto più efficace se dici loro cosa farai alla loro famiglia o ai loro amici».

«È allora che ha iniziato a far seguire Helen Taylor?»

«Lo stavamo già facendo, non appena Barry è venuto da me e ha confessato, ho fatto mettere gli occhi su di lei. È stato abbastanza facile da fare, perché quei due condividono tutto sui social media. Tutto quello che ho dovuto fare è stato mostrare a Carl una foto di sua moglie che camminava per strada fuori dal suo ufficio quella mattina, e lui ha accettato di restituirmi ciò che era mio».

«Ma non l'ha fatto».

«Quel bastardo sfacciato è venuto da me qualche giorno dopo e mi ha detto che voleva entrare nell'attività, e pensava di potermi dire quanto lo avrei pagato per il suo silenzio».

Kay si appoggiò allo schienale della sedia e sperò che lo shock non si fosse manifestato sul suo viso mentre faceva un respiro profondo.

Trentithe sorrise. «Immagino che tutte quelle vacanze all'estero che lui e la sua signora amavano fare gli costassero una fortuna e lui pensava di potersi inserire nella mia attività per aiutarsi a pagarle. Come ho detto, bastardo sfacciato».

«Ha accettato?»

«Col cavolo. Certo che no». Trentithe sbatté il palmo sul tavolo, il viso diventò rosso. «Per chi mi prende?»

La porta della sala interrogatori si aprì, e Gavin fece capolino, con il volto segnato dalla preoccupazione.

Kay scosse la testa e attese che si fosse ritirato prima di rivolgere nuovamente la sua attenzione a Trentithe.

«Quindi lo ha ucciso».

Lui scrollò le spalle, come se stessero discutendo di un dettaglio minore in un affare commerciale. «Non si può permettere alle persone di provare a dirmi cosa fare».

«Perché uccidere Will Nivens?»

«Non ci eravamo resi conto che Carl avesse qualcuno con sé quel giorno, finché non è stato troppo tardi per tirarsi indietro. Posto sbagliato, momento sbagliato, tutto qui. Non potevamo aspettare un altro giorno, Carl aveva già minacciato di portare tutto alla polizia se non avessimo soddisfatto le sue richieste. Non mi ha lasciato scelta. Se qualcuno è da biasimare per la morte di Will, è Carl, non me».

«Perché ha fatto abbandonare da Barry il corpo di Carl nell'officina di Mike O'Connor?»

Trentithe rise allora, con occhi scintillanti. «I nuovi proprietari del ristorante non erano interessati a offrire catering ai locali, e nessuno dei locali voleva rischiare di chiederlo direttamente a me. Per tutto il tempo in cui Ann e Mike avevano offerto il catering, i locali potevano fingere di non sapere nulla di come la droga arrivasse alle loro feste se i vostri colleghi avessero fatto un'irruzione. Più indiretto, capisce?»

«Quindi ha investito tutto il suo tempo nello sviluppo della cucina fantasma per spacciare droga, è così?»

«Andava tutto bene finché non è arrivato Carl Taylor». Trentithe fece una pausa, si passò una mano sulla nuca e poi espirò. «Maledetto Barry. Sapevo che avrei dovuto occuparmi di tutto personalmente».

Kay si appoggiò allo schienale della sedia, e lasciò che le sue parole affondassero per un momento.

Nonostante tutti i suoi anni di servizio come poliziotto, il modo spietato e barbaro in cui Trentithe parlava dei due uomini morti e del modo in cui aveva chiesto a Barry Clements di disfarsi del corpo di Carl, per regolare un conto in sospeso, le diede un brivido lungo le spalle.

Fece un respiro profondo, poi pronunciò le parole che sperava lui si sarebbe portato nella tomba.

«Alan Trentithe, lei è accusato degli omicidi di Carl Taylor e Will Nivens...»

CAPITOLO 50

Kay si fermò sul marciapiede davanti ad Auto Usate di Mike O'Connor ed emise un sorpreso "oh" prima che Barnes le urtasse il braccio a causa dell'improvviso rallentamento del suo passo.

«Guarda», disse.

Allungato sulla parte anteriore del piazzale c'era uno striscione dipinto a mano, i cui colori vivaci urlavano che tutte le auto usate erano scontate e che i potenziali clienti dovevano affrettarsi finché ce n'erano.

Passò lo sguardo sui veicoli che formavano un semicerchio ai lati delle porte d'ingresso dell'ufficio e notò che cartelli simili erano esposti su ogni parabrezza, con alcune delle auto più vecchie quasi a metà prezzo.

Un movimento verso il retro del piazzale attirò la sua attenzione, sbirciò oltre il tetto del veicolo più vicino e vide Mike O'Connor che portava un secchio da cui traboccava l'acqua sporca sui lati mentre si dirigeva con passo pesante verso uno scarico sul lato dell'edificio.

«È da solo oggi?», disse Barnes.

«Scopriamo cosa sta succedendo», disse lei, e si diresse a passo deciso verso il venditore di auto usate.

O'Connor versò l'acqua nello scarico e poi si voltò per affrontarli, con la bocca incurvata verso il basso. «Siete venuti a gongolare, vero?»

«Dov'è Kevin?», disse Kay.

«Ha deciso che non voleva più lavorare qui». O'Connor scrollò le spalle. «Non posso biasimarlo, onestamente. Il povero ragazzo si è preso un bello spavento. Lavorare per me, comunque, non sarebbe stato un gran bene per il suo curriculum, immagino».

«Come va la vendita?»

Lui la fulminò con lo sguardo. «Ho iniziato solo oggi. Luxford ha deciso che non voleva più rilevare l'attività, e non ho venduto una sola macchina da quando è stato trovato il corpo di quel tizio qui».

«Se può essere di consolazione, questa mattina abbiamo arrestato due uomini in relazione all'omicidio di Carl. Credo che lei conosca almeno uno di loro: Alan Trentithe».

O'Connor sbatté le palpebre. «Alan?»

Barcollò un po', e allungò la mano per sostenersi a un tubo di scarico che correva lungo l'edificio.

Kay osservò il suo viso diventare grigio. «Quello che vorrei sapere, signor O'Connor, è perché Barry Clements ha scelto di lasciare il corpo di Carl qui. Perché prendere di mira lei?»

«Perché ho cercato di andarmene. Gli ho detto che non volevo avere niente a che fare con i suoi affari». O'Connor lasciò cadere la spugna bagnata nel secchio vuoto prima di incrociare le braccia sul petto. «E non ci si tira indietro con gente come Alan Trentithe».

«L'ha minacciata, prima di scaricare qui il corpo di Carl Taylor?»

«All'inizio no».

Barnes indicò le porte aperte dell'ufficio. «Possiamo entrare e ripararci da questo caldo così lei ci può raccontare cosa sta succedendo?»

Le spalle di O'Connor si afflosciarono. «Va bene. Suppongo che verrà fuori tutto alla fine comunque, se avete arrestato Trentithe».

La pelle d'oca pizzicò la pelle di Kay quando entrò nell'ufficio vendite, con l'interno fresco che offriva un gradito sollievo dal sole che si rifletteva sui parabrezza delle auto fuori e cuoceva il cemento del piazzale.

Seguì O'Connor fino alla sua scrivania e attese mentre lui si sedeva, arrotolandosi le maniche mentre sembrava riflettere sulle sue parole.

Barnes si lasciò cadere su una sedia di fronte e tirò fuori il suo taccuino. «Perché non iniziamo con l'accordo che aveva con Trentithe al ristorante?»

Il labbro del venditore si increspò. «Onestamente non avevamo idea di cosa stesse succedendo a quegli eventi, fino a quando abbiamo detto a Trentithe che stavamo vendendo il locale. Non dimenticherò mai l'espressione sul suo viso quando si è presentato quel giorno».

«Quando è stato?», disse Kay.

«Circa quattro settimane prima che ce ne andassimo. Abbiamo tenuto la vendita per noi il più a lungo possibile, è meglio così per i nuovi proprietari e per noi. Alcune persone possono risentirsi dei cambiamenti, vede, e volevamo agevolare il più possibile a Tom e Zoe il successo».

«Come l'ha scoperto Trentithe?»

«Ann ha parlato con la donna che lavora nel suo ufficio per dirle che non avremmo più avuto bisogno dei servizi di catering o d'asporto. Circa un'ora dopo, Trentithe è arrivato come una furia attraverso la porta principale del ristorante esigendo di parlare con noi. Ha fatto morire di paura la ragazza alla reception quel giorno». O'Connor scosse la testa. «Grazie a Dio non è arrivato mentre avevamo clienti».

«È in quel momento che l'ha minacciata?»

«Ci ha detto che dovevamo convincere i nuovi proprietari a continuare con la parte di catering, altrimenti avrebbe fatto in modo che non avremmo mai più gestito un'attività. È stato allora che abbiamo scoperto cosa stava realmente succedendo». Abbassò lo sguardo sulle sue mani. «Se avessi saputo che faceva spacciare droga ai suoi uomini durante quegli eventi e usava il nostro servizio d'asporto per creare la sua rete, sarei venuto da voi a denunciarlo».

«Perché non l'ha fatto?», disse Barnes. «Voglio dire, è stato, cosa, più di un anno fa che l'ha scoperto?»

O'Connor scosse la testa, e quando finalmente alzò lo sguardo, Kay vide la tristezza nei suoi occhi.

«Era troppo tardi ormai. Ann era andata a pubblicare quel dannato libro, e avevamo guadagnato un sacco di soldi grazie al catering che avevamo subappaltato alla gente di Alan Trentithe. Ci avreste accusato di reato per profitto dai proventi o qualcosa del genere, no? E se l'avessimo denunciato, ci avrebbe perseguitato». Indicò con il mento il piazzale. «Ci *ha* perseguitato. Tutto perché abbiamo venduto il ristorante e lui ha perso una fonte di reddito, anche lucrativa. Il fatto è che Alan Trentithe aspetta il momento giusto, ma non dimentica mai. Non sarò mai in grado di vendere quest'attività ora. Non sarò mai in grado di restituire ad Ann tutti i soldi che le devo ancora. Probabilmente non venderò mai più un'auto».

Kay fece un passo indietro mentre Barnes si alzava dalla sedia e infilava il taccuino nella tasca della giacca.

Sospirò mentre osservava l'uomo distrutto seduto dietro la scrivania.

«Almeno Trentithe e il suo collega, Barry Clements, sono in custodia», disse. «È probabile che saranno trattenuti in custodia cautelare fino ai loro processi. Non dovrà preoccuparsi di Trentithe, non sarà a piede libero per molto tempo».

«Buona fortuna, detective», disse O'Connor. «Ma si ricordi... ci sarà sempre qualcuno pronto a prendere il posto di persone come Alan Trentithe».

CAPITOLO 51

Un senso di sollievo pervase la sala operativa mentre Kay lanciava l'ultimo di una serie di rapporti sul suo vassoio superiore e lasciava cadere la penna sulla scrivania.

Si scrocchiò il collo e ruotò le spalle, poi si alzò e si sporse verso la scrivania di Barnes, prendendo uno dei croissant da un piatto accanto a lui.

«Ehi, hai detto che non volevi niente quando sono andato al bar, capo» brontolò lui.

«Ho mentito.»

Sorrise, poi diede un morso assaporando il dolce ancora caldo. «Facciamo quest'ultimo briefing, e poi possiamo lasciar finire tutti prima?»

Barnes afferrò l'ultimo croissant prima che lei potesse rubare anche quello, poi la seguì fino alla lavagna mentre il resto della squadra investigativa si riuniva in semicerchio attorno a loro.

«Prima di tutto, grazie a tutti voi per l'ottimo lavoro di questa settimana» iniziò Kay. «Non è stato un caso facile, e stiamo ancora valutando se muovere accuse contro Mike e Ann O'Connor ma, per ora, alcuni di voi passeranno ad altri casi.»

«Laura, avrò bisogno che tu lavori con Debbie per assicurarti che cataloghiamo tutto per la revisione della Procura. Nel frattempo...» Kay fece una pausa e raccolse la gomma per lavagna, poi la lanciò attraverso la stanza alla giovane detective «...lascerò che tu, Phillip e Gavin litighiate su chi deve pulire la lavagna. È stato un ottimo risultato grazie al tuo lavoro nel localizzare i container. Ben fatto.»

Le sue parole furono accolte da un leggero applauso, e attese che si spegnesse prima di schiarirsi la gola.

«Ok, passiamo all'ultimo compito. Ian, puoi organizzarti per visitare Helen Taylor e Louise Nivens per informarle che stiamo incriminando Alan e Barry prima di andare a casa? Farò seguito con entrambe una volta che la Procura avrà elaborato tutto; quindi, puoi assicurarle che le terrò aggiornate sui progressi.»

«Lo farò, capo.»

«Gavin, dovrai telefonare a Lucas questa mattina per informarlo che sono state formulate le accuse così che possa rilasciare entrambi i corpi per la sepoltura, per favore.»

«Nessun problema, capo.»

«Va bene, grazie a tutti. È stato un buon risultato in circostanze difficili. Siete congedati.»

Kay fece rientrare la punta della biro, chiuse il suo taccuino e osservò la sua squadra disperdersi verso le rispettive scrivanie.

Un senso di leggerezza riempì la stanza, la pressione invisibile che aveva sopportato la settimana passata si dissuadeva lentamente mentre gli agenti liberavano le proprie scrivanie e archiviavano i rapporti finali.

Sapeva che non sarebbe durata a lungo ma, mentre tornava alla sua scrivania e notava l'icona lampeggiante della segreteria telefonica sul telefono, assaporò il momento e lasciò che il risultante senso di realizzazione la pervadesse.

«Capo? Andrai via presto anche tu?» disse Gavin, avvicinandosi alla sua scrivania e porgendole un fascio di documenti che necessitavano la sua firma.

«Sì, ma stavo pensando di proporre a tutti noi di ritrovarci più tardi a casa mia per un barbecue,» disse. «Sembra la serata perfetta per farlo.»

«Non dirò mai di no a un barbecue di Adam», disse Barnes, alzando lo sguardo dal suo schermo del computer con un sorriso. «Porterò io il vino».

«Ottimo». Kay incrociò lo sguardo di Laura e le fece cenno di avvicinarsi. «Vuoi unirti a noi? Non hai ancora avuto modo di fare una chiacchierata come si deve con tutti da quando hai iniziato».

«Sarebbe fantastico, capo, grazie», rispose Laura raggiante. «Posso portare qualcosa?»

«Sì», disse Barnes. «Cerotti. Il capo sarà anche una grande detective, ma è un vero pericolo pubblico con un coltello in mano».

———

Kay sbadigliò mentre chiudeva a chiave la sua auto e poi attraversava il vialetto di ghiaia fino alla porta d'ingresso.

La porta si aprì prima che potesse inserire la chiave

nella serratura, e Adam la accolse con un bacio e una tazza fumante di caffè.

«Ho preso un giorno di ferie», disse lui, accompagnandola in soggiorno. «Ho pensato che avresti avuto bisogno di riposarti dopo questa settimana, e ho una scadenza per un articolo scientifico, quindi possiamo rilassarci».

«Sembra perfetto». Kay si lasciò cadere sul divano, si tolse le scarpe con la punta dei piedi e si massaggiò i piedi, le palpebre secche per la mancanza di sonno. «Credo che mi berrò questo, poi farò una doccia e dormirò. Ho invitato gli altri per un barbecue più tardi, ho pensato che fosse una buona idea per sfogarci un po'».

«Buona idea. Andrò a prendere bistecche e altre cose nel pomeriggio».

Kay bevve un altro sorso di caffè, e poi si raddrizzò di scatto. «Dove sono i gattini?»

«Il tizio della Protezione Gatti è passato ieri sera a prenderli, dice che potrebbero trovargli una casa entro due settimane».

«Bene».

«Sembri un po' delusa», disse lui, lasciandosi cadere sul divano accanto a lei.

«Mi stavo in un certo senso abituando ad averli intorno».

«Beh, se pensi che ti sentirai sola e vuoi un po' di compagnia mentre sarò a Londra per quel convegno la prossima settimana, potresti sempre fare da babysitter a Sid, il serpente. Il suo padrone va in Florida per un paio di settimane».

Kay socchiuse gli occhi guardandolo.

«Molto divertente, Turner. Continua così e te ne pentirai».

Lui rise, le mise un braccio attorno alle spalle, e poi le fece l'occhiolino.

«È una sfida?»

FINE

L'AUTRICE

Prima di dedicarsi alla scrittura, Rachel Amphlett, autrice di romanzi polizieschi tra i più venduti di USA Today, ha suonato la chitarra in una band, ha lavorato come comparsa in TV, al cinema e nell'editoria come assistente editoriale.

Ora impugna una penna al posto del plettro e scrive polizieschi. Ha oltre 30 romanzi e racconti all'attivo che vedono come protagonisti spie, detective, giustizieri e assassini.

Appassionata di viaggi e investigatrice privata per caso, Rachel ha la cittadinanza australiana e britannica.

www.ingramcontent.com/pod-product-compliance
Lightning Source LLC
Chambersburg PA
CBHW010432170726

48283CB00011B/3168